LA GUARIDA DEL DIABLO

LA OBSESIÓN DE MOLOTOV: LIBRO 1

ANNA ZAIRES

♠ MOZAIKA PUBLICATIONS ♠

Publicado por Mozaika Publications, una marca de Mozaika LLC.
www.mozaikallc.com

Traducción de Isabel Peralta

Portada de The Book Brander
thebookbrander.com

Fotografía por The Cover Lab

ISBN-13: 978-1-63142-896-8
Print ISBN-13: 978-1-63142-897-5

1

CHLOE

Un coche se incendia y el escaparate de la tienda a mi izquierda explota; los fragmentos de cristal vuelan por los aires en un radio amplio.

Me paralizo y me quedo tan aturdida que apenas noto el cristal cortante en mi brazo descubierto. Entonces oigo los gritos.

—¡Disparos! Llamad a emergencias —grita alguien en la calle y la adrenalina inunda mis venas mientras mi cerebro relaciona el sonido con la explosión del cristal.

Alguien está disparando.

Me disparan a mí.

Me han encontrado.

Mis pies reaccionan antes que el resto de mi cuerpo y me propulsan en un salto mientras que otro agudo ¡*pop*! llega a mis oídos y la caja registradora en el interior de la tienda estalla en mil fragmentos.

La misma caja que bloqueaba yo con mi cuerpo hace un segundo.

Noto el terror. Es como el cobre, como la sangre. Tal vez sea sangre. Tal vez me han disparado y me estoy muriendo. Pero no, estoy corriendo. El corazón me ruge en los oídos, mis pulmones bombeando a mil por hora mientras que corro manzana abajo. Noto el ardor en mis piernas, así que estoy viva.

De momento.

Porque me han encontrado. Otra vez.

Giro a la derecha, echo a correr por una calle lateral estrecha y al volver la cabeza veo a dos hombres a media manzana detrás de mí; me persiguen a toda velocidad.

Mis pulmones van apurados, las piernas amenazan con rendirse, pero acelero desesperadamente y cojo carrerilla para acceder a un callejón antes de que den la vuelta a la esquina. Una valla metálica de dos metros divide el callejón por la mitad, pero trepo y consigo subir en cuestión de segundos; la adrenalina me da la agilidad y la fuerza de un atleta.

El final del callejón conecta con otra calle, y un sollozo de alivio me estalla desde la garganta al darme cuenta de que es el lugar donde aparqué el coche antes de la entrevista.

«Corre, Chloe. Puedes hacerlo».

Aspirando el aire desesperadamente, echo una carrera calle abajo examinando la acera por si veo un Toyota Corolla hecho polvo.

¿Dónde está?

¿Dónde he dejado el puto coche?

¿Estaba detrás de la camioneta azul o la blanca?

Por favor que esté ahí. Por favor que esté ahí.

Finalmente, lo veo, medio escondido detrás de una furgoneta blanca. Buscando a tientas en el bolsillo, saco las llaves, y con las manos temblorosas presiono el botón para abrir el coche.

Ya estoy dentro y metiendo la llave en el contacto veo a mis perseguidores saliendo del callejón un bloque detrás de mí, cada uno con un arma en la mano.

———

Sigo temblando cinco horas después cuando entro en una gasolinera, la primera que he visto en esta serpenteante carretera de montaña.

Me ha ido de un pelo.

Se están volviendo más audaces, más desesperados.

Me han disparado en la puta calle.

Mis piernas parecen de goma cuando salgo del coche agarrando la botella de agua vacía con fuerza. Necesito un baño, agua, comida y gasolina, en ese orden… e idealmente un coche nuevo, ya que podrían tener la matrícula de mi Toyota. Suponiendo que no la tengan ya de antes, claro.

No tengo ni idea de cómo me han encontrado en Boise, Idaho, pero podría haber sido por el coche.

El problema es que lo poco que sé de esquivar criminales empeñados en asesinar a alguien viene de libros y películas, y no sé lo que pueden rastrear mis perseguidores. Aun así, para estar segura no pienso utilizar ninguna de mis tarjetas de crédito y ya me deshice del móvil el primer día.

Otro problema es que me quedan exactamente treinta y dos dólares y veinticuatro centavos. El puesto de camarera para el que me han entrevistado esta mañana en Boise habría sido un regalo del cielo, ya que el dueño de la cafetería estaba dispuesto a pagarme en negro, pero me han encontrado antes de poder trabajar un solo turno.

Unos centímetros a la derecha y la bala me habría atravesado la cabeza en lugar del escaparate.

«Un charco de sangre en el suelo de la cocina… Una bata rosa en contraste con los azulejos blancos… Mirada vidriosa, perdida…».

Se me acelera el corazón y aumentan los temblores, las rodillas amenazan con ceder. Apoyada en el capó del coche, respiro entrecortadamente tratando de conseguir que el tamborileo de mi pulso se ralentice mientras relego los recuerdos a lo más profundo de mi ser, donde no puedan ahogarme.

No puedo pensar en lo que pasó. Si lo hago, me desmoronaré y ellos ganarán.

Podrían ganar de todos modos porque no tengo dinero ni idea de lo que estoy haciendo.

«Una cosa a la vez, Chloe. Un pie delante del otro».

Oigo la voz de mi madre, tranquila y constante, y me obligo a alejarme del coche. ¿Y qué si mi situación ha pasado de desesperada a crítica?

Sigo viva y tengo la intención de seguir así.

Me extraje todos los fragmentos de cristal del brazo hace un par de horas, pero la camiseta con la que lo envolví para detener el sangrado llama la atención, así que cojo una sudadera del maletero y me pongo la capucha para ocultar el rostro de cualquier cámara de seguridad que pudiera haber dentro de la gasolinera. No sé si la gente que me persigue podría tener acceso a ese material, pero es mejor no arriesgarse.

Si es que no están rastreando ya mi coche.

«Céntrate, Chloe. Un paso a la vez».

Respirando hondo, entro en la pequeña tienda que adosada a la gasolinera y saludando con la mano a la mujer mayor que está detrás de la caja voy directamente al baño de la parte de atrás. Cuando ya he atendido mis necesidades más apremiantes, me lavo las manos y la cara, lleno la botella de agua del grifo, y saco el monedero para contar los billetes, por si acaso.

No, no he calculado mal. Treinta y dos dólares y veinticuatro centavos es lo que me queda.

La cara en el espejo del baño es la de una desconocida, tensa y pálida, con ojeras. No he comido ni dormido normal desde que estoy huyendo, y se nota. Parezco mayor de veintitrés años; el mes pasado me ha envejecido una década.

Me dejo de autocompasión y me centro en lo práctico. Primer paso: decidir cómo repartir los fondos que tengo.

La mayor prioridad es la gasolina para el coche. Tiene menos de un cuarto de depósito, y no sé cuándo encontraré otra gasolinera por la zona. Llenar el depósito me hará gastar al menos treinta dólares y entonces solo me quedarán un par de dólares para comida para apagar así el runrún del estómago.

Más importante aún: la próxima vez que me quede sin gasolina, estoy jodida.

Salgo del baño, me dirijo a la caja registradora y le digo a la anciana que me ponga veinte dólares de gasolina. También pido un perrito caliente y un plátano, y devoro el perrito caliente mientras ella cuenta lentamente el cambio. El plátano que me guardo en el bolsillo delantero de la sudadera es para el desayuno de mañana.

—Aquí tiene, querida —dice la cajera con voz ronca, entregándome el cambio junto con un recibo. Con una sonrisa cálida, añade—: Que pase un buen día.

Para mi sorpresa, se me hace un nudo en la garganta y las lágrimas están a punto de desbordarse; la amabilidad me desmonta por completo.

Estoy casi fuera de la tienda cuando un periódico local me llama la atención. Está en un contenedor etiquetado como GRATIS, así que cojo un ejemplar antes de volver al coche.

Mientras se llena el depósito, mantengo las emociones controladas y abro el periódico; me voy directamente a la de clasificados. Es una posibilidad remota, pero tal vez alguien por aquí necesite contratar a alguien para, no sé, limpiar ventanas o podar setos.

Incluso cincuenta dólares podrían aumentar mis probabilidades de sobrevivir.

Al principio, no veo nada que se ajuste a lo que

estoy buscando, y estoy a punto de doblar el periódico, decepcionada, cuando un anuncio en la parte inferior de la página me llama la atención:

Profesora interina para niño de cuatro años. Debe tener formación, tener mano con los niños y estar dispuesta a trasladarse a una remota finca de montaña. 3000 $/semana en efectivo. Para solicitarlo, envíe un CV por correo electrónico a tutorcandidates459@gmail.com.

¿Tres mil a la semana en efectivo? Pero ¿qué narices...?

Incapaz de creer lo que ven mis ojos, releo el anuncio.

No, todas las palabras siguen siendo las mismas, lo cual es una locura. ¿Tres mil a la semana para trabajar de profesora? ¿En efectivo?

Es un engaño, tiene que serlo.

Con el corazón a mil, termino de llenar el depósito y subo al coche. Los pensamientos se agolpan en mi cabeza. Soy la candidata perfecta para este puesto. No solo me acabo de graduar en Magisterio, sino que di clases a niños durante todo el instituto y la universidad. ¿Y vivir en una remota finca de montaña? ¡Apúntame ya! Cuanto más remoto, mejor.

Es como si el anuncio fuera hecho solo para mí.

Espera un momento. ¿Podría ser una trampa?

No, eso es pura paranoia. Desde lo de esta mañana, he estado conduciendo sin rumbo con el único objetivo de poner entre Boise y yo toda la distancia que me sea posible, manteniéndome fuera de las carreteras principales para evitar las cámaras de tráfico. Mis perseguidores deberían tener una bola de cristal para adivinar que terminaría en esta zona remota, y mucho menos que recogería este periódico local. La única manera de que esto pudiera ser una trampa sería si hubieran colocado anuncios similares en todos los periódicos de todo el país, así como en todos los principales sitios de trabajo, e incluso entonces parecería forzado.

No, es poco probable que esto sea una trampa preparada específicamente para mí, pero podría ser algo igual de siniestro.

Dudo durante un momento, luego salgo del coche y vuelvo a la tienda.

—Disculpe, señora —digo, acercándome a la anciana cajera—. ¿Vive en esta zona?

—Sí, querida. —Una sonrisa ilumina su rostro arrugado—. Nací aquí y me he criado en Elkwood Creek.

—Genial. En ese caso… —Abro el periódico y lo pongo encima del mostrador—. ¿Sabe algo de esto? —Señalo el anuncio.

Se pone unas gafas de lectura y entrecierra los ojos para leer ese pequeño texto.

—Anda. Tres mil a la semana para una profesora… deben de ser aún más ricos de lo que dicen.

Se me desboca el pulso.

—¿Sabe quién ha publicado este anuncio?

Levanta la mirada, con ojos legañosos que parpadean detrás de las gruesas lentes de las gafas.

—Bueno, no lo sé seguro, querida, pero se rumorea

que un ruso rico compró la vieja propiedad de Jamieson en las montañas y se construyó una casa nueva. Ha estado contratando a chavales del pueblo para algunos trabajillos en la finca, siempre pagando en efectivo. Sin embargo, nadie ha dicho nada sobre un niño pequeño, así que puede que no sea él… pero no se me ocurre nadie por estos lares con tanto dinero, y mucho menos nada cerca de una finca.

Mierda. Esto puede ser real. Un extranjero rico, eso explicaría tanto el sueldo desorbitado como el pago en efectivo. El hombre o, mejor dicho, la pareja, ya que hay un niño por medio, puede que no sepa lo que se paga a los profesores particulares por aquí, o que no le importe. Cuando eres tan rico, el dinero adquiere otro valor. Para mí, sin embargo, el sueldo de una sola semana podría significar la diferencia entre la vida y la muerte, y si ganara todo ese dinero durante un mes, podría comprarme otro coche de segunda mano y tal vez incluso algunos papeles para poder salir del país y desaparecer para siempre.

Lo mejor de todo es que si la finca es remota, podría transcurrir bastante tiempo hasta que mis perseguidores me encuentren allí, si es que llegan a hacerlo. Con un salario en efectivo, no habría rastro de papel, nada que me relacionara con la pareja rusa.

Este trabajo podría ser la respuesta a todas mis oraciones… si lo consigo, claro.

—¿Hay una biblioteca pública por aquí? —pregunto tratando de atemperar mi emoción. No quiero hacerme ilusiones. Aunque mi currículum sea el mejor de todos, el proceso de contratación podría tardar semanas o meses, y no es seguro quedarse por aquí tanto tiempo.

Si me encontraron en Boise, también me encontrarán aquí.

Es solo cuestión de tiempo.

La cajera me sonríe.

—Claro, querida. Ve hacia el norte durante unos quince kilómetros y cuando veas los primeros edificios, gira a la izquierda, pasa dos cruces y lo verás a tu izquierda, justo al lado de la oficina del sheriff.

—Maravilloso, gracias. ¿Tiene un bolígrafo? —Cuando me lo da, anoto las instrucciones en la portada del periódico.

No tener un móvil con GPS es una mierda.

—Que pase un buen día —le digo a la anciana y, cuando salgo esta vez, mis pasos son mucho más ligeros.

La pequeña biblioteca cierra a las cinco de la tarde, así que a toda prisa preparo mi currículum y carta de presentación en uno de los ordenadores públicos, y luego envío un correo a la dirección indicada en el anuncio. En lugar de un número de teléfono y dirección de correo postal, pongo solo mi correo electrónico en el CV; con suerte, eso será suficiente.

Cuando termino, la biblioteca está cerrando ya, así que vuelvo a mi coche y salgo de la pequeña ciudad girando al azar en carreteras estrechas y sinuosas hasta que encuentro lo que estoy buscando.

Un claro en el bosque donde pueda aparcar mi Toyota detrás de los árboles, fuera de la vista de cualquiera que pase por ahí.

Con el coche bien situado, abro el maletero y saco otro jersey de la maleta que tuve la suerte de llevar conmigo cuando mi vida se hizo pedazos. Enrollo el jersey, me estiro en el asiento trasero, coloco la almohada improvisada bajo la cabeza y cierro los ojos.

El último pensamiento que me invade antes de quedarme frita es la esperanza de mantenerme con vida el tiempo suficiente para tener noticias del puesto de trabajo.

2

NIKOLAI

Un golpe en la puerta me distrae del correo electrónico que estoy leyendo. Levanto la mirada del portátil mientras Alina abre la puerta y entra al despacho con garbo.

—Tenemos una solicitud prometedora —dice, acercándose a mi escritorio—. Mira, échale un vistazo. —Me entrega una carpeta bastante gruesa.

La abro. Una foto tamaño carné de una joven impresionante me observa desde la primera página. Sus ojos marrones son tan grandes que dominan el pequeño rostro en forma de diamante, e incluso con lo poco nítida que es la fotografía, su piel bronceada parece brillar, como iluminada por una vela invisible. Pero es la boca lo que llama mi atención. Labios pequeños pero carnosos. El arco de Cupido es una mezcla entre una muñeca y una estrella del porno.

No sonríe en la fotografía, tiene una expresión solemne. Lleva el pelo recogido en una coleta o un moño. Sin embargo, en la siguiente página hay una foto de ella sonriendo, con la cabeza echada hacia atrás y el rostro enmarcado por unas ondas de color marrón brillante que desaparecen bajo sus delgados hombros. Está atractiva en esa foto, tan radiante que algo en mi interior se paraliza al tiempo que se me acelera el pulso con una respuesta masculina primaria.

Obviando tal reacción, giro la página y leo la información debajo de la fotografía.

Chloe Emmons tiene veintitrés años, mide un metro sesenta y reside en Boston, Massachusetts, lo que significa que está muy lejos de casa.

—¿Cómo se ha enterado de esta oferta de trabajo? —pregunto mirando a Alina—. Pensaba que solo habíamos publicado el anuncio en los periódicos locales.

Aparta las páginas con fotografías y señala con una uña roja brillante la página de abajo.

—Lee la carta de presentación.

Me centro en esa página. Parece que Chloe Emmons está de viaje de fin de carrera y pasaba casualmente por Elkwood Creek, vio nuestro anuncio y decidió presentarse para el puesto. La carta de presentación está bien redactada y con un formato cuidado, al igual que el currículum que adjunta. Ya veo por qué Alina pensó que era prometedora. Aunque la joven acaba de graduarse en Magisterio en la Universidad de Middlebury, tiene más experiencia en enseñanza y trabajos de niñera que los tres candidatos anteriores juntos.

El informe de Konstantin sobre ella es el siguiente paso. Como de costumbre, su equipo ha hecho una investigación profunda de sus redes sociales, registros penales, estados financieros, expedientes académicos y médicos y todo lo demás de su vida que haya sido informatizado en algún momento. Es una lectura larga, así que miro a Alina.

—¿Alguna señal de alarma?

Duda.

—Puede. Su madre falleció hace un mes, supuesto suicidio. Desde entonces, Chloe ha estado alejada de las redes: sin publicaciones en ninguna red, sin movimientos con tarjetas de crédito, sin llamadas.

—Entonces, o tiene problemas para superar la situación o pasa algo más.

Alina asiente.

—Apuesto por la primera opción. Su madre era la única familia que tenía.

Cierro la carpeta y la aparto.

—Eso no explica la ausencia de transacciones con las tarjetas de crédito. Aquí hay algo raro, pero aunque sea lo que piensas, una mujer con trastornos emocionales es lo último que necesitamos.

Una sonrisa triste inunda el rostro de Alina.

—¿Estás seguro, Kolya? Porque siento que ella encajaría.

Y antes de que pueda responder, mi hermana se da la vuelta y sale.

No sé por qué vuelvo a abrir la carpeta una hora más tarde, lo más probable es que sea por morbo. Hojeando el grueso montón de papeles, encuentro el informe policial sobre el suicidio de la madre. Al parecer, encontraron a Marianna Emmons, camarera, cuarenta años, en el suelo de su cocina, con lesiones en las muñecas. Fue un vecino quien llamó. No localizaron a su hija, Chloe, y nunca apareció para identificar o enterrar el cuerpo.

Interesante. ¿Podría la pequeña Chloe haber herido a su madre? ¿Por eso está de viaje y desconectada de las redes?

Según el informe policial, no hallaron pruebas de homicidio. Marianna tenía antecedentes de depresión y había intentado suicidarse anteriormente, a los dieciséis años. Pero sé cómo de fácil es efectuar un asesinato si sabes lo que estás haciendo.

Solo se necesita es un poco de previsión y destreza.

Es una gran suposición, por supuesto, pero no he llegado a donde estoy pensando bien de la gente. Aunque Chloe Emmons no sea culpable de matricidio, es culpable de algo. Mis instintos me dicen que hay algo más en su historia, y rara vez me equivoco.

Esta chica es un problema. Estoy seguro.

Aun así, algo me impide cerrar la carpeta. Leí el informe completo de Konstantin y luego revisé las capturas de pantalla de sus redes sociales. Asombrosamente, no es mucho de selfis a pesar de ser una muchacha tan guapa. No parece que Chloe se preocupe mucho por su aspecto. En cambio, la mayoría de sus publicaciones consisten en vídeos de animalitos y fotos de paisajes, junto con enlaces a publicaciones de blogs y artículos sobre el desarrollo infantil y los métodos óptimos de enseñanza.

Si no fuera por ese informe policial y su desaparición de las redes durante un mes, Chloe Emmons parecería ser exactamente lo que afirma: una universitaria recién graduada apasionada por la enseñanza.

Volviendo al principio de la carpeta, examino la foto de ella sonriendo, tratando de descubrir qué tiene la chica que tanto me intriga. Su cara bonita, seguro, pero eso es solo una parte. He visto, y me he follado, a mujeres mucho más guapas que ella. Esa boca de muñeca porno no es nada del otro mundo. Aunque ningún hombre en su sano juicio dejaría pasar la oportunidad de sentir esos labios carnosos y tiernos alrededor de la polla.

No, es algo distinto lo que ejerce esa atracción magnética sobre mí, algo que tiene que ver con el resplandor de su sonrisa. Es como ver un rayo de sol atravesando las nubes en un día de invierno. Quiero tocarla, sentir su calor… capturarla, para poder tenerla para mí solo.

Se me pone dura mientras lo pienso. Imágenes con clasificación X pasan por mi mente. Un buen hombre, un buen padre, cerraría esa carpeta de inmediato, aunque solo fuera por la tentación que supone, pero yo no soy ese hombre.

Soy un Molotov y nosotros nunca hemos hecho lo correcto.

Tamborileo con los dedos sobre mi escritorio y tomo una decisión.

Chloe Emmons puede ser peligrosa para mi hijo, pero aun así deseo conocerla.

Quiero sentir ese rayo de sol en la piel.

3

CHLOE

Se abre una puerta de metal de tres metros y medio. El motor de mi Toyota resuena en la empinada carretera sin asfaltar que sube por la montaña hasta la finca. Agarrando el volante con fuerza, cruzo la verja abierta. Mi nerviosismo aumenta por momentos.

Todavía no me puedo creer que esté aquí. Estaba casi segura de que no tendría nada en la bandeja de entrada del correo electrónico cuando fui a la biblioteca esta mañana. Era demasiado pronto para recibir una respuesta. Sin embargo, y por si acaso, quería revisar mi correo electrónico y después buscar en Internet otros trabajos lejos de casa. Pero el email ya estaba cuando inicié sesión. Lo había recibido a las diez de la noche.

Quieren entrevistarme.

Hoy al mediodía.

Tengo las manos resbaladizas por el sudor y me las seco en los vaqueros. No tengo un atuendo apropiado para una entrevista, así que me he puesto mi único par de vaqueros limpios y una camiseta lisa de manga larga. Necesito mangas largas para cubrir los rasguños y costras de los fragmentos de cristal que aún me quedan en el brazo. Con suerte, mis posibles jefes no me juzgarán por esta ropa informal. Al fin y al cabo, me están entrevistando para un puesto de tutora en medio de la nada.

«Por favor, dadme el trabajo. Por favor, lo necesito».

La puerta que acabo de cruzar es parte de una pared de metal de la misma altura que se extiende hacia ambos lados de la carretera y se sumerge en el profundo bosque de la montaña. Me pregunto si todo lo que el muro rodea es la propiedad misma. Es difícil de imaginar. El bibliotecario que me dio indicaciones me comentó que la propiedad comprendía más de cuatro mil metros cuadrados de terreno montañoso, pero no alcanzo a ver dónde terminan los muros. Y teniendo en cuenta que la verja se ha abierto sola nada más acercarme, también debe de haber cámaras, lo cual, aunque es algo alarmante, también es tranquilizador.

No tengo ni idea de por qué esta gente necesita tanta seguridad, pero si consigo el trabajo, yo también estaré a salvo.

El sinuoso camino de tierra en el que estoy parece no terminar nunca, pero por fin, después de un kilómetro, el bosque de los laterales comienza a reducirse y el terreno a aplanarse. Debo de estar acercándome a la cima de la montaña.

Y, efectivamente, cuando doblo la siguiente curva, una elegante mansión de dos pisos aparece ante mí.

Una obra maestra ultramoderna de acero y cristal. No da la nota entre toda esta naturaleza indómita, está hábilmente integrada; una parte de la casa está construida sobre un afloramiento rocoso. Cuando me detengo frente a ella, veo una terraza construida únicamente de cristal que ocupa la parte trasera y me doy cuenta de que la mansión está situada sobre un acantilado con vistas a un profundo barranco.

Las vistas del interior deben de ser para morirse.

«Respira hondo, Chloe. Tú puedes».

Apago el motor del coche, me froto las palmas sudorosas en los pantalones, me recoloco la camiseta, me aseguro de tener el pelo bien recogido y cojo el currículum que imprimí en la biblioteca. Normalmente, las entrevistas me salen bien, pero nunca me había jugado tanto. Cada nervio de mi cuerpo está al límite, el corazón me late tan rápido que me mareo. En realidad, también podría estar mareada porque hoy solo he comido un plátano, pero no quiero pensar en eso y en el hecho de que, si no consigo el trabajo, el hambre puede ser el menor de mis problemas.

Currículum en mano, salgo del coche. Llego media hora antes, que es mejor que llegar tarde, pero tampoco es lo mejor. Tenía miedo de perderme sin GPS, así que salí de la biblioteca y vine en cuanto el bibliotecario me explicó dónde ir y me dio un mapa de la zona. No me he perdido, así que ahora lo único que tengo que hacer es acercarme a esa elegante puerta de entrada de aspecto futurista y tocar el timbre.

Enderezo la espalda y me dispongo a hacer eso mismo, cuando se abre la puerta y aparece un hombre alto, de hombros anchos, con un par de vaqueros oscuros y una camisa blanca abotonada con las mangas arremangadas hasta los codos.

—Hola —digo, esbozando una amplia sonrisa mientras camino hacia él—. Soy Chloe Emmons, estoy aquí para una entrevista para el... —Me detengo, mi respiración se ralentiza mientras él sale y veo que unos impresionantes ojos color avellana se clavan en los míos.

Bueno, «avellana» es un término demasiado genérico para esos ojos. Nunca había visto unos ojos como los suyos. Son de un ámbar oscuro intenso mezclado con un verde bosque, rodeados de unas densas pestañas negras y un brillo feroz, de una intensidad que esperaría en un depredador de la jungla. Son unos ojos de tigre que pertenecen a un hombre que personifica el poder y el peligro, a un hombre tan cruelmente guapo que mi ya elevado ritmo cardíaco se vuelve supersónico.

Tiene los pómulos marcados, la nariz recta y la mandíbula tan afilada que podría cortar mármol. Estos impresionantes rasgos habrían bastado para agraciar las portadas de las revistas, pero combinados con su sonrisa cínica, el efecto es absolutamente demoledor.

Al igual que sus pestañas, sus cejas son espesas y negras. También su cabello, que es lo bastante largo para cubrirle las orejas y tan liso que parece el ala de un cuervo.

Acorta la distancia entre nosotros con pasos largos y decididos, y me extiende la mano.

—Nikolai Molotov —dice, pronunciando el nombre como lo haría un nativo de Rusia, aunque no hay rastro de acento en su voz profunda y áspera—. Es un placer conocerla.

4

CHLOE

Le estrecho la mano, muda de asombro. Es grande y fuerte, y siento la calidez de su piel ligeramente bronceada cuando sus largos dedos envuelven los míos, apretándolos con una fuerza esmeradamente contenida. Esa sensación provoca un escalofrío que recorre mi columna vertebral, se me calienta todo el cuerpo y tengo que hacer acopio de todas mis fuerzas para resistir la tentación de entregarme a sus brazos, pues mis rodillas se han vuelto de gelatina.

«Contrólate, Chloe. Podría ser quien te contrate. Contrólate, joder».

Con un esfuerzo hercúleo, retiro la mano y tiro de lo que me queda de compostura.

—Encantada de conocerlo, señor Molotov. —Compruebo con alivio que la voz me ha salido firme y el tono, calmado y amable, como se espera de alguien que se dispone a hacer una entrevista de trabajo.

Retrocedo medio paso y alzo el rostro para sonreír a mi anfitrión—. Siento llegar algo temprano.

Sus ojos de tigre resplandecen con más intensidad.

—No te preocupes. Estaba deseoso de conocerte, Chloe. Y, por favor, llámame Nikolai.

—Nicolai —repito. Mi estúpido pulso se acelera todavía más. No entiendo qué me está pasando, por qué estoy reaccionando así a este hombre. Nunca he sido de esas personas que pierden la cabeza por una mandíbula cincelada y una tableta de chocolate por abdominales, ni siquiera cuando era una adolescente a tope de hormonas. Cuando mis amigas se pillaban por actores y jugadores de fútbol, yo salía con chicos cuyas personalidades me gustaban y cuya mente me atraía más que su cuerpo. Para mí, la química sexual, más que estar ahí desde el principio, ha sido algo que se ha desarrollado con el tiempo.

Pero, claro, hasta ahora tampoco había conocido a ningún hombre que exudase ese magnetismo tan puro y salvaje.

No sabía que existieran hombres así.

«Concéntrate, Chloe. Fijo que está casado».

Ese pensamiento es como un cubo de agua fría. Me devuelve a la realidad de un plumazo. ¿Qué narices estoy haciendo, babeando por el padre del niño? Necesito este trabajo para sobrevivir. En los sesenta y cuatro kilómetros que he recorrido para llegar aquí he consumido más de una cuarta parte del depósito de gasolina. Si no consigo algo de dinero pronto, estaré atrapada y seré una presa fácil para los asesinos que me buscan.

Mi acaloramiento se rebaja ante esa idea. Cuando Nikolai dice «sígueme» y entra en la casa, empiezo a sentir los nervios a flor de piel, que sustituyen lo que fuera que se ha apoderado de mí al mirar a ese hombre.

El interior de la casa es tan ultramoderno como el exterior. A mi alrededor, hay ventanales por doquier que se extienden desde el suelo hasta el techo, elementos decorativos dignos de un museo de arte y muebles tan elegantes que parecen haber salido directamente de la sala de exposiciones de un diseñador de interiores. Todo tiene tonos grises y blancos, suavizados en algunos lugares por matices de madera natural y piedra. Es hermoso y algo intimidante, igual que el hombre que tengo delante. A medida que me conduce a través de un salón de distribución abierta hasta una escalera de caracol de madera y cristal que hay al fondo, no puedo evitar sentirme como una paloma sarnosa que ha entrado volando sin querer a una resplandeciente sala de conciertos.

Reprimiendo la incómoda sensación, digo:

—Es una casa preciosa. ¿Hace mucho que vivís aquí?

—Unos pocos meses —responde mientras subimos las escaleras. Me lanza una breve mirada—. ¿Y tú? En tu carta de presentación decías que estabas haciendo un viaje por carretera, ¿es así?

—Sí. —Ahora me siento más firme y le explico que

en junio me gradué de la Universidad Middlebury y decidí visitar el país antes de introducirme en el mundo laboral—. Pero resulta que vi su anuncio y me pareció demasiado perfecto para dejarlo pasar, así que aquí estoy.

—Efectivamente —dice con suavidad. Nos detenemos frente a una puerta cerrada—. Aquí estás.

Se me vuelve a cortar la respiración y se me acelera el pulso de forma incontrolable. Hay algo desconcertante en la curva sensual de su boca. Hay algo en la intensidad de su mirada que es casi… peligroso. Quizás sea el peculiar color de sus ojos, pero me siento muy inquieta cuando presiona con la palma de la mano un discreto panel en la pared y la puerta se abre ante nosotros como en una película de espías.

—Por favor —susurra, invitándome a entrar mediante un gesto. Yo obedezco, esforzándome por hacer caso omiso de la inquietante sensación de que me estoy internando en la guarida de un depredador.

La «guarida» resulta ser un despacho grande y luminoso. Dos de las paredes están hechas íntegramente de cristal y muestran unas vistas de montaña impresionantes. En el centro de la estancia hay un elegante escritorio con forma de L con varios ordenadores. A un lado hay una pequeña mesa redonda con dos sillas, y ahí es donde me guía Nikolai.

Disimulo un suspiro de alivio, tomo asiento y coloco mi currículum sobre la mesa, frente a él. Es evidente que estoy al límite, tan tensa en consecuencia a este pasado mes que veo peligro por todas partes.

Esto no es más que una entrevista para una plaza de tutora, nada más, y tengo que controlarme para no pifiarla.

A pesar de la advertencia, mi pulso vuelve a despuntar cuando Nikolai se reclina en su asiento y me mira atentamente con esos ojos perturbadoramente hermosos. Noto que se me humedecen las palmas de las manos y tengo que esforzarme para no volver a secármelas en los vaqueros. Por muy ridículo que suene, me siento desnuda bajo su mirada, como si esta dejara al descubierto todos mis secretos y miedos.

«Tranquilízate, Chloe. No sabe nada. Solo es una entrevista para trabajar como tutora, nada más».

—Bueno… —digo con voz alegre para ocultar los nervios—, ¿puedo preguntarte sobre la criatura a la que le daría clases? ¿Es un niño o una niña?

Su rostro adopta una expresión indescifrable.

—Niño. Miroslav. Lo llamamos Slava.

—Bonito nombre. ¿Y es…?

—Háblame de ti, Chloe. —Se inclina hacia delante y coge mi currículum, pero no lo lee. Tiene los ojos clavados en mí. Me hacen sentir como una mariposa bajo un microscopio—. ¿Qué parte de este puesto te llama más la atención?

—Ah, pues todo. —Tomo aire para calmar la respiración y le describo mi experiencia cuidando niños e impartiendo clases a lo largo de estos años. Le detallo mis prácticas, incluyendo las del verano pasado en un campamento para niños con necesidades especiales, donde trabajé con niños de todas las edades

—. Fue una experiencia estupenda —digo al final—, exigente y enriquecedora al mismo tiempo. Aunque mi parte favorita era enseñar matemáticas y leerles a los niños más pequeños, y esta es la razón por la que creo que sería perfecta para este puesto. La enseñanza es mi pasión y me encantaría tener la oportunidad de trabajar mano a mano con un niño, diseñar un plan de estudios específicamente creado según sus intereses y habilidades.

Deja el currículum sobre la mesa, sin molestarse en mirarlo.

—¿Y qué te parece vivir en un lugar tan aislado de la civilización, donde no hay más que naturaleza salvaje en decenas de kilómetros a la redonda y mantener un contacto mínimo con el mundo exterior?

—Pues me parece… —*«Perfecto»*, pienso— increíble. —Le dedico una sonrisa con auténtico entusiasmo—. Soy muy fan de los entornos silvestres y la naturaleza en general. De hecho, elegí la Universidad Middlebury, mi *alma mater*, en parte porque se encuentra en una zona rural. Me encantan la escalada y la pesca, y sé encender fogatas. Vivir aquí sería un sueño hecho realidad. —Sobre todo teniendo en cuenta todas las medidas de seguridad que he visto viniendo aquí. Pero, evidentemente, no se lo digo.

Seguro que me toma por una recién graduada en busca de aventuras. Enarca las cejas.

—¿No echarás de menos a sus amigos? ¿Y a tu familia?

—No, yo… —Horrorizada, noto que me invade una

oleada de congoja. Trago saliva y lo intento de nuevo—: Soy una persona muy independiente. He pasado el último mes viajando sola por el país. Además, siempre están los móviles, las aplicaciones de videoconferencia y las redes sociales.

Inclina la cabeza.

—Sin embargo, el último mes no ha subido nada a sus redes sociales. ¿Por qué?

Lo miro fijamente, con el pulso por las nubes. ¿Ha mirado mis redes sociales? ¿Cómo? ¿Cuándo? Tengo todas las cuentas configuradas con la mayor privacidad posible. No debería poder ver nada en ellas, obviando el hecho de que existo y uso las redes como cualquier persona normal. ¿Me habrá mandado investigar? ¿Habrá hackeado mis cuentas de alguna forma?

«¿Quién es este hombre?».

—De hecho, ahora mismo no tengo móvil. —Me baja una gotita de sudor por la espalda, pero consigo mantener mi tono de voz estable—. Me deshice de él porque quería ver si podía sobrellevar este viaje por carretera sin aparatitos.

—Ya veo. —Bajo esta luz, el color de sus ojos es más verde que ámbar—. Entonces, ¿cómo mantienes el contacto con su familia y amigos?

—Principalmente por correo electrónico —miento. Paso de reconocer que no he estado en contacto con nadie ni pienso hacerlo—. Suelo ir a bibliotecas públicas y uso esos ordenadores de vez en cuando. —Me doy cuenta de que tengo las manos entrelazadas con fuerza, por lo que deshago el gesto y fuerzo una sonrisa—. No estar atada a un móvil es liberador. La conectividad extrema es una bendición y una maldición al mismo tiempo, y me encanta la libertad de viajar por el país como lo hacían en el pasado, con un mapa de papel… y ya.

—Alguien de la generación Z renegando de la tecnología. Muy original.

El ligero tono de burla en su voz me hace sonrojar. Sé cómo suena mi explicación, pero es lo único que se me ocurre para justificar mi actividad nula en las redes sociales y, en caso de que lea atentamente mi currículum, la ausencia de un número de teléfono. De hecho, es una buena excusa para todas mis lagunas, así que me ceñiré a ella.

—Es cierto. Reniego un poco de la tecnología —le digo—. Probablemente por eso me atrae tan poco la vida en la ciudad y me ha intrigado tanto la oferta de trabajo. Vivir aquí… —Señalo las magníficas vistas del exterior—… y dar clases a tu hijo es el tipo de trabajo que siempre he deseado. Y si me contratas, me dedicaré en cuerpo y alma a ello.

Una sonrisa lenta, oscura, se dibuja en sus labios.

—Ah, ¿sí?

—Sí. —Le sostengo la mirada, a pesar de que apenas puedo respirar y siento calor por toda la piel. No comprendo mi reacción a este hombre. No entiendo por qué me resulta tan magnético, teniendo en cuenta que activa todo tipo de alarmas en mi cabeza. Sea o no fruto de la paranoia, mi instinto me dice que es peligroso y, aun así, mis dedos arden ante la idea de extenderse hacia él y recorrer los bordes definidos de sus carnosos labios de aspecto suave. Trago saliva, apartando mis pensamientos de ese territorio traicionero y hablo con toda la seriedad que puedo—. Seré la mejor tutora que puedas imaginar.

Me observa sin parpadear. El silencio se alarga varios segundos interminables y, justo cuando empiezo a sentir que mis nervios se van a partir como una goma elástica demasiado tensa, se levanta y dice:

—Sígueme.

Salimos del despacho y cruzamos un largo pasillo hasta que encontramos otra puerta cerrada. No debe estar protegida por ningún sistema de seguridad biométrico, ya que él simplemente llama a la puerta y entra sin esperar respuesta.

En el interior hay otro ventanal que ocupa toda la pared y ofrece unas vistas aún más impresionantes. Sin embargo, esta habitación no es elegante ni moderna. De hecho, parece el escenario posterior a la explosión de una tienda de juguetes. Mire a donde mire encuentro un caos de colorines, con montones de juguetes, libros infantiles y piezas de LEGO esparcidas por el suelo, además de una cama de tamaño infantil con sábanas de Superman en un rincón. Los cojines de Superman y la manta de la cama están apilados en otro rincón. Cuando mi anfitrión dice «¡Slava!» con tono autoritario, me doy cuenta por primera vez de que hay un niño jugando junto a ese montón, construyendo un castillo de LEGO.

Al oír la voz de su padre, el niño alza la cabeza y le veo unos ojos enormes de tonos ámbar y verde. Tiene los mismos ojos cautivadores que el hombre que está a mi lado. En general, el niño es un Nikolai en miniatura, con el cabello negro alrededor de las orejas en una cortina lisa y lustrosa, el rostro redondeado de un chavalín que empieza a tener los pómulos cincelados de su padre. Incluso la boca es idéntica, a excepción de la curvatura cínica y enigmática que pronuncian los labios de su padre.

—Slava, *idi syuda* —ordena Nikolai, y el niño se levanta para acercarse a nosotros con cautela. Cuando se detiene frente a nosotros, me doy cuenta de que lleva unos pantalones vaqueros y una camiseta con una imagen de Spiderman.

Nikolai mira a su hijo y empieza a hablar en ruso a la velocidad del rayo. No tengo ni idea de lo que está diciendo, pero creo que tiene algo que ver conmigo, porque el chico no para de lanzarme miradas furtivas con una expresión de curiosidad y miedo al mismo tiempo.

Cuando Nikolai termina de hablar, sonrío al niño y me arrodillo en el suelo para que mis ojos estén a la misma altura de los suyos.

—Hola, Slava —digo con suavidad—. Soy Chloe. Encantada de conocerte.

El niño me mira, inexpresivo.

—No habla inglés —dice Nikolai con dureza—.

Alina y yo hemos intentado enseñarle, pero sabe que hablamos ruso y se niega a aprender con nosotros. Así que ese sería tu trabajo: enseñarle tu idioma, inglés, así como el resto de las cosas que un niño de su edad debería saber.

—Ya veo.

Sigo mirando al niño, dirigiéndole una sonrisa cálida a pesar de que empiezan a saltar más alarmas en mi cabeza. Hay algo raro en la forma en que Nikolai habla con el chico y sobre él. Es como si su hijo fuese un extraño. Y si Alina, que supongo que será su esposa y la madre de su hijo, habla inglés tan bien como mi anfitrión, ¿cómo puede ser que Slava no conozca ni unas pocas palabras? ¿Por qué se negaría a aprender el idioma con sus padres?

¿Y por qué Nikolai no coge al niño ni lo abraza? ¿Por qué no le revuelve el pelo alegremente? ¿Dónde está la cálida espontaneidad con la que los padres suelen comunicarse con sus hijos?

—Slava —le digo al niño con suavidad—. Soy Chloe. —Me señalo—. Chloe.

Me mira sin parpadear, como su padre, durante un buen rato. Luego mueve los labios y forma las dos sílabas: Chlo-e.

Le sonrío.

—Muy bien. Chloe. —Me toco el pecho—. Y tú eres Slava. —Le señalo—. Miroslav, ¿verdad?

Asiente con solemnidad.

—Slava.

—¿Te gustan los cómics, Slava? —Toco

cuidadosamente la imagen en su camiseta—. Este es Spiderman, ¿no?

Se le iluminan los ojos.

—*Da*, Spiderman. —Lo pronuncia con acento ruso —. *Ti znayesh o nyom?*

Le lanzo una mirada a Nikolai y descubro que me está observando con una expresión oscura e indescifrable. Un hormigueo indeseado de vergüenza me repta por la columna y se me entrecorta la respiración con la súbita vulnerabilidad que me envuelve. No es prudente que esté arrodillada frente a este hombre.

Es como ofrecerle el cuello desnudo a un lobo hermoso y salvaje.

—Mi hijo te pregunta si conoces a Spiderman —dice después de un momento cargado de tensión—. Supongo que la respuesta es sí.

Hago un esfuerzo para apartar la mirada de él y centrarme en el niño.

—Sí, conozco a Spiderman —digo con una sonrisa —. Cuando tenía tu edad, me encantaba Spiderman. También Superman y Batman y Wonder Woman y Aquaman.

La expresión del niño se ilumina más y más con cada superhéroe que nombro y, cuando llego a Aquaman, una sonrisilla traviesa cruza su rostro.

—¿Aquaman? —Frunce la naricilla—. *Nyet, nye* Aquaman.

—¿Aquaman no? —Abro los ojos de forma exagerada—. ¿Por qué no? ¿Qué le pasa a Aquaman?

El comentario le saca una risita.

—*Nye* Aquaman.

—Vale, tú ganas. Aquaman no. —Dejo escapar un suspiro triste—. Pobre Aquaman. A muy pocos niños les gusta.

El chico vuelve a esbozar una risita y corre hasta una pila de cómics que hay junto a la cama. Coge uno, lo trae y señala la ilustración de la portada.

—Superman *samiy sil'niy* —afirma.

—¿Superman es el mejor? —intento adivinar—. ¿Es tu favorito?

—Ha dicho que es el más fuerte —dice Nikolai con voz neutra. Entonces empieza a hablar en ruso, y su voz vuelve a adquirir un tono autoritario. El niño deja caer la cabeza y baja el libro con actitud abatida.

—Volvamos a mi despacho —me dice Nikolai. Sin volver a dirigirle palabra a su hijo, se dirige a la puerta.

5

NIKOLAI

AL SALIR DE LA HABITACIÓN, LA OIGO DESPEDIRSE DE MI hijo con su voz dulce y alegre. Aumenta el desagradable golpeteo en mi pecho. La rabia se mezcla con la lujuria más fuerte que he sentido nunca.

«Seis meses».

Seis meses y ni siquiera he conseguido arrancarle una sonrisa al niño. Aunque Alina sí lo ha hecho, y ahora también esta chica, esta completa desconocida.

Slava se ha reído con ella.

Le ha enseñado su libro favorito.

Le ha dejado tocar su camiseta.

Y todo el tiempo que la he observado con mi hijo, lo único en lo que podía pensar era cómo estaría tendida desnuda debajo de mí, con su cabello de reflejos dorados liberado del apretado moño que lo contiene, mirándome con sus grandes ojos marrones mientras me hundo en su carne, una y otra vez.

Si necesitaba más pruebas de que no soy apto para actuar como padre, aquí las tengo, y me sobran.

—Siéntate, por favor —le digo a Chloe, ya en el despacho. Me esfuerzo por evitarlo, pero tengo la voz tensa y soy incapaz de ocultar el agitado caldero de emociones que hierve en mi interior; es tan potente que apenas logro contenerlo. Quiero agarrar a la chica y follármela aquí mismo y, al mismo tiempo, quiero zarandearla y ordenarle que me explique cómo ha obrado su magia en Slava con tanta rapidez... por qué mi hijo ha respondido ante ella en cuestión de minutos cuando yo he sido incapaz de arrancarle nada más que unas pocas palabras durante meses.

Está sentada en la misma silla de antes, al borde del asiento con la delicadeza con la que una mariposa se posa sobre una flor. Sus ojos están anclados en mí de forma inquisitiva. Su expresión, perfectamente compuesta. Si no fuera por sus pequeñas manos entrelazadas sobre la mesa, pensaría que está tan tranquila como aparenta. Pero este atractivo misterio de chica está nerviosa... nerviosa y algo desesperada.

No sé por qué, pero pienso descubrirlo.

—¿Qué te ha parecido mi hijo? —pregunto, suavizando el tono mientras me reclino en mi asiento. Ahora que Slava no está aquí, la extraña opresión que siento en la caja torácica cuando él se encuentra cerca desaparece. La ira irracional y los celos se desvanecen hasta convertirse en tenues latidos perdidos en mi mente.

¿Y si el chico prefiere a esta desconocida?

Eso significaría que de verdad está capacitada para hacer el trabajo por el que me dispongo a contratarla.

No sé exactamente cuándo he tomado esta decisión, o en qué punto he decidido que mi fascinación para con Chloe Emmons justifica el daño que podría causarle a mi familia. Tal vez ha sido al ver cómo mentía con total naturalidad sobre el motivo por el que dejó de utilizar las redes sociales, o en los instantes en los que sostenía mi mirada sin rastro de miedo, prometiendo consagrarse a su trabajo. O tal vez fue cuando salí por la puerta y esos suaves ojos marrones se posaron sobre mí por primera vez, provocando que se me erizara el vello de todo el cuerpo con una sensibilidad ardiente.

Atracción se queda muy corta para describir lo que siento por ella. Me tiemblan las manos, literalmente, por las ganas de tocarla, de recorrer con mis dedos el contorno de su mandíbula finamente moldeada, de comprobar si su piel bronceada es tan suave como parece. En las fotos era guapa y alegre, y su luz lo inundaba todo. En persona, es todo eso y más. Su sonrisa irradia una calidez inconsciente y su mirada inquebrantable transmite vulnerabilidad y fuerza al mismo tiempo.

Y, detrás de todo esto, hay desesperación. Puedo verla, sentirla… olerla. El miedo, la desesperanza… tienen un aroma parecido al de la sangre. Y al igual que la sangre, evoca mis aspectos más oscuros; la bestia que mantengo cuidadosamente atada. Y lo que es peor, esta atracción inapropiada no es unilateral.

Chloe Emmons se siente atraída por mí.

Tras la máscara de su sonrisa alegre y amistosa hay un puro deseo femenino, una respuesta tan primitiva como mi reacción a ella. Cuando estrechamos la mano, he sentido un temblor estremeciendo su piel y he visto cómo sus labios se han separado en una ligera exhalación mientras sus delicados dedos se contraían bajo los míos.

No, a la chica no le soy indiferente en absoluto, y eso la convierte en un blanco.

—Slava me ha parecido un chico muy listo —responde, y mi mirada desciende a su boca apetecible. Su labio superior es algo más carnoso que el inferior, lo que da la impresión de que le sobresale ligeramente cuando no sonríe—. No entiendo por qué se niega a aprender inglés con vosotros, pero estoy segura de que podré enseñarle —continúa mientras sopeso si esa pequeña imperfección la hace más o menos atractiva. Más, decido mientras ella me explica los métodos de enseñanza que quiere aplicar. Definitivamente más, porque ahora solo puedo pensar en lo mucho que deseo degustar la tierna suavidad de esos labios y sentirlos por mi cuerpo.

Hago un esfuerzo por concentrarme en lo que dice.

—…así que empezaremos con el…

—¿Qué opinas sobre los castigos físicos a los niños? —la interrumpo, inclinándome hacia delante. Ya he escuchado lo suficiente para saber que es capaz de hacer su trabajo. Solo necesito saber una cosa más—. ¿Crees en los azotes y ese tipo de cosas?

Me lanza una mirada de alarma.

—¡Por supuesto que no! Es lo último que... No, nunca lo consentiría. —Entrecierra los ojos, inclinándose y apretando los puños con las manos delgadas sobre la mesa—. ¿Tú... sí?

—No.

Se relaja visiblemente. Oculto una sonrisa de satisfacción. Por un segundo, parecía que iba a propinarme un puñetazo con esos puñitos suyos. Y esa reacción no era fingida, pues cada músculo de su cuerpo se ha tensado al instante como si estuviera a punto de lanzarse a la batalla. La mera posibilidad de que alguien azotase a mi hijo ha hecho que olvide lo que sea que cause su desesperación, lista para enfrentarse a mí como una mamá osa.

Esa no es la reacción de alguien que haría daño a un niño. Sea cual sea el peligro que presenta Chloe Emmons, no tiene tendencias violentas. Al menos, no son tendencias que pudiera dirigir a Slava.

La verdadera causa de la muerte de su madre sigue sin saberse.

Probablemente sea otra señal de que no estoy capacitado para ejercer de padre, pero parte de mí desea que ese hipotético lado oscuro cause problemas. Este aislado rincón de Idaho es tranquilo... bonito, pero demasiado tranquilo. La vida que dejé atrás no tiene nada que ver con la que he llevado estos últimos seis meses y no niego que echo en falta el subidón de adrenalina de ser el líder de una de las familias más poderosas de Rusia.

Esta chica de mentiras intrigantes y boca de muñeca hinchable no sustituirá eso, pero de una forma u otra, me ofrecerá algo con lo que entretenerme.

Me inclino hacia atrás, entrelazo los dedos sobre el pecho y le sonrío.

—Bueno, Chloe... ¿Cuándo puedes empezar?

6

CHLOE

CASI SALTO Y GRITO: «¡AHORA! ¡EN ESTE MISMO instante!». Lo malo es que eso revelaría mi desesperación y lo fastidiaría todo, así que me quedo en mi sitio con cierto aire de compostura.

—Como te venga mejor a ti. Estoy disponible de inmediato.

Los ojos de Nikolai adquieren un brillo dorado oscuro.

—Fantástico. Me gustaría que empezaras hoy. Supongo que estás de acuerdo con el salario indicado en el anuncio, ¿no?

—Sí, gracias. Es adecuado. —Con lo que quiero decir que es más dinero del que podría esperar ganar en cualquier otro lado, pero todos estos libros sobre entrevistas te dicen que no intentes parecer demasiado ansiosa y que negocies. No tengo agallas para hacer lo último, pero puedo intentar lo primero—. ¿Cada cuánto cobraré? —pregunto así como si tal cosa.

—Cada semana. Contaremos hoy como tu primer día, así que recibirás tu primera paga el próximo martes. ¿Te parece bien?

Asiento con la cabeza, demasiado emocionada para hablar. En una semana, o mejor dicho, en seis días y medio, tendré dinero. Dinero de verdad, material y sustancial, ese con el que poder comprar comida y pagar gasolina durante meses por si tengo que volver a huir.

—Excelente. —Se levanta—. Ven, te enseñaré tu habitación.

Lo sigo, haciendo todo lo posible por no fijarme en la forma en la que sus vaqueros de diseño le resaltan las piernas musculosas y en cómo su camiseta ceñida se tensa sobre sus fuertes hombros. Lo último que necesito es babear por mi jefe, un hombre que muy probablemente esté casado con una mujer que aún no conozco. Lo que, ahora que me paro a pensar, es raro.

¿Por qué la madre de Slava no participa en la decisión de contratarme?

Al alcanzar a Nikolai, carraspeo un poco para llamar su atención.

—¿Conoceré pronto a Alina? —pregunto cuando me mira—. ¿O está fuera?

—Ella está... —responde al tiempo que enarca las cejas.

—Justo aquí.

Una joven despampanante sale de la habitación a la que estábamos a punto de entrar. Alta y delgada, lleva un vestido rojo que podría ser perfectamente de una pasarela de París. Lleva unos elegantes zapatos de tacón color beis y su larga, lisa y negra melena enmarca un rostro de gran belleza. Lleva los labios carnosos de color rojo, a juego con el vestido, y su destreza con el delineador resalta la inclinación felina de sus ojos verdes jade.

—Alina Molotova. Veo que la entrevista ha ido bien —dice con suavidad mientras me extiende una mano muy cuidada.

Al igual que su marido, habla un inglés estadounidense impecable, solo la pronunciación de su nombre delata su origen extranjero.

Tras recuperarme de la impresión que me ha supuesto su aspecto, le doy la mano.

—Es un placer conocerla, señora Molotova —digo su apellido como ella lo ha hecho, con una «a» al final. Eso lo recuerdo de mi curso de literatura rusa: los apellidos en ruso tienen género—. Soy...

—Chloe Emmons, lo sé. Y, por favor, llámame Alina. —Sonríe, dejando ver un pequeño hueco entre los dientes delanteros, una imperfección que realza aún más la magnitud de su belleza.

—Gracias, Alina. —Le devuelvo la sonrisa, a pesar de sentir un dolor desagradable que me aprieta el pecho.

La esposa de Nikolai posee una belleza indescriptible y, por alguna razón, no me hace ninguna gracia.

Curiosamente, Nikolai no parece estar contento con su presencia tampoco.

—¿Qué haces aquí? —Su tono es brusco, sus cejas oscuras se juntan en un ceño fruncido.

La sonrisa de Alina se vuelve felina.

—Estaba preparando la habitación de Chloe, por supuesto. ¿Qué iba a hacer, si no?

La respuesta en ruso de él es rápida y tajante, pero ella se limita a reír —un sonido bonito, como el de unas campanillas— y me dice:

—Bienvenida a casa, Chloe.

Entonces se marcha, con un caminar tan elegante como el de una modelo en una pasarela.

Suspirando, me vuelvo hacia Nikolai y veo que está entrando ya a la habitación. Lo sigo y me encuentro en un dormitorio espacioso y ultramoderno con un ventanal enorme y que ofrece unas vistas impresionantes.

—Caray. —Me acerco a la ventana y contemplo los picos nevados de las montañas lejanas cubiertas por una neblina azulada—. Esto es… guau.

—Precioso, ¿a que sí? —dice, y el pulso se me acelera al darme cuenta de que se ha acercado y está a mi lado, admirando el magnífico paisaje de fuera. De perfil es incluso más atractivo, sus facciones bien marcadas y perfectas como si hubieran sido esculpidas en el acantilado en el que nos encontramos, su tremendo cuerpo como si formara parte de la fuerza de la naturaleza, como la implacable naturaleza que nos rodea.

«Peligroso».

La palabra se me pasa por la cabeza como un

susurro y, esta vez, no puedo convencerme de que esté paranoica. Este hombre, mi jefe misterioso, es peligroso. No sé cómo ni por qué, pero lo noto. Hace un mes que me arrancaron a la fuerza la venda que había llevado toda mi vida, la que llevan todas las personas normales, y no puedo dejar de ver la oscuridad en el mundo, no puedo fingir que no está ahí. Y veo oscuridad en Nikolai.

Bajo esa impresionante belleza masculina y esos buenos modales se esconde algo salvaje... algo aterrador.

Se gira para mirarme y necesito todo mi valor para permanecer en mi sitio y encontrar su mirada de tigre. El corazón me late con una fuerza inusitada en el pecho, pero una corriente al rojo vivo parece saltar entre nosotros, las partículas de aire adquieren una carga eléctrica. Mis terminaciones nerviosas chisporrotean con ella, me abrasan la piel y me entrecortan la respiración.

«Corre, Chloe».

Tragando saliva, doy un paso atrás y oigo la voz de mi madre en mi cabeza tan nítida y clara como si estuviera aquí mismo. Y quiero escucharla ya, pero no llevo mucho dinero en la cartera y apenas hay gasolina en el cuatro latas que conduzco. Este hombre, que me atrae y me aterroriza a la vez, es mi única esperanza de supervivencia, y sea cual sea el peligro que corra aquí, no puede ser peor que el que me espera si me voy.

Sus ojos brillan con oscura diversión cuando doy

otro paso atrás, y luego otro, y vuelvo a tener la inquietante sensación de que sabe lo que estoy pensando en este momento, que de alguna manera percibe tanto mi miedo como mi vergonzosa atracción hacia él.

Me obligo a apartar la vista y miro a mi alrededor, fingiendo interés por lo que me rodea, como si todo lo que hay aquí pudiera ser tan fascinante como él.

—¿Así que esta será mi habitación?

—Sí. ¿Te gusta?

—Me encanta.

Levanto la vista hacia un gran televisor que cuelga del techo sobre la cama y luego me dirijo a una puerta que está enfrente de la que da al pasillo. Lleva a un elegante cuarto de baño blanco con una cabina de ducha de cristal lo bastante grande para acomodar a cinco personas. Otra puerta oculta un vestidor del tamaño de mi habitación en la universidad, vacío y esperando mis escasas pertenencias.

Es un lujo que solo he visto en las películas y que aumenta mi inquietud.

¿Quién es esta gente? ¿De dónde han sacado su riqueza? ¿Cómo supo Nikolai de mi ausencia en las redes sociales cuando todos mis perfiles son privados?

¿Por qué necesitan tanta seguridad en un lugar tan alejado?

Antes no quería pensar demasiado en nada de esto porque mi objetivo era conseguir el trabajo, pero ahora que estoy aquí, ahora que esto es real, no puedo evitar preguntarme en qué me he metido. Porque hay una respuesta fácil a todas mis preguntas, una palabra que, gracias a Hollywood, me viene a la mente cuando pienso en rusos ricos.

«Mafia».

¿Pertenecen mis nuevos jefes a la mafia?

7

CHLOE

Me giro hacia Nikolai con el corazón a mil por hora. Él me mira con un aire inquietante y, de repente, me siento como un ratón acorralado por un gran y majestuoso gato.

«Alguien que puede ser de la mafia».

—Bueno —digo incómoda—, creo que debería...

—Dame las llaves del coche. —Se me acerca—. Haré que te suban las cosas.

—No te preocupes, puedo hacerlo sola. Solo... —Me callo porque extiende la mano de forma intransigente.

Rebusco en el bolsillo, saco las llaves y se las dejo en la mano.

—Aquí las tienes.

—Gracias. —Se mete las llaves en el bolsillo—. Instálate y ponte cómoda. Pavel te traerá tus cosas dentro de nada.

—Solo hay una pequeña maleta dentro del maletero —digo, pero él ya está saliendo.

Me lanzo a la cama soltando todo el aire que no sabía que estaba reteniendo. Ahora que la entrevista ha terminado, la adrenalina que me mantenía activa se esfuma y me siento agotada, tan consumida que solo puedo quedarme ahí tumbada y mirar fijamente el alto techo. Al cabo de un rato, me recupero lo suficiente para darme cuenta de que la colcha sobre la que estoy acostada está hecha de algún material suave y mullido. Paso las manos por encima y la acaricio como si fuese una mascota.

Un golpe en la puerta me saca del ensimismamiento. Me siento y digo:

—Adelante.

Un hombre del tamaño de un oso pardo entra con mi maleta, que a su lado parece una pequeña bolsa de mano. Su grueso cuello está cubierto de tatuajes y tiene una cara tan curtida que me recuerda a un ladrillo: dura, rojiza e inflexiblemente cuadrada. Su pelo corto de militar es una mezcla de marrón con canas y sus ojos grises y penetrantes parecen balas fundidas.

—Hola —digo dibujando una sonrisa mientras me levanto—. Tú tienes que ser Pavel.

Asiente, pero su expresión no cambia un ápice.

—¿Dónde quieres que lo deje? —pregunta con un gruñido profundo y un acento muy marcado.

—Aquí mismo está bien, gracias. Ya lo cojo yo. — Voy a coger la maleta y, mientras me acerco, veo que debe de ser el hombre más grande que haya conocido jamás, tanto de alto como de ancho. Tiene más tatuajes en las manos y, desde el pico del jersey, alcanzo a ver sus prominentes pectorales que se tensan con fuerza.

Me detengo frente a él, trato de tragar saliva y agarro el asa de la maleta que acaba de dejar en el suelo.

—Gracias. —Sonrío mirando aún más hacia arriba. Es tan alto que incluso me duele el cuello al inclinar la cabeza.

Vuelve a asentir con la mandíbula tensa, se da la vuelta y se va.

Vale. Pues nada, lo de hacerme amiga de otros miembros del personal lo dejaremos para otro día. De todas formas, ¿qué trabajo tiene ese hombre-oso? ¿Es guardaespaldas?

«Sicario de la mafia, ¿tal vez?».

Descarto esa idea de inmediato. Aunque encaja en el estereotipo, me niego a indagar más en esa posibilidad. ¿Qué sentido tendría? De hecho, si mis nuevos empleados son de la mafia, estoy mucho más segura con ellos que fuera.

O eso espero.

Después de salir Pavel, cierro la puerta y empiezo a deshacer la maleta, solo tardo diez minutos. Al acabar, miro esa colcha blanca tan mullidita de encima de la cama con anhelo. Estoy hecha polvo y no solo por la entrevista. Entre las pesadillas que me atormentan por las noches y la constante preocupación durante el día, hace semanas que no duermo más de cuatro horas. Aun así, no puedo pasarme la tarde durmiendo.

Me han contratado para trabajar y eso pienso hacer.

Para animarme, me doy una ducha rápida en ese baño enorme y me pongo una camiseta limpia, la última que me queda. Tengo que preguntarles dónde está la lavandería cuanto antes, pero primero… lo más importante.

Es hora de conocer a mi pequeño alumno.

Me acerco a la habitación de Slava, que tiene la puerta abierta, y veo que Alina habla con él en un ruso melódico. Al oír mis pasos, la mujer me mira y enarca las cejas de una forma parecida a su marido.

—¿Tienes ganas de empezar?

Le sonrío.

—Si no te importa, estaba pensando que Slava y yo podríamos conocernos mejor esta tarde. —Capto la mirada del pequeño y le guiño un ojo, con lo que me gano una enorme sonrisa por su parte.

La expresión de Alina se suaviza al ver la reacción de su hijo.

—Claro que no me importa. Solo le estaba explicando que ahora vas a vivir aquí y le darás clase. Está muy emocionado.

—Yo también lo estoy. —Me agacho delante del niño—. Nos lo pasaremos superbién, ¿verdad, Slava?

Está claro que no entiende ni papa de lo que le digo, pero sonríe igualmente y dice algo en ruso.

—Te está preguntando si te gustan los castillos —dice Alina.

—Sí, me gustan —le digo a Slava—. ¿Me enseñas lo que tienes aquí? ¿Es una fortaleza? —Señalo el proyecto de LEGO a medio construir.

El niño se ríe nervioso y se va hacia las piezas de LEGO. Coge dos y las pone en las paredes del castillo, yo lo ayudo poniendo dos más. El único problema es que, al parecer, lo hago mal porque sacude la cabeza, quita mis piezas y las coloca justo al lado de donde las había puesto.

—Ah, ya veo. Estás dejando espacio para las ventanas. Ventanas, ¿verdad? —Señalo el ventanal de su habitación.

Asiente con la cabeza.

—*Da, okna. Bol'shiye okna*. —Me coge por la muñeca, me pone otra pieza en la mano y me guía hasta el lugar exacto—. *Nado syuda*.

—Ya lo entiendo. —Coloco la siguiente pieza sin dejar de sonreír—. Así, ¿verdad?

—*Da* —dice emocionado y coge más piezas. Continuamos así, él guiándome para montar el castillo hasta que Alina carraspea.

—Parece que os lleváis muy bien, así que os dejo solos —dice cuando levanto la vista—. Tenéis media hora hasta la hora de la merienda de Slava. ¿Tiene hambre, Chloe?

Mi estómago responde por mí emitiendo un gran gruñido. Alina se ríe, sus ojos verdes brillan, divertidos.

—Supongo que eso es un sí. ¿Alguna preferencia o alergia?

—Cualquier cosa estará bien —digo agradecida de

que el tono algo más oscuro de mi piel esconda la rojez de mis mejillas por la vergüenza. No me imagino el esbelto y elegante cuerpo de Alina emitiendo un sonido tan indiscreto; aunque, si es humana, debería ocurrir en alguna ocasión. Por supuesto, no había indicios de que lo de ser humana fuese cierto tampoco.

Con esos tacones y ese impresionante vestido, la mujer de Nikolai es demasiado fascinante para ser real.

Debe de notar esta vergüenza que siento porque parece más divertida aún y se le curvan los labios de la misma forma perturbadora que su marido.

—Fantástico. Se lo comentaré a Pavel.

¿Pavel? ¿Era el hombre-oso el cocinero o algo así? Antes de que pueda preguntárselo, Alina se vuelve hacia su hijo y le dice algo en ruso, se va y me deja sola con mi alumno.

8

NIKOLAI

—Dime, hermano…, ¿la has traído para Slava o para ti?

Hago una pausa mientras me coloco los gemelos y me doy la vuelta para encontrarme con la mirada tranquila y burlona de Alina.

—¿Acaso importa? —No tengo la menor idea de cómo ha descubierto mi interés en nuestra nueva empleada, pero no me sorprende. Mi hermana siempre ha sabido calarme mejor que nadie.

Se apoya en el marco de la puerta de mi vestidor, donde me estoy cambiando para la cena.

—Supongo que era de esperar. Es guapa, ¿verdad?

—Mucho. —Le doy la espalda a propósito. Alina vive para sacarme de quicio, pero esta noche no lo va a conseguir. Tampoco conseguirá avergonzarme para que me aleje de Chloe.

La chica me resulta demasiado intrigante como para eso.

—Sabes que ha pasado toda la tarde con Slava, ¿no? —Alina se adentra en mi vestidor y coge mi corbata negra estrecha, la que estaba a punto de ponerme.

Resisto el impulso de coger otra corbata solo para fastidiarla, se la quito de las manos y me la pongo con una facilidad proveniente de la práctica.

—Sí, lo sé.

Hay cámaras en la habitación de mi hijo, y me he pasado la tarde viéndolo jugar con su nueva tutora. Tras terminar de construir el castillo en el que Slava estaba trabajando, se han comido la bandeja de fruta y queso que había traído Pavel, y luego han jugado al pilla-pilla, con Chloe persiguiéndole por su habitación y por el pasillo y, haciéndole reír tanto, que roncaba de la risa. Después, Chloe le leyó algunos de sus cómics favoritos, los que estaban en inglés, no las traducciones en ruso que Alina le había traído a escondidas para ganarse la simpatía del niño. Conforme ella hablaba, Slava parecía sentir fascinación por su hermosa y joven profesora, algo de lo que no puedo culparle.

Mataría por que se sentara a mi lado y me leyera con esa voz tan suave y ligeramente ronca, por sentir su mano jugar con mi pelo de la misma manera en que jugaba sin preocupación alguna con el de mi hijo cuando se acurrucaba junto a ella como si la conociera de toda la vida.

—Se le da bien cuidarle —continúa Alina mientras termino de abrocharme el cinturón y cojo la chaqueta del traje—. Muy bien.

—Me he dado cuenta.

—Y aun así te la vas a tirar. Tal y como habría hecho él.

Mantengo un tono de voz neutro cuando respondo:

—Nunca he dicho que yo fuera diferente.

—Pero puedes serlo. Kolya… —Me pone la mano sobre el brazo y, cuando nuestras miradas se cruzan, dice suavemente—: Nos fuimos. Vinimos aquí. Esta es nuestra oportunidad para empezar de cero, para hacer de nosotros quienes queramos ser. Olvida a nuestro padre. Olvídalo todo. Tú ya cumpliste tu parte; ahora les toca a Valery y a Konstantin.

Se me escapa una risa seca.

—¿Qué te hace pensar que quiero empezar de cero? ¿O ser cualquier otra persona distinta a la que soy?

—El hecho de que te marchases. Que estemos aquí, manteniendo esta conversación. —Su expresión es seria, transparente por una vez—. Deja que la chica sea la tutora de Slava y nada más. Diviértete en otra parte. Es demasiado joven para ti. Demasiado inocente.

—Tiene veintitrés años, no doce. Además, acabo de cumplir treinta y uno, ni que fuese una diferencia de edad infranqueable.

—No estoy hablando de edades. Ella no es como nosotros. Es suave; vulnerable.

—Exacto, y eso es lo que me llama la atención. —Sonrío con crueldad—. ¿Qué te pensabas que iba a pasar?

La expresión de Alina se endurece.

—Vas a destruirla. Aunque, claro… —Sus labios se tuercen en una sonrisa amarga mientras retrocede—, así es como hacen las cosas los Molotov, ¿no? Disfruta de tu juguetito nuevo, Kolya. Estoy deseando verte jugar con ella en la cena.

Y sin mediar palabra, se marcha de la habitación.

9

CHLOE

Cogida de la mano de Slava, me acerco al comedor hecha un flan. No sé por qué estoy tan nerviosa, pero lo estoy. Solo pensar en volver a ver a Nikolai hace que me sienta como si un tejón de la miel rabioso se hubiera instalado en mi estómago.

Me digo a mí misma que tiene que ser por lo de la mafia. Ahora que se me ha implantado esa idea, no puedo quitármela de la cabeza por mucho que lo intente. Por eso se me acelera la respiración y me sudan las manos cada vez que imagino la cínica curva que forman los labios de mi jefe. Porque podría ser un criminal. Porque percibo en él un matiz oscuro y despiadado. No tiene nada que ver con su aspecto ni con el calor que fluye por mis venas cada vez que su intensa mirada verde y dorada se posa sobre mí.

No puede tener nada que ver con eso porque está casado, y yo nunca le robaría el marido a otra mujer, y menos con un niño de por medio.

Aun así, no puedo evitar preguntarme cuánto tiempo llevan juntos Nikolai y su mujer... y si él la quiere. Hasta ahora, solo los he visto juntos brevemente, así que es imposible saberlo, aunque percibí cierta falta de intimidad entre ellos. Sin embargo, estoy segura de que eso era solo eran imaginaciones mías. ¿Por qué no iba a querer mi jefe a su mujer? Alina es tan hermosa como él, tanto que casi se parecen. No es de extrañar que Slava sea un niño tan guapo; con unos padres así, le ha tocado la lotería genética a lo grande.

Bajo la mirada hacia el niño en cuestión y él me mira; sus enormes ojos se parecen de manera inquietante a los de su padre. Su expresión es solemne, el entusiasmo que mostraba cuando jugábamos juntos ha desaparecido. Al igual que yo, parece nervioso por nuestra inminente comida, así que le dedico una sonrisa tranquilizadora.

—La cena —le digo, señalando con la cabeza la mesa a la que nos acercamos—. Estamos a punto de cenar.

Él me mira y parpadea sin decir nada, pero sé que está archivando la palabra junto con todo lo que le he dicho hoy. Los niños pequeños son como esponjas que absorben todo lo que los adultos dicen y hacen, y su cerebro forma conexiones a una velocidad deslumbrante. Cuando estaba en el instituto, trabajé de canguro para una pareja china. Su hija de cinco años no hablaba nada de inglés cuando la conocí, pero después de unas semanas de guardería y una decena de tardes conmigo, casi lo dominaba. Lo mismo le ocurrirá a Slava, no me cabe duda.

En el transcurso de la tarde, ya repetía algunas palabras.

Todavía no hay nadie en el comedor, aunque Pavel me dijo con cierta brusquedad que estuviera aquí a las seis cuando trajo la bandeja de frutas y quesos a la habitación de Slava. Sin embargo, la mesa ya está preparada con todo tipo de ensaladas y aperitivos, y se me hace la boca agua ante las delicias que nos aguardan. Aunque la merienda ha saciado gran parte de mi hambre, todavía estoy famélica, y necesito toda mi fuerza de voluntad para no lanzarme con voracidad sobre las bandejas de sándwiches con caviar a la vista y los platos de pescado ahumado, verduras asadas y ensaladas de hojas verdes que tan artísticamente han dispuesto en la mesa. En lugar de eso, ayudo a Slava a subirse a una silla con un alzador infantil y empiezo a señalar los nombres de los distintos alimentos:

—A este plato lo llamamos *ensalada*, y la cosa verde en su interior es *lechuga* —digo mientras el repiqueteo de los tacones de Alina anuncia su llegada.

Alzo la vista hacia ella con una sonrisa.

—Hola. Slava y yo solo estábamos…

—¿Por qué no se ha cambiado de ropa? —Sus cejas oscuras se fruncen al ver el aspecto del niño—. Sabe que nos cambiamos para cenar.

Lo único que puedo hacer es parpadear.

—Ah, yo…

Alina me interrumpe con un veloz torrente de ruso,

y veo que los hombros del niño se tensan mientras se encoge en su asiento, como si quisiera desaparecer. Cuando Alina se da cuenta de que está alterando a su hijo, suaviza su tono y finalmente le sonsaca al chiquillo lo que parece ser una disculpa. Después, se dirige a mí:

—Lo lamento. Slava sabe que no debe bajar así, pero se le ha olvidado con la emoción del momento.

Me arde el rostro cuando me doy cuenta de que «así» se refiere a su ropa casual cotidiana, que no es diferente de los vaqueros y la camiseta de manga larga que llevo yo. La mujer de Nikolai, en cambio, se ha puesto un vestido todavía más glamuroso, uno azul plateado que le llega hasta los tobillos, y con el que parece que va a ir a un estreno de Hollywood.

—Lo siento —digo, sintiéndome cual turista con riñonera que se ha topado con un desfile de moda parisino—. No sabía que había un código de vestimenta.

—No, tú vas bien. —Alina agita una mano elegante—. No es un requisito para ti, pero Slava es un Molotov y es importante que aprenda las tradiciones familiares.

—Ya veo. —En verdad, no lo veo, pero no soy quién para contradecir las tradiciones familiares, por absurdas que puedan ser.

—Y no te preocupes —añade Alina, tomando asiento frente a Slava—, si quieres vestirte como es debido, estoy segura de que Kolya te comprará la ropa adecuada.

¿Kolya? ¿Es así como llama a su marido?

—Eso no es necesario, gracias… —empiezo a decir, pero me quedo en silencio por la sorpresa cuando veo a Nikolai acercarse a la mesa. Al igual que su mujer, se ha cambiado para la cena. Ha cambiado los vaqueros de diseño de alta gama y su camisa abotonada por un traje negro bien confeccionado, una camisa blanca impecable y una corbata negra estrecha; un atuendo que no desentonaría en una boda de la alta sociedad… o en el mismo estreno de la película a la que Alina tiene previsto asistir; y mientras que un hombre de apariencia corriente podría pasar fácilmente por apuesto con un traje como este, la belleza oscura y masculina de Nikolai se ve realzada hasta un grado casi insoportable. Al contemplar su aspecto, se me dispara el pulso y se me contraen los pulmones, y noto un cosquilleo en las partes…

«Casado, Chloe. Está casado».

El recordatorio es como una bofetada en la cara que me saca de mi encandilado trance. Tras forzar la entrada de aire en mis pulmones faltos de oxígeno, le dedico a mi jefe una sonrisa cuidadosamente controlada, una sonrisa que no dice que el corazón se me acelera en el pecho y que estoy deseando que Alina no exista. Sobre todo, porque su atrayente mirada se dirige a mí en lugar de a su preciosa esposa.

—Llegas tarde —dice Alina al tiempo que él saca una silla y se sienta a su lado—. Ya son las…

—Ya sé qué hora es. —No me quita los ojos de encima al contestarle, su tono es fríamente despectivo. Luego, su mirada se dirige al niño, que está sentado a mi lado, y sus facciones se tensan al observar su aspecto informal.

—Lo siento, es culpa mía —digo antes de que él también reprenda al niño—. No me di cuenta de que teníamos que arreglarnos para la cena.

La atención de Nikolai vuelve a centrarse en mí.

—Ya veo que no. —Su mirada recorre mis hombros y mi pecho, haciéndome sentir plenamente consciente de la sencilla camiseta de manga larga y del fino sujetador de algodón que llevo debajo, y que no sirve para ocultar mis pezones inexplicablemente erectos—. Alina tiene razón. Tengo que comprarte ropa adecuada.

—De verdad, no hace…

Él alza la mano.

—Reglas de la casa. —Aunque su voz es suave, su rostro podría haber sido tallado en piedra—. Ahora que eres miembro de esta casa, debes acatarlas.

—Esto… de acuerdo. —Si él y su esposa quieren verme con ropa elegante durante la cena y no les importa gastarse el dinero para ello, que así sea.

Como acaba de decir, su casa, sus reglas.

—Bien. —Curva sus sensuales labios—. Me alegro de que seas tan complaciente.

Se me acelera la respiración, siento que la cara me arde una vez más y miro hacia otro lado para ocultar mi reacción. Lo único que el hombre ha hecho ha sido sonreír, joder, y yo me he sonrojado como una virgen de quince años; y delante de su mujer, nada menos.

Si no controlo este ridículo enamoramiento, me despedirán antes de que termine la cena.

—¿Quieres un poco de ensalada? —pregunta Alina, como si quisiera recordarme su existencia, y dirijo mi atención hacia ella, agradecida por la distracción.

—Sí, por favor.

Me sirve una ración de ensalada de hojas verdes con elegancia y luego hace lo mismo con su marido y su hijo. Mientras tanto, Nikolai me ofrece una bandeja con sándwiches de caviar, y yo cojo uno, en parte porque tengo suficiente hambre como para comer cualquier cosa que haya en el pan y también porque siento curiosidad por este famoso manjar ruso. He comido este tipo de huevas de pescado, del tipo grande y anaranjado, en restaurantes de sushi un par de veces, pero imagino que es diferente así, servido en una rebanada de baguette francesa con una gruesa capa de mantequilla debajo.

En efecto, al morderlo, el rico sabor del umami me explota en la lengua. A diferencia de las huevas de pescado que he probado, parece que el caviar ruso se conserva con grandes cantidades de sal; sería demasiado salado por sí solo, pero el pan blanco crujiente y la mantequilla suave lo equilibran perfectamente, y yo devoro el resto del pequeño sándwich en dos bocados.

Con un brillo divertido en la mirada, Nikolai me ofrece la bandeja de nuevo:

—¿Más?

—Estoy bien, gracias. —Me gustaría comerme otro sándwich de caviar, o veinte, pero no quiero parecer glotona. En lugar de eso, pruebo la ensalada, que también está deliciosa, y cuyo aliño dulce y picante hace que se estremezcan mis papilas gustativas. Luego, pruebo un bocado de todo lo que hay en la mesa, desde el pescado ahumado hasta una especie de ensalada de patatas y berenjenas a la parrilla, que han rociado con una salsa de yogur con pepino y eneldo.

Mientras como, no pierdo de vista a mi pupilo, que come tranquilamente a mi lado. Alina le ha dado a Slava una pequeña porción de todo lo que están comiendo los adultos, incluido el sándwich de caviar, y el niño no parece tener ningún problema con ello. No pide palitos de pollo ni patatas fritas, no hay ni rastro de la típica quisquillosidad de un crío de cuatro años. Incluso sus modales en la mesa corresponden a los de un niño mucho mayor, con tan solo un par de ocasiones en las que coge un trozo de comida con los dedos en lugar de con el tenedor.

—El niño se porta muy bien —les digo a Alina y Nikolai, y este levanta las cejas, como si lo oyera por primera vez.

—¿Que se porta bien? ¿Slava?

—Por supuesto. —Frunzo el ceño—. ¿No te lo parece?

—No le he dado muchas vueltas, la verdad —dice, mirando al chico, que está ensartando diligentemente con su tenedor de tamaño adulto un trozo de lechuga —. Supongo que se comporta razonablemente bien.

«¿Razonablemente bien?». ¿Un niño de cuatro años que se sienta tranquilamente y se come todo lo que le sirven sin quejarse ni interrumpir la conversación de los adultos? ¿Que maneja los utensilios como un profesional? Tal vez esto sea algo común en Europa, pero desde luego es algo que nunca he visto en Estados Unidos.

Además, ¿por qué mi jefe no se ha parado a pensar en el comportamiento de su hijo? ¿No se supone que los padres se preocupan por cosas así?

—¿Has estado con muchos otros niños de su edad? —le pregunto a Nikolai por una corazonada y, durante un segundo, observo que su boca se convierte en una fina línea.

—No —dice él secamente—. La verdad es que no.

Alina le lanza una mirada indescifrable y luego se vuelve hacia mí.

—No sé si mi hermano te lo ha contado —dice ella con cierta prudencia en su voz—, pero nos enteramos de la existencia de Slava hace ocho meses.

Me atraganto con un tomate en escabeche que acabo de morder, y me entra un ataque de tos porque los jugos picantes y avinagrados se han desviado por el conducto equivocado.

—Espera, ¿qué? —jadeo en cuanto consigo poder hablar.

¿Hace ocho meses?

¿Y acaba de llamar «hermano» a Nikolai?

—Veo que esto es nuevo para ti —dice Alina, dándome un vaso de agua que yo me bebo con gratitud —. Kolya… —Le dirige una mirada a Nikolai, que tiene una expresión rígida y reservada— no te ha hablado mucho de nosotros, ¿no?

—Eh, no. —Dejo el vaso sobre la mesa y vuelvo a toser para aclarar la ronquera de mi voz—. La verdad es que no. —Mi nuevo jefe no ha dicho prácticamente nada, pero yo he supuesto todo tipo de cosas, y encima erróneas.

Alina es la hermana de Nikolai, no su esposa; lo que significa que el niño no es su hijo.

«No sabían que existía hasta hace ocho meses».

Dios, eso explica muchas cosas. No es de extrañar que padre e hijo actúen como si fueran desconocidos el uno para el otro; lo son, en todos los sentidos. Además, tenía razón cuando intuí que existía una falta de intimidad amorosa entre Nikolai y Alina.

No son amantes.

Son hermanos.

Al verlos ahora, no entiendo cómo he podido pasar por alto el parecido, o más bien, cómo es posible que el parecido que he notado no me haya dado una pista sobre su relación familiar. Los rasgos de Alina son una versión más suave y delicada del hombre sentado frente a mí, y aunque sus ojos verdes carecen de los profundos matices ambarinos de la arrebatadora mirada de Nikolai, la forma de sus ojos y cejas es la misma.

Son clara e inequívocamente hermanos.

Lo que significa que Nikolai no está casado.

O al menos no está casado con Alina.

—¿Dónde está la madre de Slava? —pregunto, intentando que mi voz suene despreocupada—. ¿Está…?

—Está muerta. —La voz de Nikolai es tan fría que podría ser capaz de congelar a alguien con ella, y también lo es la mirada que le dedica a Alina. Girándose de nuevo hacia mí, habla en un tono calmado—: Tuvimos una aventura de una noche hace cinco años y no me dijo que estaba embarazada. No tenía ni idea de que tenía un hijo hasta que ella murió en un accidente de coche hace ocho meses, y un amigo suyo encontró un diario en el que decía que era el padre.

—Uf, eso es... —Trago saliva—. Debe de haber sido muy difícil. Para ti, y sobre todo para Slava. —Miro al chico a mi lado, que sigue comiendo tranquilamente, como si no tuviera ninguna preocupación en el mundo; pero ese no es el caso en absoluto, ahora lo sé. El hijo de Nikolai ha sobrevivido a una de las mayores tragedias que puede sufrir un niño, y por muy bien adaptado que parezca, no me cabe duda de que la pérdida de su madre ha dejado profundas cicatrices en su mente.

Soy una adulta y me cuesta sobrellevar la pena. No puedo imaginar lo que es para un niño pequeño.

—Lo ha sido —reconoce Alina en voz baja—. De hecho, mi hermano...

—Ya basta. —El tono de Nikolai sigue estando perfectamente modulado, pero aprecio la tensión en su mandíbula y sus hombros. El asunto es desagradable para él, y no me extraña. No puedo imaginar lo que debe ser descubrir que tienes un hijo al que nunca has conocido, saber que te has perdido los primeros años de su vida.

Tengo un millón de preguntas que quiero hacer, pero sé que no es momento para satisfacer mi curiosidad. En lugar de eso, pido más comida y paso los siguientes minutos felicitando al chef, que resulta ser un ruso gruñón y con aspecto de oso.

—Pavel y su esposa, Lyudmila, vinieron con nosotros desde Moscú —explica Alina mientras el hombre-oso en persona sale de la cocina, portando una gran bandeja de chuletas de cordero rodeadas de patatas asadas con setas. Con un gruñido, deja la comida sobre la mesa, coge un par de platos de aperitivo vacíos y desaparece de nuevo en la cocina al tiempo que Alina prosigue—: Lyudmila no se encuentra bien hoy, así que Pavel está haciendo todo el trabajo. Normalmente, él se encarga de casi todo lo relacionado con cocinar y limpiar, mientras que ella sirve la comida, pero su trabajo principal es cuidar de Slava.

—¿Son las únicas dos personas que viven aquí, además de tu familia? —pregunto, aceptando una chuleta de cordero y una porción de patatas con champiñones cuando Alina extiende la bandeja hacia mí después de servir una porción de tamaño considerable a Slava, quien vuelve a hincarle el diente a la comida sin rechistar.

—Son las únicas personas que residen en la casa con nosotros —responde Nikolai—. Los guardias tienen un búnker separado en el lado norte de la finca.

Mi corazón se dispara.

—¿Guardias?

—Tenemos algunos hombres asegurando el recinto —dice Alina—. Dado que estamos bastante aislados por aquí.

Intento disimular mi reacción.

— Sí, claro, eso tiene sentido. —Pero no, no lo tiene. En todo caso, la ubicación remota debería hacer de este lugar un sitio más seguro. Por lo que pude ver en el mapa, solo hay una carretera que sube a la montaña, y allí ya hay una puerta de aspecto impenetrable, sin mencionar ese muro de metal ridículamente alto.

Solo las personas que tienen enemigos poderosos y peligrosos pensarían que es necesario contratar guardias además de todas esas medidas.

«La mafia rusa».

Una vez más, esas palabras resuenan en mi mente y los latidos de mi corazón cobran intensidad. Bajo la mirada al plato y corto la chuleta de cordero, tratando de mantener la mano firme a pesar del ansioso torbellino de mis pensamientos.

¿Estoy en peligro? ¿He ido de mal en peor? ¿Acaso debería…?

—Cuéntanos más sobre ti, Chloe.

La profunda voz de Nikolai interrumpe mi nerviosa contemplación y al levantar la vista descubro que sus ojos de tigre me están observando, y que sus labios se han curvado en una sonrisa socarrona. Una vez más, tengo la desconcertante sensación de que ve directamente lo que hay en mi cabeza, de que sabe exactamente lo que estoy pensando y temiendo. Tras forzarme a mantener a raya mi inquietud, le devuelvo la sonrisa.

—¿Qué te gustaría saber?

—Tu carnet de conducir dice que resides en Boston. ¿Es allí donde te criaste?

Asiento con la cabeza, ensartando con mi tenedor un trozo de chuleta de cordero.

—Mi madre nos trasladó allí desde California cuando yo era un bebé, y me crie en la zona de Boston y sus alrededores. —Le doy un bocado a la carne tierna y perfectamente sazonada y, de nuevo, tengo que darle la razón a Pavel: es la mejor chuleta de cordero que he comido nunca. Las patatas con setas, cubiertas de ajo y mantequilla, también están increíbles; están tan buenas que podría comerme medio kilo de una sentada.

—¿Y qué hay de tu padre? —pregunta Alina cuando estoy a medio camino de terminar la chuleta de cordero—. ¿Dónde está?

—No lo sé —digo, limpiándome los labios con una servilleta—. Mi madre nunca me dijo quién es.

—¿Por qué no? —La voz de Nikolai se afila—. ¿Por qué no te lo dijo?

Yo parpadeo, sorprendida, hasta que caigo en la cuenta de lo que debe de estar pensando.

—Ah, ella no le ocultó el embarazo. Él sabía que estaba embarazada y eligió marcharse. —O al menos eso es lo que he deducido basándome en las pocas pistas que mi madre había dejado caer a lo largo de los años. Por la razón que sea, odiaba este tema, hasta el punto de que cada vez que le pedía respuestas se iba a la cama con una migraña.

El tono de Nikolai se suaviza un poco.

—Ya veo.

—Creo que no estaba preparado para ese tipo de responsabilidad —digo, sintiendo la necesidad de dar alguna explicación—. Mi madre solo tenía diecisiete años cuando me tuvo, así que supongo que él también era muy joven.

—¿Supones? —Alina levanta sus cejas perfectamente perfiladas—. ¿Tu madre ni siquiera te dijo qué edad tenía?

—No le gustaba hablar de ello. Fue un momento difícil en su vida. —Mi voz se tensa mientras otra ola de dolor me inunda y mi pecho se contrae con un dolor tan intenso que apenas puedo respirar.

Echo de menos a mi madre. La echo tanto de menos que duele. Aunque vi su cadáver con mis propios ojos, una parte de mí todavía no puede creer que haya muerto, no puede procesar el hecho de que una mujer tan hermosa y vivaracha se haya ido para siempre de este mundo.

—¿Estás bien, Chloe? —pregunta Alina en voz baja, y yo asiento con la cabeza, pestañeando con rapidez para contener las lágrimas que me provocan un escozor en los ojos.

—¿Estás segura? —insiste ella, con su mirada verde llena de lástima, y en un arrebato de intuición me doy cuenta de que lo sabe… y también lo sabe Nikolai, que me observa con una expresión imposible de descifrar.

De algún modo, ambos saben que mi madre está muerta.

Una descarga de adrenalina ahuyenta la pena y mi mente se pone en marcha. No cabe duda: me han investigado antes de nuestra entrevista. Así se enteró Nikolai de mi escasez de publicaciones en las redes sociales, y es por eso por lo que Alina me mira de esta manera.

Saben todo tipo de cosas sobre mí, incluido el hecho de que les mentí por omisión.

Pensando a toda velocidad, trago saliva de forma evidente y bajo la mirada, contemplando mi plato.

—Mi madre… —Dejo que mi voz se quiebre, como si fuera inevitable—, murió hace un mes. —Dejando que las lágrimas inunden mis ojos, alzo la vista y mi mirada se encuentra con la de Nikolai—. Esa es otra de las razones por las que decidí hacer el viaje por carretera. Necesitaba un poco de tiempo para procesar las cosas.

Sus ojos parecen lanzar un destello dorado de una tonalidad más oscura.

—Mi más sentido pésame por tu pérdida.

—Gracias. —Me limpio las lágrimas de las mejillas —. Siento no haberlo mencionado antes. No es un tema que me sienta cómoda sacando a relucir en una entrevista. —Sobre todo porque mi madre fue asesinada y los hombres que lo hicieron están buscándome. Espero con todas mis fuerzas que Nikolai no lo sepa.

Por otra parte, no me habría contratado si lo

supiera; esto no es el tipo de cosas que uno quiere cerca de su familia.

—Te acompaño en el sentimiento —dice Alina, con una expresión de auténtica compasión en el rostro—. Perder a tu único progenitor debe haber sido difícil para ti. ¿Tienes algún otro familiar? ¿Abuelos, tías, primos?

—No. Mi madre fue adoptada de un orfanato en Camboya por una pareja de misioneros estadounidenses. Murieron en un accidente de coche cuando ella tenía diez años y nadie de su familia la quería, así que creció en una casa de acogida.

—Así que ahora estás completamente sola —murmura Nikolai, y yo asiento con la cabeza, volviendo a sentir un dolor punzante en el pecho.

De pequeña, nunca me había importado no tener una familia más amplia. Mi madre me había dado todo el amor y el apoyo que yo podía desear. No obstante, ahora que se ha ido, ahora que ya no somos nosotras dos contra el mundo, soy muy consciente de que no tengo a nadie en quien confiar.

Los amigos que había hecho en el colegio y la universidad tienen su propia vida, mucho menos jodida que la mía.

Al darme cuenta de que estoy peligrosamente cerca de caer en la autocompasión, aparto los ojos de la mirada inquisitiva de Nikolai y dirijo mi atención al niño que está a mi lado. Ya ha terminado con las patatas y ahora se ha puesto manos a la obra con su chuleta de cordero; su carita mientras se esfuerza por cortar un trozo de carne del tamaño adecuado para metérselo en la boca con un tenedor y un cuchillo que alguien ha dejado junto a su plato es la viva imagen de la concentración. De repente, me doy cuenta, dando un respingo, de que no se trata de un cuchillo de pan sin filo.

Es un cuchillo de carne bien afilado.

—Espera, cariño, permíteme —le digo, agarrando el cuchillo antes de que pueda cortarse los dedos—. Esto es...

—Algo que debe aprender a manejar —dice Nikolai, alargando la mano sobre la mesa para coger el cuchillo. Sus dedos rozan los míos al agarrar el mango, y percibo su tacto como si de una descarga eléctrica se tratara; como consecuencia, el calor de su piel enciende un horno dentro de mí. Algo en mi interior se tensa y mi respiración se acelera, y casi aparto la mano como si acabara de quemarme.

«Al menos no está casado», susurra una insidiosa vocecita en mi cabeza, y la mando callar con saña.

Casado o no, sigue siendo mi jefe y, por tanto, lo tengo terminantemente prohibido.

Mordiéndome el labio, observo cómo le devuelve el cuchillo al niño, que reanuda la peligrosa tarea.

—¿No te preocupa que se corte? —No puedo evitar expresar cierta desaprobación mientras contemplo cómo los pequeños dedos rodean un arma potencialmente letal. Slava maneja el cuchillo con un grado razonable de habilidad y destreza, pero aún es demasiado joven para manejar algo tan afilado.

—Si se corta, tendrá más cuidado la próxima vez —dice Nikolai—. La vida no viene con un candado de seguridad.

—Pero solo tiene cuatro años.

—Cuatro y ocho meses —dice Alina mientras el niño consigue cortar un trozo de chuleta de cordero y, con cara de satisfacción, se lo lleva a la boca—. Su cumpleaños es en noviembre.

Siento la tentación de seguir discutiendo con ellos, pero es mi primer día y ya he sobrepasado los límites de lo razonable. Así que mantengo la boca cerrada y me concentro en mi comida para evitar mirar al niño que empuña un cuchillo a mi lado... o a su insensible, aunque peligrosamente atractivo padre.

Por desgracia, dicho padre no deja de mirarme. Cada vez que levanto la mirada de mi plato, encuentro sus hipnotizantes ojos sobre mí y los latidos de mi corazón se disparan, al mismo tiempo que un cosquilleo recorre mi mano al recordar lo que se siente cuando sus dedos rozan los míos.

Esto está mal.

Pero que muy mal.

¿Por qué me está mirando así?

La atracción no puede ser recíproca... ¿o sí?

10

NIKOLAI

Si había alguna duda en mi mente de que voy a disfrutar desentrañando el misterio que es Chloe, esta se ha esfumado cuando Pavel nos trae el postre. Me fascina todo de ella, desde la mezcla de verdades y mentiras que sale tan fácilmente de su boca, hasta la forma en la que devora delicada y educadamente tanta comida como para alimentar a todo un regimiento. Y bajo mi fascinación se encuentra una atracción primaria más potente que cualquier cosa que haya experimentado. Nunca he deseado tanto a una mujer, y menos con tan poca provocación. No está flirteando ni haciendo nada para llamar mi atención y, aun así, llevo empalmado desde que me he sentado frente a ella; ver esos suaves labios cerrándose en torno al tenedor me ha puesto más cachondo que el espectáculo de *striptease* más erótico de Moscú.

Ni siquiera hablar de Ksenia y de cómo me jodió

dejándome a Slava ha podido enfriar el fuego que arde dentro de mí.

—No he probado nada tan delicioso en la vida —dice Chloe después de probar un poco del milhojas, y yo coincido, aunque apenas puedo saborear el hojaldre de varias capas. Mi mente está demasiado ocupada pensando en cómo será el sabor y el tacto de ella cuando me la lleve a la cama.

Tengo la sensación de que la nueva tutora de mi hijo va a ser lo más delicioso que yo haya probado nunca.

—Kolya, contente —dice Alina en voz baja y en ruso cuando Chloe se gira hacia Slava y empieza a enseñarle el equivalente para la palabra «tarta»—. Te lo ruego, déjala en paz.

Miro a mi hermana, enfadado.

—No voy a forzarla.

Ese no es mi proceder y, además, después de ver a la chica lanzándome miraditas durante la última hora, estoy aún más seguro de que esta atracción es recíproca.

Será mía. Es solo cuestión de tiempo.

—Empiezo a pensar que es posible que tú seas peor que él —dice Alina en voz baja—. Al menos él intentaba justificarlo con excusas de mierda. Pero tú es que ni lo intentas, ¿verdad? Haces lo que te sale de los cojones sin importar quién pueda salir herido en el proceso.

—Exacto. —Le dedico una dura sonrisa—. Y será mejor que no se te olvide.

Si mi hermana cree que compararme con nuestro

padre va a cambiar algo, no podría estar más equivocada. Sé que soy como él. Siempre lo he sido… y ese es el motivo por el que nunca quise tener hijos.

Nuestra breve conversación en ruso llama la atención de Chloe y sus ojos se encuentran con los míos. Aparta la mirada inmediatamente, pero no antes de que vea cómo su fina garganta se mueve al tragar nerviosa mientras saca la lengua para humedecerse el labio superior.

Se siente atraída por mí, ya lo creo que sí. Atraída y preocupada por lo mismo.

Aparto mi postre a medio comer y cojo mi taza de té para dar un largo sorbo. Al volver a pillarla mirándome, bajo la taza y le dedico una sonrisa lenta y deliberada.

—Dime, Chloe, ¿qué te ha parecido tu primera comida rusa?

—Estaba increíble —dice con un aliento algo entrecortado—. Pavel es un cocinero maravilloso.

Sonrío un poco más.

—¿A que sí?

Tiene mucho más talento para otras cosas como, por ejemplo, blandir cuchillos, pero eso no se lo voy a decir. Ya está sumando dos más dos. He visto cómo ha reaccionado cuando he mencionado a los guardias. Sospecha que no somos una simple familia adinerada y eso la pone tan nerviosa como su atracción hacia mí.

Me pregunto si se trata del natural recelo del civil acostumbrado a estar protegido o si hay algo más…

como, por ejemplo, lo que sea que esté tratando de esconder.

Lo inteligente, lo sensato, habría sido descubrir sus secretos antes de contratarla, pero eso habría llevado su tiempo y no quería arriesgarme a que acabara escabulléndose y desapareciendo. Además, después de haberla observado durante toda la cena, estoy aún más convencido de que no representa ninguna amenaza física para mi familia. La forma en que ha arrancado el cuchillo de las manos de Slava ha delatado no solo su sobreprotección hacia el chico, sino también su falta de talento con la hoja. Ha sujetado el cuchillo como quien nunca ha usado un arma, ni del tipo ofensivo ni del defensivo, y dudo que eso fuese teatro; sobre todo porque su miedo por Slava era completamente real.

Piensa que mi hijo, un Molotov, necesita que lo protejan de algo tan inofensivo como una hoja afilada.

La inexplicable tensión en mi garganta vuelve a aparecer y me cuesta horrores no volver a mirar al chico. Si lo hago, será peor. En su lugar, mantengo la atención en Chloe y en la manera en que sus pestañas caen en respuesta a mi sonrisa, mientras su pecho sube y baja con un ritmo más acelerado. Sus pezones vuelven a estar duros, lo cual noto con una satisfacción salvaje. Sea cual sea el sujetador que lleva debajo de la camiseta, si es que lleva uno, desde luego resulta revelador.

Estoy deseando verla en un bonito vestido de diseño, con sus hombros esbeltos al aire. Algo ajustado y de color crema, para acentuar su tez cálida. Se lo pondrá para mí antes de cenar y me pasaré toda la comida fantaseando con cómo se lo voy a arrancar más tarde esa misma noche. Tampoco es que necesite que se vista de una determinada manera para que esas fantasías se manifiesten en mi mente.

Para ese propósito, su camiseta barata y sus vaqueros son más que suficientes.

—Vete a la cama cuando quieras, Chloe —dice Alina mientras Pavel trae una bandeja con aperitivos y luego ayuda a Slava a bajarse de su silla y lo lleva escaleras arriba para prepararlo para dormir—. No te sientas obligada a quedarte con nosotros. Estoy segura de que estarás cansada después de un día tan largo.

—Y yo estoy seguro de que se puede quedar a tomar una copa —digo antes de que Chloe tenga tiempo siquiera de sonreírle a Alina. De ninguna manera voy a dejar a esta chica escapar tan rápido—. De hecho —continúo, dedicándole una mirada severa a mi hermana —, ¿no eras tú la que decías que estabas cansada? A lo mejor deberías ir con Pavel a leerle un cuento a Slava antes de dormir y luego irte tú pronto a la cama.

Alina quiere discutir conmigo, lo noto, pero hasta ella sabe que no es buena idea provocarme ahora mismo. Se ha vuelto más atrevida desde que dejamos Moscú, más libre con esa lengua afilada. Piensa que, como le he cedido temporalmente las riendas a nuestros hermanos, me he vuelto más blando, pero no podría estar más equivocada.

La bestia de mi interior está bien viva… y centrada en una nueva y dulce presa.

—Muy bien —dice después de un momento de tensión—. En ese caso, buenas noches. Que disfrutéis de vuestras copas.

Se levanta y Chloe sigue su ejemplo.

—Creo que yo también voy a…

—Siéntate —le digo con gesto imponente, y la chica vuelve a sentarse parpadeando como si fuera un cervatillo asustado, mientras Alina se marcha dirigiendo una última mirada en mi dirección.

Espero hasta que se haya ido para regalarle una sonrisa a mi presa.

—Dime, Chloe… —Me estiro para coger los decantadores de la bandeja—. ¿Prefieres coñac, brandy o whisky para acompañar tu aperitivo?

11

CHLOE

Miro a Nikolai con el corazón latiéndome a mil por hora. ¿Estoy malinterpretando la situación o ha maquinado todo esto para que pudiésemos quedarnos solos?

—Yo... no bebo —digo con la garganta seca. La expresión en sus ojos de color intenso de nuevo me hace sentir como si fuera un ratón atrapado por un gato enorme. Salvo por el hecho de que ningún ratón sentiría tal atracción hacia un depredador.

Quiero tocarlo casi tanto como quiero huir.

Enarca las oscuras cejas.

—¿Nada de alcohol? ¿Nunca? Me cuesta creerlo.

—No me refiero a eso. A ver, lo típico de una cerveza o una copa de vino en una fiesta... —Se me apaga la voz mientras coge uno de los decantadores de cristal y vierte dos dedos de un líquido ambarino en un vaso de whisky y luego me lo pasa.

—Pruébalo. Es uno de los mejores coñacs del mundo.

Levanto el vaso con vacilación y olisqueo el contenido. En realidad, nunca he bebido coñac. Chupitos de vodka varias veces, sí. Tequila en ocasiones memorables, por supuesto. Pero nunca coñac; y, a juzgar por los vapores del licor que me están llegando a la nariz, no es algo que debería beber con Nikolai esta noche… ni cualquier otra.

No cuando estoy tan confusa por lo que está ocurriendo entre nosotros.

Él también se sirve una copa.

—Por nuestra nueva asociación.

Levanta el vaso para hacer un brindis y no tengo más remedio que chocar mi copa con la suya. Trayéndomelo a los labios, tomo un sorbo… y me entra un ataque de tos mientras los ojos me lloran y mi garganta y pecho se prenden en llamas.

Mierda, esto está muy fuerte.

Nikolai me observa con un destello de oscura diversión en los ojos.

—Desde luego, no eres muy de alcohol, no —dice cuando por fin recupero el aliento—. Vuelve a probarlo, pero un poco más lento esta vez. Deja que se asiente en tu boca durante unos segundos antes de tragártelo. Absorbe el sabor, la textura… la quemazón.

Es una mala idea, lo sé, pero sigo sus instrucciones tomando otro sorbo y reteniéndolo durante un rato antes de dejar que me baje por la garganta. Todavía me abrasa el esófago, pero no tanto como la primera vez y, tras esa sensación ardiente, un calor placentero se extiende por mis pulmones.

—¿Mejor? —pregunta con suavidad, a lo que yo asiento, incapaz de apartar los ojos de su hipnótica mirada. A lo mejor es el alcohol, que ya ha empezado a jugar con mi inhibición, o que estamos solos, pero, de una manera extraña, esto parece una cita… como si se creara una sensación de intimidad entre ambos. Quiero llegar al otro lado de la mesa y trazar la sensual curva de sus labios, dejar mi mano sobre la suya y sentir su fuerza y calidez.

Quiero que me bese y, si no estoy malinterpretando el calor destellante de sus ojos, es probable que eso sea lo que él quiere también.

—¿Por qué me has pedido que me quede a tomar una copa?

Quiero retirar lo dicho en cuanto me salen las palabras de la boca, pero es demasiado tarde. Una sonrisa sarcástica aparece en su cara e inclina la cabeza hacia un lado, dando vueltas a su copa de coñac perezosamente.

—¿Tú qué crees?

—No lo… —Me mojo los labios—. No lo sé.

—Pero si tuvieses que apostar…

Se me acelera el corazón. Ni de coña puedo decirle lo que estoy pensando. Si me equivoco, la cosa irá muy mal para mí. En realidad, no veo cómo podría irme bien. Si estoy en lo cierto y se siente atraído por mí, eso abriría una enorme caja de Pandora. Y si me lo he imaginado…

—No le des tantas vueltas, *zaychik*. —Su voz es engañosamente dulce—. No es ningún examen escolar.

Cierto. Y casi preferiría que lo fuera, porque la única cosa de la que tendría que preocuparme sería un suspenso. Lo que está en juego aquí es infinitamente más importante. Si lo malinterpreto, si le enfado, podría perder el trabajo y, con él, cualquier esperanza de estar a salvo.

Ahí fuera, más allá de los confines de este estado, hay monstruos intentando darme caza y, aquí, un hombre que puede que sea igual de peligroso... y no solo porque parece estar disfrutando de este sádico jueguecito que está llevando a cabo conmigo.

—¿Qué significa eso? —pregunto con cautela—. ¿Eso de *zay*... lo que sea?

—¿*Zaychik*? —La oscuridad destella en sus ojos—. Significa «pequeña liebre». Una expresión cariñosa en ruso.

Se me enciende el rostro y mi pulso toma un ritmo desigual. Las probabilidades de que esté equivocada disminuyen por momentos, y eso me pone aún más nerviosa. No soy virgen, pero nunca he salido con nadie ni remotamente parecido a este hombre. Mis novios de la universidad habían sido precisamente eso, chicos que empezaron siendo amigos, pero no tengo ni idea de cómo lidiar con un extraño peligrosamente magnético que resulta que también es mi jefe.

Y que puede que pertenezca a la mafia.

Es ese último pensamiento el que me trae la

claridad que necesito frente al contradictorio lío de sentimientos de mi cabeza.

Controlando mis nervios, me pongo de pie.

—Gracias por la cena y la copa. Si no te importa, me voy a la cama. Alina tiene razón, ha sido un día muy largo.

No dice nada durante un largo instante. Solo me mira con una sonrisa burlona, provocando que se me disparen los nervios y se me forme un nudo en el estómago. Pero luego deja su copa y dice suavemente:

—Que duermas bien, Chloe. Te veré mañana por la mañana.

Y así, sin más, soy libre. Y, a partes iguales, me siento aliviada y decepcionada.

NIKOLAI

Durante dos horas doy vueltas en la cama intentando quedarme dormido, pero eso no ocurre. Al final, me doy por vencido y simplemente me quedo ahí tumbado, mirando al oscuro techo, sintiendo los músculos tensos y el dolor de mi polla dura a pesar del alivio que me he procurado con la mano.

¿Qué tiene esta chica que me ha calado hondo? ¿Su aspecto? ¿El misterio que representa? Me ha costado horrores dejarla ir esta noche, dejar que se fuera a la cama en lugar de cruzar la mesa para apretarla contra mí.

¿Qué habría hecho ella si yo hubiera seguido mis impulsos?

¿Se habría puesto tensa, habría gritado...? ¿O se habría entregado a mí con su mirada castaña suave y borrosa mientras sus labios buscaran los míos?

Maldiciendo en voz baja me levanto, me pongo una bata y me acerco al ordenador. En Moscú ya es bien entrada la mañana, así que podría aprovechar para ponerme al día sobre los negocios con mis hermanos.

Cualquier cosa es mejor que obsesionarme con Chloe y el frustrante dolor que siento en las pelotas.

Konstantin no contesta a mi videollamada, así que pruebo con Valery. Mi hermano pequeño responde al instante, con el rostro tan tranquilo e inexpresivo como siempre. A pesar de los cuatro años de diferencia, nos parecemos lo bastante como para que piensen que somos gemelos. Y eso es algo que ocurre a menudo, también con nuestro hermano mayor, Konstantin, y nuestro primo, Roman.

Los genes Molotov son algo potente, tóxico.

—¿Ya nos echas de menos? —El tono de Valery no revela nada sobre sus sentimientos; eso si es que tiene alguno. Es posible que mi hermano sienta tan poco como muestra. Nunca lo he visto perder los papeles, ni siquiera de niño, y, desde luego, nunca lo he visto llorar. Pero, claro, yo me pasé la mayor parte de su infancia en un internado, así que tampoco puedo decir que sea un experto en Valery.

Mis hermanos y yo no estamos unidos. Mi padre se aseguró de ello.

—¿Tienes ya la firma para lo de la planta de producción? —pregunto en lugar de responder—. ¿O todavía está pendiente?

Valery me mira sin pestañear.

—Está en la mesa del presidente en este mismo momento. Me prometió tenerla lista para mandármela mañana.

—Bien. —Es un trato en el que trabajé varios meses antes de abandonar Moscú y quiero asegurarme de que queda cerrado—. ¿Qué hay de la factura del crédito fiscal?

—Marcha tal y como se esperaba. —Mi hermano ladea la cabeza—. ¿A qué viene la llamada nocturna? Todo esto podría haber esperado a mañana.

Me encojo de hombros.

—No podía pegar ojo.

La mirada de Valery se agudiza.

—¿Por algo relacionado con Slava?

—No. —Al menos, no como él cree—. ¿Dónde está Konstantin?

Quiero que su equipo investigue más a fondo a Chloe Emmons, sobre todo sus movimientos durante el último mes.

Necesito saber qué hizo y adónde fue cuando estaba desaparecida.

—En Berlín —responde Valery—, consiguiendo más servidores.

—¿Otra vez?

Esta vez es él quien se encoge de hombros. En mi ausencia, mis hermanos se han dividido las responsabilidades en base a sus intereses y puntos fuertes, y la tecnología ha pasado, de lleno, al campo de Konstantin. No podría haber sido de otra manera. Ya cuando estábamos en primaria nuestro hermano mayor daba cien mil vueltas a los mejores programadores del país. Ahora, la mayor diferencia es que Valery no se mete en los negocios de Konstantin y le deja hacer lo que quiera; mientras que, cuando yo estaba al frente del negocio familiar, lo supervisaba todo, incluyendo las aventuras de mi hermano por la *dark web*.

—De acuerdo —digo—. Me pondré en contacto con él allí. Ahora, ponme al corriente del resto.

Y así lo hace. Cuando cuelgo, siento que he vuelto al ruedo o, por lo menos, todo lo que me es posible estando a medio mundo de distancia. Gran parte de nuestros negocios se hacen en persona, en las galas y la ópera y en los lujosos restaurantes frecuentados por las personas poderosas e influyentes de Europa del este. No puedes sobornar sutilmente a un político por correo electrónico, ni puedes intimidar a un proveedor para que te haga un descuento por Skype. Hay que codearse con la gente adecuada, estar en el sitio correcto en el momento justo y no dejar huellas digitales, o del tipo que sea, si tienes que cruzar una línea para asegurarte de que se hacen las cosas.

Apago el ordenador, me quito la bata y doy unas zancadas hasta la ventana, donde una media luna parcialmente escondida tras una nube ilumina lo suficiente como para bañar las copas de los árboles en la ladera de la montaña. Todavía estoy tenso y agarrotado. La llamada me ha distraído, como ya suponía, pero ahora que ha acabado, estoy pensando en Chloe otra vez. La estoy deseando otra vez.

Mierda.

A lo mejor no debería haber dejado que abandonara la mesa. Había disfrutado de su nerviosismo, de la cautela asomada a sus bonitos ojos marrones. Me recordaba a una liebre salvaje, lista para huir a la menor señal de peligro, y yo quería perseguirla si lo hacía.

Pero no lo hice. La dejé ir. Parecía cansada, y no del tipo de cansancio que provoca el no dormir demasiado durante una o dos noches. Era agotamiento, enraizado y total. La ropa le quedaba suelta, como si hubiera adelgazado recientemente, y sus delicados rasgos eran más marcados de lo que parecían en las fotos, con los ojos surcados por las ojeras. Lo que sea que le ocurriera la ha llevado al borde del colapso y, en ese momento, cuando se levantó de su silla, tan frágil y valiente, sentí una extraña necesidad de consolarla... de protegerla de los demonios que le hubieran tallado ese estrés en el rostro.

No, qué idiotez. Apenas conozco a la chica. No quise llevarla al límite, nada más.

Camino hasta mi armario, saco unos pantalones y unas zapatillas de correr y salgo de la habitación. Quizá haya sido mejor haberla dejado tranquila esta noche. Mañana me pondré en contacto con Konstantin y empezaré a desentrañar sus secretos. Mientras tanto, no pierdo nada por dejar que descanse, que se oriente... que se aclimate a la idea de que la deseo.

Piense lo que piense mi polla; no hay prisa.

Al fin y al cabo, ahora está aquí y no se irá a ningún lado.

13

CHLOE

—¡No!

Caigo a cuatro patas jadeando, me tiembla todo el cuerpo y estoy empapada de sudor. Está oscuro, estoy desnuda y no tengo ni idea de dónde estoy o qué está pasando. Entonces, noto el contacto del suelo de la madera dura bajo las palmas de las manos y veo la débil luz de la luna que se filtra por la ventana de la pared.

Y, de repente, caigo en la cuenta de dónde estoy: en mi habitación, en la finca de los Molotov y nada de lo que he visto es real.

Solo era otra pesadilla.

Con un gesto de dolor, me siento sobre mis rodillas, que protestan inmediatamente. Supongo que me he hecho daño al tirarme de la cama.

«Un brazo delgado y moreno sobre un charco de sangre... Una pistola en una mano con guantes negros... Una camioneta enorme dirigiéndose directamente hacia mí...».

Una nueva sensación de adrenalina me recorre de los pies a la cabeza a pesar del dolor. Mientras cojo aire, me tambaleo en medio de la oscuridad en busca del interruptor de la lámpara. Toco la colcha y me abro paso hacia la mesilla de noche.

La lámpara de la mesita se enciende cuando la toco e ilumina la habitación con un resplandor dorado y débil. Las rodillas me crujen aliviadas cuando me dejo caer sobre el colchón y permito que la luz se lleve los retazos de la pesadilla.

Solo era un sueño.

Estoy a salvo.

Aquí no pueden cogerme.

Tras un par de minutos, me siento lo bastante segura para levantarme y me dirijo hacia el baño para deshacerme del sudor enganchado en la piel. Antes de hacerlo, apago la lámpara y me doy cuenta de que no tengo ropa limpia para dormir. A todo eso, no consigo bajar las persianas de la ventana; tal vez hubiera un botón escondido por alguna parte, pero anoche estaba demasiado cansada para buscarlo. Tan pronto como llegué a la habitación, me quité la ropa, lavé la camiseta y mi ropa interior a mano en el lavamanos para tener algo limpio que usar por la mañana y me quedé dormida en cuanto toqué la almohada.

Ni siquiera los pensamientos sobre mi inquietante y atractivo jefe pudieron mantenerme despierta.

Sin embargo, ahora, mientras estoy en la ducha, mis pensamientos se dirigen hacia él y se me acelera el ritmo cardiaco. Mi respiración aumenta en una mezcla de ansiedad y emoción.

Nikolai me desea.

Creo.

Es posible.

Tal vez me estoy equivocando.

O… no.

El calor se instala en mi vientre y mis pechos se endurecen al imaginar la oscura e intensa mirada de sus ojos, al recordar las cosas que me dijo… y cómo las dijo. No, no me equivoco, al menos no en lo relativo a su atracción hacia mí. Es posible que solo esté jugando conmigo y no tenga intenciones de llevar más allá esa atracción, pero no lo creo.

Creo que tiene intenciones de follarme y no tengo ni idea de cómo me hace sentir eso.

La verdad es que eso no es del todo cierto: es probable que mi mente sea un desastre, pero mi cuerpo sabe perfectamente lo que siente. El calor interno se intensifica, una dolorosa tensión se instala profundamente en mi interior mientras imagino cómo sería que Nikolai viniera a mi habitación justo en ese momento y llamara a la puerta; que, al no obtener respuesta, la abriría y entraría.

Cómo sería si estuviera sentado en la cama, esperando mientras yo salgo del baño desnuda.

Mis ojos se cierran a la vez que me dejo llevar, mis manos recorren mis pechos y se deslizan por mi cuerpo a medida que lo imagino levantándose y caminando hacia mí, acercándose para tocarme. Mis dedos se abren paso entre mis muslos y se dirigen hacia el lugar que noto resbaladizo y tenso; me imagino su mano, su cruel y sensual boca colocándose en esta zona. Se me corta la respiración mientras el dolor se transforma en palpitación, los músculos de mis piernas tiemblan a medida que la tensión aumenta y con una explosión inesperada, me corro; los dedos de los pies se me curvan sobre los azulejos mojados del suelo a la vez que me dejo caer contra el cristal de la ducha, cogiendo aire.

Sorprendida, abro los ojos y alejo la mano de esa zona; el corazón me late con fuerza en el pecho.

No me puedo creer lo que acaba de pasar: solo con los dedos nunca había tenido un orgasmo tan fuerte. Normalmente, necesito un mínimo de quince minutos usando un vibrador o que algún chico baje al pilón media hora e, incluso así, a veces lo consigo y otras no, dependiendo de lo estresada o cansada que esté. La excitación es un tema muy mental para mí y por eso no suelo tener líos de una noche.

Tengo que conocer a un hombre para poder intimar con él.

Me tiene que gustar y debo confiar en él.

O, al menos, eso era lo que siempre había pensado. No tengo ni idea de si me gusta Nikolai y, evidentemente, no confío en él.

Así pues, ¿por qué el simple hecho de pensar en él me lleva al borde del orgasmo?

¿Por qué me siento atraída por un hombre que me hace sentir como si fuera una presa?

La luz me da de lleno en la cara y me saca de un sueño profundo. Gimo y me giro para intentar escapar de ella, pero es imposible. La luz está por todos lados: es intensa y caliente, lo que me lleva a pensar que debe de ser por la mañana, a pesar de que mi cuerpo no lo siente así.

Parece que tengo las pestañas pesadas, pero me obligo a abrir los ojos, me siento y me paso las manos por la cara. A pesar de que me acosté justo después de esa masturbación espontánea, sigo cansada, como si solo hubiera tenido los ojos cerrados durante un par de horas, en lugar de las nueve o diez horas que habré dormido de verdad. Ahora no tengo ni idea de qué hora es, pero estoy bastante segura de que me fui a la cama antes de las diez.

Seguro que todas estas semanas sin dormir me han pasado factura.

Deslizo los pies hacia el suelo y me dejo embriagar por la impresionante vista que hay desde la ventana. A pesar de lo fuerte que es el sol, hay ciertos trazos de niebla alrededor de los picos de las montañas que se observan en la lejanía: todo parece sacado de una postal. Estoy tentada de sentarme y disfrutar de aquello durante un minuto, pero me obligo a levantarme para ir a darme una ducha. Es mi primera mañana de trabajo y no quiero llegar tarde y dar una mala impresión. Aunque, en realidad, no sé qué implica «llegar tarde», puesto que ayer no hablamos sobre cuál sería mi horario con Slava.

Estoy limpia gracias a la ducha que me di en plena noche, por lo que mi rutina no me lleva más de un par de minutos. La camiseta y la ropa interior que lavé a mano siguen estando un poco húmedas, pero me las pongo igualmente y hago una nota mental para preguntarle a Pavel, o a quien sea, dónde está la lavadora tan pronto como sea posible. Y también por mi horario: necesito saber qué expectativas tiene Nikolai para poder llevarlas a cabo.

Se me empieza a acelerar el pulso al pensar en él y me centro en hacerme un moño para distraerme de las mariposas que me revolotean en el vientre. Me fui a la cama con el pelo mojado, así que ahora tengo pequeños pelos sueltos aquí y allá y, en mi opinión, es más profesional llevar el pelo recogido o apartado de la cara.

Una vez vuelvo a la habitación, hago la cama, me pongo las zapatillas deportivas y enderezo la espalda.

Puedo hacerlo.

Tengo que hacerlo, no importa cómo me haga sentir mi nuevo jefe.

14

CHLOE

CUANDO BAJO, NO ENCUENTRO A NADIE NI EN EL comedor ni en la sala de estar, así que camino por la casa hasta dar con la cocina. Al entrar, me encuentro con una mujer curvilínea, de pelo rubio decolorado y cortado a lo *bob*. Lleva un traje de flores rosa y blanco, y está inclinada sobre el fregadero lavando un plato, así que carraspeo para advertirle de mi presencia.

—Hola —digo con una sonrisa cuando se gira y comienza a secarse las manos en una toalla—. Supongo que tú eres Lyudmila.

La mujer se me queda mirando y, luego, mueve la cabeza.

—Lyudmila, sí. ¿Tú la profesora de Slava?

Su acento ruso es mucho más marcado que el de su marido. Su redonda y sonrosada cara me recuerda a las muñecas rusas pintadas, una de esas que tienen una muñeca dentro de otra, como las capas de una cebolla. Me aventuro a decir que tiene unos treinta y bastantes, aunque con lo suave que tiene la piel podría pasar por alguien diez años más joven.

—Sí. Hola, soy Chloe. Encantada de conocerte. —Me acerco a ella con la mano extendida. Lyudmila sujeta mis dedos con cautela y me da un leve apretón—. ¿Sabes dónde está Slava? ¿Ha desayunado ya?

La mujer pestañea sin entender nada, por lo que le repito la pregunta, poniendo cuidado en pronunciar bien cada palabra.

—¡Ah, sí, Slava! —Señala hacia la gran ventana que hay a mi izquierda y que da hacia la parte frontal de la casa, justo donde aparqué el coche ayer. Sin embargo, mi coche no está ahí. Frunzo el ceño, pero luego pienso que lo más probable fuera que Pavel lo cambiara de sitio ayer al sacar mis cosas.

Tengo que preguntarle dónde está y también por las llaves, porque no recuerdo que me las devolviera.

Antes de poder formularle la pregunta a Lyudmila, veo a mi pequeño alumno: está subiendo a toda prisa por el acceso a la finca con Pavel pisándole los talones. El hombre oso lleva un pez enorme colgado de un gancho y el niño tiene una sonrisa igual de grande en la cara. Deben de haber ido a pescar bien temprano.

Echo un vistazo al reloj del microondas y hago una mueca: pues no, no desde bien temprano, más bien desde la mañana. Son casi las diez.

El estómago me ruge como si estuviera mandando una señal y provoca una sonrisa en la redonda cara de Lyudmila.

—¿Comer? —pregunta. Yo asiento en respuesta con una sonrisa de arrepentimiento.

Al menos mi estómago habla un idioma universal.

—¿Te parece bien si cojo algo? —pregunto haciendo señas hacia la nevera, pero Lyudmila se acerca por su cuenta y saca una bandeja de algo que parecen unas tortitas rellenas.

—¿Esto bien? —pregunta la mujer y yo asiento, agradecida. No soy tiquismiquis con la comida y si esas tortitas están tan buenas como la comida rusa de anoche, me sentiré en el séptimo cielo.

—Gracias. —Voy a coger la comida, pero la mete en el microondas y hace gestos hacia la encimera que hay detrás del fregadero.

—Sienta. Yo preparo.

Vuelvo a darle las gracias y me siento en una de las sillas altas que hay tras la encimera. No quiero ser una carga, pero debido a la barrera que supone el idioma, una protesta educada podría malinterpretarse como un rechazo o un desplante.

—¿Té? ¿Café?

—Café, por favor. Con leche y azúcar, si hay.

Mientras la mujer me lo prepara, yo echo un vistazo a toda la cocina que es tan moderna como el resto de la casa: armarios blancos relucientes, encimeras de cuarzo grises y electrodomésticos negros de acero inoxidable. Una parte de la gran isla que se encuentra en el centro de la cocina está decorada con una larga fila de macetas llenas de plantas de especias y, sobre ellas, cuelga un botellero de vinos con una gran variedad de marcas.

El microondas pita tras un minuto y Lyudmila me acerca la bandeja junto a un plato limpio, cubiertos y una jarra de miel.

—Vaya, gracias. —Agradezco mientras la mujer coloca una crepe en el plato, lo embadurna de miel y me indica, con gestos, que lo corte y me lo coma—. Tiene una pinta estupenda.

Corto un trozo y examino el interior: parece queso de ricota con pasas. Cuando me llevo el trozo a la boca, me invade una explosión de sabores dulces y salados; está incluso más bueno de lo que imaginaba. Mi estómago vuelve a rugir, esta vez más alto y Lyudmila sonríe.

—¿Te gusta?

—Uf, sí, gracias. Está muy bueno —murmuro con la boca llena por el segundo trozo. Lyudmila asiente satisfecha.

—Bien. Come, tú muy pequeña. —Mueve las manos en el aire como si estuviera midiendo el tamaño de mi cintura y chista de forma desaprobatoria—. Demasiado pequeña.

Me rio algo incómoda y me centro en comer mientras ella sigue fregando los platos. Aquella broma medio crítica sobre mi cuerpo es curiosa, pero también cierta. Siempre he sido delgada, pero después de un mes comiendo esporádicamente, he perdido mucho peso: los músculos han desaparecido, junto con la poca grasa que tenía. Incluso el culo que alguna vez me pareció prominente, a duras penas existe hoy en día. Puede que tenga que hincharme a hacer sentadillas para recuperarlo.

Lo cual haré cuando acabe todo esto.

Si es que acaba.

No, nada de «si es que». Me niego a pensar de esa forma: he llegado muy lejos, evitando a mis perseguidores contra todo pronóstico y las cosas están mejorando. Por primera vez desde que comenzaron las pesadillas, he podido dormir toda la noche, tengo la barriga llena y estoy en un lugar en el que no pueden tenderme una emboscada. Y, para más inri, dentro de seis días recibiré mi primera paga y gracias a ella, más opciones, como la de abandonar este lugar. Eso haré si es lo que necesito para estar a salvo; en caso de que la oscuridad que siento de Nikolai sea algo más que un producto de mi imaginación.

Mis temores sobre la mafia parecen exagerados e irracionales en esta cocina brillante y soleada, al igual que el pensamiento de que ese hombre me desea. Tal y como señaló Lyudmila, no tengo buen aspecto y estoy segura de que un hombre tan rico y apuesto como mi jefe está acostumbrado a mujeres de primera categoría. Cuanto más pienso en ello, más sentido tiene que mi atracción hacia él haya sido lo que me llevado a malinterpretar la situación que tuvo lugar anoche. Aquel mote, el interrogatorio, el tono grave y seductor de su voz: todo eso podría haberse debido a diferencias culturales. No sé nada de los hombres rusos, pero es probable que siempre traten a las mujeres de esa forma, al igual que es posible que los rusos ricos estén acostumbrados a tener seguridad por los grandes niveles de corrupción y crímenes que hay en su país.

Sí, seguro que es por eso. Con todo el estrés del último mes, he dejado que mi imaginación cabalgue libre. ¿Por qué se instalaría aquí la mafia, en esta tierra salvaje y remota? Que se instalaran en Nueva York, tendría un pase; también tendría sentido en Boston, pero ¿aquí? ¿En Idaho? No tiene ningún sentido.

Sacudo la cabeza ante mi estupidez, me zampo el resto de las tortitas y me bebo el café que me ha preparado Lyudmila. Luego, más alegre y optimista por primera vez en semanas, me levanto, pongo el plato en el fregadero, que Lyudmila lava a pesar de mis protestas y voy en busca de mi alumno.

Puedo hacerlo.

De verdad que puedo.

De hecho, estoy deseándolo.

Doblo la esquina de la sala de estar a toda deprisa, cuando me choco con un cuerpo enorme y duro. El impacto me saca el aire de los pulmones y a punto está de enviarme volando hacia detrás, pero antes de caerme, unas manos fuertes se aferran a mi antebrazo y me acercan hacia el cuerpo.

Sorprendida y totalmente sin aire, alzo la vista hacia mi captor. Se me disparan los latidos cuando me topo con la mirada intensa y salvaje de Nikolai.

—Buenos días, *zaychik* —murmura con aquella hermosa boca curvada en una sonrisa socarrona—. ¿Adónde vas con tanta prisa?

15

CHLOE

Aumenta la temperatura de cada célula de mi cuerpo, mi pulso va a la velocidad del rayo; la parte baja de mi cuerpo se calienta al entrar en contacto con el suyo, mis muslos están presionados contra las duras columnas que componen sus piernas y mi estómago se funde contra su ingle. Capto el olor de su perfume: una fragancia sutil y compleja, con notas de cedro y bergamota y, bajo ese aroma, ese tono almizcleño de ardiente piel masculina. Y lo está... arde. Aunque ambos vamos completamente vestidos, noto el calor animal que desprende y, para mi sorpresa, la dureza en crecimiento que me presiona el vientre.

—¿Estás bien? —murmura. Me doy cuenta de que lo estoy mirando aturdida, como un conejo que acaba de caer en una trampa. Lo cual expresa perfectamente cómo me siento. Sus largos dedos están completamente cerrados entorno a mi antebrazo, su agarre no flaquea en ningún momento. Este hombre es enorme. Hasta ese momento no me había dado cuenta de lo alto y musculoso que era; yo tengo la altura promedio para una mujer, pero Nikolai me empequeñece de todas las formas posibles. Y, a juzgar por la anchura del bulto que noto contra mí… es enorme por todas partes.

La temperatura de mi cuerpo aumenta otros mil grados y mi interior se contrae con un ansia repentina.

—Estoy… estoy bien.

Sueno de todo menos bien, el ahogo de mi voz refleja mi nerviosismo. No puedo pensar ni procesar nada, salvo que tengo su erección presionada contra mí y, por algún motivo que desconozco, Nikolai no me suelta.

Me sujeta como si nunca me fuera a soltar, su mirada se vuelve más intensa con el paso de los segundos. Lentamente, como si estuviera atraído por un imán, sus ojos descienden hacia mis labios y…

—Kolya. —La voz de Alina parece tensa—. Konstantin quiere hablar contigo.

Nikolai endereza la espalda y levanta la cabeza, sus dedos siguen apretados contra mi brazo al punto de que empieza a doler. Se me escapa un quejido y disminuye la presión, pero sigue sin soltarme.

—Dile que lo llamaré —responde a su hermana. Su tono es frío y plano, como si nos encontráramos sentados a la mesa y no me estuviera sujetando como si estuviésemos a punto de bailar un tango.

Me arde la cara de la vergüenza y no puedo imaginarme lo que tiene que estar pensando Alina en ese momento.

—Quiere hablar contigo ya. —Insiste—. Tiene una reunión dentro de un par de minutos y luego estará ocupado.

Nikolai murmura algo que parece como una palabrota rusa y, al fin, me suelta. Temblorosa, doy unos pasos hacia atrás con las piernas inestables y me giro hacia Alina, que mira a su hermano con los ojos entrecerrados. Posa su mirada sobre mí y sus voluptuosos y rojos labios se tensan.

—Me he chocado con él —suelto antes de que pueda acusarme de nada—. Ha sido sin querer, me hubiera caído si él...

—Mi hermano no hace nada sin querer. —Los ojos de Alina son como jades metidos en hielo—. No lo olvides, Chloe.

Y tras eso, se aleja, dejándome más temblorosa de lo que estaba.

Tras un par de minutos, me recompongo lo suficiente para ir a buscar a Slava, pero esta vez camino más despacio. Sin embargo, cuando llego a su habitación no lo encuentro, así que vuelvo a bajar las escaleras para ir en su busca.

No lo veo ni a él ni a Pavel en las zonas comunes, así que vuelvo a la cocina con la esperanza de encontrar a Lyudmila. No obstante, ella tampoco está.

¿Tal vez estén todos fuera?

Abro la puerta frontal y salgo bajo la brillante luz

del sol. Es un día precioso y despejado, la brisa perfumada del bosque es fría y me refresca la cara. No veo a nadie en la zona de acceso a la finca, pero camino por allí llenando mis pulmones con el aire fresco de la montaña para calmarme.

No hay motivos para perder los nervios.

No ha pasado nada.

Nikolai me ha agarrado para que no me cayera, eso es todo.

Excepto que... la verdad es que podría haber pasado algo si Alina no nos hubiera interrumpido. Estoy un noventa por ciento segura de que Nikolai tenía intenciones de besarme y, está claro, que no me he imaginado la presión de aquella dura protuberancia.

Me desea.

Ya no hay ninguna duda.

Vuelvo a coger una profunda bocanada de aire, pero mi corazón sigue desbordado y las manos me sudan sin control. Me las seco en los pantalones y camino por un lado de la casa, empapándome de las vistas de las montañas con el objetivo de calmar los pensamientos que corren por mi mente.

Está bien, no pasa nada. Que Nikolai me desee no significa que vaya a pasar nada entre nosotros. Estoy segura de que él se ha dado cuenta de lo inapropiado que es todo esto: da igual lo que haya dicho Alina, hemos chocado sin querer. No sé por qué ha dicho lo contrario, ¿tal vez crea que tengo intenciones de ir a por él? No, parecía como si estuviera advirtiéndome sobre él, que me alejara, como si...

El sonido de voces me llama la atención y, cuando giro la esquina, me encuentro con Pavel y Slava, a unos quince metros de distancia; están junto al tocón de un árbol con el enorme pez colgando sobre ellos. A medida que me acerco, veo cómo el hombre oso lo abre por la mitad y, luego, le pasa el cuchillo afilado a Slava.

¿Qué cojones? ¿Espera que el niño termine el trabajo?

Pues sí y, además, Slava lo hace. En el momento en que llego hasta ellos, el niño está sacando las tripas del pez con sus manitas y las tira en una bolsa de plástico que Pavel tiene abierta para él.

Vale… Supongo que saben lo que están haciendo. Yo misma he limpiado pescado alguna que otra vez: mi compañera de habitación de mis primeros años de universidad, una pescadora y cazadora entusiasta, me había enseñado a hacerlo, así que no me da asco. Pero es inquietante ver a un niño de cuatro años haciéndolo.

Ya veo que no les preocupa nada lo de darle cuchillos al niño.

Al colocarme frente al tocón, pongo mi mejor sonrisa.

—Buenos días. ¿Os importa si me uno?

El niño me sonríe y dice algo en ruso. Sin embargo, Pavel no parece tan contento de verme.

—Ya casi hemos terminado —gruñe con su fuerte acento—. Puedes esperar en la casa si quieres.

—Ah, no te preocupes, estoy bien aquí. ¿Necesitas ayuda? —Hago señas hacia el pez.

Pavel me mira.

—¿Sabes quitar las escamas?

—Pues sí. —La verdad es que preferiría no hacerlo y mucho menos ensuciar el único conjunto de ropa limpia que tengo, pero quiero seguir enseñándole a Slava y la mejor forma de hacerlo es pasar tiempo con él, compartir actividades con él.

En mi experiencia, los niños aprenden mejor fuera de las aulas, lo mismo ocurre con la mayoría de los adultos.

—Aquí tienes. —Pavel me ofrece un cuchillo para desescamar—. Enséñale al niño cómo se hace.

Teniendo en cuenta la sonrisita de suficiencia que tiene en su rostro cuadrado, debe de pensar que estoy marcándome un farol. Y es por eso por lo que me llena de satisfacción coger el cuchillo y decir con mucha dulzura:

—Vale.

Pongo cuidado en no mancharme la camiseta y me pongo a ello, explicándole al niño, en todo momento, qué es lo que estoy haciendo y cómo. A la vez, le voy diciendo cómo se llama cada parte del pez y le hago repetir las palabras, luego, permito que él lo desescame. Es tan bueno en esto como lo era cortando, así que me doy cuenta de que ya lo ha hecho con anterioridad.

Pavel solo me estaba poniendo a prueba cuando me ha dicho que le enseñara.

Oculto mi molestia, permito que Slava termine el trabajo y, una vez limpio, dejo que vuelva a poner al pez en el balde. Pavel lo lleva hacia la casa y Slava y yo le seguimos: el hombre oso se dirige directamente hacia la cocina, tal vez para preparar el pescado para el almuerzo y le digo que me llevo a Slava a su habitación para cambiarlo de ropa. A diferencia de mí, el niño tiene trozos de pescado por toda la camiseta.

Pavel gruñe algo afirmativo antes de desaparecer en la cocina y yo guío a Slava hacia el cuarto de baño más cercano. Ambos nos lavamos las manos y tras ello, nos dirigimos a la habitación del niño.

Para mi sorpresa, encuentro a Lyudmila dejando sobre la cama una camiseta y unos pantalones limpios para Slava.

—Gracias —digo sonriente—. Necesitaba cambiarse.

Ella me sonríe de vuelta y le dice algo en ruso a Slava. El niño se dirige hacia ella y la mujer lo ayuda a quitarse la ropa sucia. Yo me giro para darle algo de privacidad, ya que el niño es lo bastante mayor para sentir vergüenza al estar frente a desconocidos. Cuando terminan, me giro y observo cómo Lyudmila lo ayuda con la hebilla del cinturón.

—Muy bien —declara tras un momento, dando un paso hacia detrás—. Tú ahora puedes enseñar.

Le sonrió.

—Gracias, eso haré. —Al verla coger la ropa sucia de Slava, pregunto—: ¿Hay una lavadora en alguna parte de la casa? Tengo ropa que lavar.

La mujer frunce el ceño sin entender.

—Lavadora —digo señalando hacia la pila de ropa que tiene entre las manos—. Ya sabes, ¿lavar la ropa?

—Pongo los puños juntos y los froto, intentando imitar la acción de lavar la ropa a mano.

Relaja la expresión.

—¡Ah, claro! Ven.

—Ya vengo —le digo a Slava antes de seguir a Lyudmila escaleras abajo.

La mujer me dirige hacia la cocina y pasamos por un salón hacia una estancia sin ventanas que es del tamaño de un dormitorio. Hay dos lavadoras y secadoras sofisticadas —que supongo serán para hacer varias coladas a la vez—, junto a una mesa para planchar, un tendedero, cestas de la ropa y algunas otras cosas más.

—¿Esto, verdad? —Señala hacia la lavadora y yo asiento a la vez que le doy las gracias.

Vuelvo a mi habitación, cojo toda mi ropa y la llevo hacia la lavandería. Para entonces, Lyudmila ya se ha ido, así que cargo la lavadora. En media hora volveré a bajar para meterlas en la secadora y para la hora de la cena, estará todo limpio.

Las cosas están mejorando de verdad, a pesar de la situación que hay con mi jefe.

Mi ritmo cardiaco aumenta ante ese pensamiento, las mariposas de mi estómago vuelven a despertar. Slava y Pavel han sido una buena distracción, pero ahora que estoy sola, no puedo evitar pensar en lo que ha ocurrido. Mi mente gira en torno a lo que ha pasado, una y otra vez, hasta que las mariposas se convierten en avispas.

He notado la erección de Nikolai.

Me miraba como si fuera a besarme.

«No me ha soltado a pesar de que su hermana estuviera allí».

Lo último era lo que más nerviosa me ponía porque eso significaba que estaba equivocada. Nikolai tiene intenciones hacer algo ante esa atracción: si Alina no hubiera insistido sobre la llamada, él me habría besado y tal vez hubiera pasado algo más. Tal vez, justo en este momento, estaríamos metidos en la cama, con su poderoso cuerpo llevándome hacia…

Le pongo punto final a la fantasía antes de llevarla más allá, pues ya estoy completamente acalorada, tengo los pezones duros y mi sexo palpita con un ansia descomunal. Debe de ser alguna extraña consecuencia de la repentina sesión de masturbación de anoche: esa es la única explicación que tengo al por qué, de repente, tengo la libido de una adolescente.

Tomo bocanadas de aire profundas y lentas para calmarme mientras que cargo la lavadora. No hay duda de que la situación es complicada: una aventura con mi jefe sería demasiado imprudente, pero no estoy muy segura de cuán hábil soy para resistirme. Si ardo en llamas por el simple hecho de pensar en él, ¿cómo sería si me tocara? ¿Si me besara?

¿Se evaporaría mi autocontrol como si fuera agua en una sartén?

Desde mi punto de vista, solo había una solución, solo podía hacer una cosa para prevenir aquel desastre: tengo que evitarlo, o al menos, evitar estar a solas con él en los próximos seis días. Y así, todo se resolverá.

Enciendo la lavadora y me giro, pero entonces me quedo petrificada.

En la entrada, con sus resplandecientes ojos dorados y la boca curvada en una sonrisa demoledora, está el mismísimo rey de Roma, el que ocupa todos mis pensamientos.

—Aquí estás —dice despacio y yo, paralizada por la sorpresa, observo cómo se adentra en la estancia y cierra la puerta.

16

CHLOE

—TE ESTABA BUSCANDO —CONTINÚA NIKOLAI, acercándose lentamente—. Pavel me ha dicho que estabas arriba con Slava.

Trago saliva de golpe mientras se detiene frente a mí.

—Sí, solo he bajado un momento a hacer la colada. Espero que no te importe.

A pesar del esfuerzo que hago, mi voz flaquea y me cuesta horrores no retroceder y poner más espacio entre nosotros. Tampoco es que esté demasiado cerca, hay al menos un metro de distancia, pero ahora que sé cómo huele su colonia, notar las notas de cedro y bergamota en el aire y mi memoria ya se encarga de completar el resto, desde el calor que desprende su piel hasta los marcados contornos de su cuerpo apretado contra el mío. Y ese enorme y grueso bulto... Me tiemblan las rodillas y casi me tambaleo hacia él, pero me recompongo en el último momento, enderezando las piernas y la columna.

Un calor oscuro invade su mirada y sé que se ha dado cuenta de mi reacción. Me arden las mejillas, mi pulso se acelera y unas punzadas heladas me recorren la piel.

¿Qué hace aquí?

¿Por qué me buscaba?

«¿Por qué ha cerrado la puerta?».

—Sí, claro, sin problema —dice, con una voz suave y grave y ese calor inquietante todavía en sus ojos—. Ahora vives aquí, así que siéntete como en casa.

—Así lo haré, gracias.

Mierda, ahora estoy ronca y sin aliento. Con esfuerzo me calmo y le dedico mi mejor sonrisa de empleada ejemplar.

—En realidad, quería hacerte una pregunta. ¿Tengo un horario de trabajo? Quiero decir, ¿hay un horario específico en el que te gustaría que trabajara con Slava? Lo ideal sería enseñarle a lo largo del día en lugar de tener clases formales, pero si tienes otra preferencia, soy flexible.

Muy bien, eso es. He conseguido estabilizar mi voz y sonar más o menos profesional. Con un poco de suerte eso le recordará que estoy aquí para enseñar a su hijo y no para derretirme ante su mirada ardiente como... bueno, imagino que como todas las mujeres heterosexuales que ha conocido.

Otra sonrisa perversamente sensual aparece en sus labios y dice:

—Depende de ti, *zaychik*. Tu alumno, tus métodos. Lo único que quiero son resultados. Lo que sí te pido es que te unas a nosotros a la hora de comer, para que Pavel y Lyudmila no tengan que cocinar y limpiar de más.

—Sí, por supuesto. ¿A qué hora son el desayuno y la comida?

Ahora me siento mal por haberle hecho a Lyudmila hacerme aquellas tortitas, con lo tarde que me levanté. Podía haber esperado hasta la próxima comida.

—Solemos desayunar a las ocho y comemos a las doce y media. ¿Te viene bien?

—Claro.

Si algo he aprendido este último mes es que la comida me viene bien en cualquier momento, en cualquier lugar y de cualquier variedad. Tener el estómago lleno es algo que no daré por sentado nunca más.

—Bien, entonces te veré a la hora de comer.

Se da la vuelta para alejarse y yo respiro de forma temblorosa, aliviada y neciamente decepcionada... solo para que el corazón me dé un vuelco cuando se detiene y vuelve a mirar hacia mí.

—Casi lo olvido —dice, con los ojos brillantes—. Esta tarde te van a entregar tu ropa nueva. Pavel te la subirá a tu habitación y te agradecería que te pusieras uno de los vestidos para la cena.

—Ah, claro. Gracias. Así lo haré.

¿Uno de los vestidos? Pero ¿cuántos ha comprado?

¿Y cómo hace para que se los entreguen tan rápido? Me muero de ganas de preguntar, pero no quiero prolongar más este angustioso encuentro.

Sigo pensando en esa puerta cerrada.

—Bien. Avísame si algo no te sirve.

Su mirada recorre mi cuerpo y las punzadas heladas regresan. Mi respiración se vuelve superficial mientras mis pezones se tensan en mi sujetador. «Otro sujetador fino de algodón que no consigue ocultar mi reacción». Me arde la cara y siento un calor de perros. Nuestros ojos vuelven a encontrarse, siento un cambio en el ambiente y percibo cómo el aire adquiere esa peligrosa carga eléctrica.

Con la boca seca, doy medio paso atrás, aunque lo que realmente quiero hacer es tambalearme hacia él. La atracción es tan fuerte que parece una fuerza física y, a juzgar por la forma en que su mandíbula se tensa al ver cómo retrocedo, no soy la única que lo siente.

«Corre, Chloe. Sal de ahí».

Esta vez la voz de mamá es más tranquila, menos insistente, pero despeja parte de la niebla en mi cerebro. Juntando todos los trocitos que me quedan de voluntad, doy otro paso atrás y digo con la mayor firmeza posible:

—Gracias. Eso haré.

Sus fosas nasales se dilatan, y vuelvo a tener la sensación de estar en presencia de algo peligroso… algo oscuro y salvaje que se esconde bajo la apariencia urbana de Nikolai.

—Muy bien —dice en voz baja—. Buena suerte con la colada, *zaychik*. Nos vemos pronto.

Abre la puerta y sale.

17

NIKOLAI

ME ABSTENGO DURANTE QUINCE MINUTOS DESPUÉS DE llegar al despacho. Reviso el correo electrónico, pago algunas facturas y respondo a uno de mis contables. Luego, renegando en voz baja, subo el sonido del portátil y miro la cámara de la habitación de mi hijo.

Como era de esperar, Chloe está allí, tras haber terminado su colada en la lavandería. Con ansia, miro cómo juega a los cochecitos con Slava, hablándole todo el tiempo como si él pudiera entenderla. De vez en cuando señala algo, como una rueda, y hace que Slava repita la palabra en inglés con ella, pero la mayor parte del tiempo se limita a hablar, y Slava la escucha embelesado, tan fascinado como yo por sus expresiones faciales y sus gestos.

En un momento dado, se ríe de la forma en que su camión adelanta el coche de ella, y ella sonríe y le alborota el pelo, con sus delgados dedos deslizándose casualmente por sus sedosos mechones. Mi pecho se encoge de forma dolorosa y mi lujuria por ella se mezcla con celos intensos. Ni siquiera sé a quién envidio más: a Slava, por experimentar su tacto, o a Chloe, por ganarse el afecto de mi hijo. Lo único que sé es que quiero estar allí, disfrutando de su alegre sonrisa, escuchando la risa de mi hijo en persona y no a través de una cámara.

Joder.

Esto es patético.

¿Qué estoy haciendo?

Me dispongo a apagar la transmisión, pero me detengo en el último segundo, pasando el cursor por encima de la X. Ha abierto un libro y le está leyendo a Slava. Su voz es como una melodía suave y ligeramente ronca que me hace desear irrumpir en la habitación de mi hijo, cogerla y llevármela a la cama. Quiero escucharla gemir mi nombre, sumirme en el calor terso y húmedo de sus piernas y oír cómo me suplica y me ruega mientras la llevo hasta el límite una y otra vez antes de darle el placer del orgasmo.

Quiero atormentarla casi tanto como follarla, hacerla pagar por hacerme sentir así.

Aprieto los dientes con tanta fuerza que me arriesgo a sufrir un buen dolor de muelas, cierro la pantalla y me pongo en pie. A pesar de la noche de insomnio que he tenido, estoy lleno de una energía incesante. Necesito otra carrera dura, o tal vez una sesión de boxeo con Pavel.

Echo un vistazo al reloj que hay sobre la puerta de mi despacho.

Falta menos de una hora para comer.

Puede que Pavel esté ocupado preparando la comida, y si salgo a correr como quiero, no me dará tiempo a ducharme y cambiarme antes de que llegue la hora de reunirme con todos en la mesa.

Exhalando de manera frustrante, me siento y abro de nuevo mi bandeja de entrada. Es demasiado pronto para esperar algo de Konstantin, solo le pedí que hiciera una investigación profunda sobre el mes que estuvo Chloe ausente, pero sigo esperando el correo electrónico.

Nada.

Joder. Necesito distraerme pero ya. Estoy ansioso por abrir de nuevo la cámara y verla interactuar con mi hijo. Pero si lo hago, esta inquietud solo empeorará, mi deseo de ella será más intenso. Después de abrazarla esta mañana, sé cómo se siente al apretarla contra mí, lo dulce y limpia que huele, como unas flores silvestres en una mañana fresca de primavera. Me las vi y me las deseé para soltarla, incluso con Alina allí presente y cuando la encontré sola en la lavandería, todos mis instintos oscuros y primarios me insistían que la cogiera, la desnudara y la inclinara sobre la lavadora, reclamándola en el acto.

Y habría hecho exactamente eso si ella se hubiera inclinado hacia mí.

Si hubiera hecho otra cosa que no fuera retroceder, estaría metido hasta el fondo dentro de ella en lugar de estar sentado aquí, luchando conmigo mismo como un tonto.

No, ¡a la mierda!

Me pongo en pie.

Necesito una pelea dura y sangrienta, y como Pavel no está disponible, los guardias de seguridad tendrán que valer.

Arkash y Burev están patrullando las instalaciones cuando llego al búnker de los guardias, pero Ivanko, Kirilov y Gurenko están sentados alrededor de una hoguera al frente de la casa con algunos de nuestros trabajadores estadounidenses. Como bárbaros que son, están asando un ciervo entero en un asador e intercambiando sus habituales insultos.

Ivanko es el primero que me ve.

—Jefe. —Cogiendo su M16, se pone en pie de un salto—. ¿Ocurre algo?

Kirilov y Gurenko ya están de pie también, con las armas listas, como en nuestros días en Crimea.

—Tranquilos, chicos —digo, sonriendo sombríamente, me quito la camisa y la cuelgo sobre la rama de un árbol—. Todo va bien.

O lo irá pronto.

Tres contra uno es exactamente el tipo de probabilidades que esperaba.

18

CHLOE

Para mi alivio, el almuerzo con los Molotov es mucho más informal que la cena. Bueno, Alina sigue vestida como si acudiera a un cóctel de lujo, pero Nikolai lleva unos vaqueros oscuros con un polo blanco y nadie regaña a Slava por ir en pantalones cortos y camiseta cuando nos sentamos a la mesa, que vuelve a estar llena de todo tipo de ensaladas, embutidos y guarniciones que me hacen la boca agua.

¿Todos los rusos comen como zares o es solo esta familia? Si esto es una cosa de todos los ágapes, no sé cómo no están gordos. Todavía estoy llena, ya que he desayunado hace solo un par de horas, pero no hay manera de no atiborrarse con este banquete.

Todo tiene una pinta estupenda.

—¿Cómo ha sido tu primera noche con nosotros, Chloe? —pregunta Alina cuando todos hemos llenado ya nuestro plato—. ¿Has dormido bien?

Le sonrío aliviada, tanto por la inofensiva pregunta como por el tono amistoso. Temía que siguiera enfadada conmigo después del incidente de esta mañana.

—He dormido muy bien, gracias.

Y es cierto: dejando de lado la pesadilla, ha sido el mejor sueño que he tenido en semanas.

—Qué bien —dice Alina, cortando lo que parece un elegante huevo relleno—. Me pareció oír algo en tu habitación a eso de las tres, pero debió de ser mi hermano que volvía de una de sus carreras a media noche —dice, lanzándole una mirada de reojo a Nikolai, mientras yo me ocupo de la comida que hay en mi plato, agradecida por la explicación.

Anoche debí de gritar muy fuerte. Eso, o Alina me oyó caer de la cama.

—Salí a correr —dice Nikolai—, así que habrá sido eso.

Sin embargo, cuando levanto la vista, su mirada está puesta sobre mí, estudiándome con una expresión ilegible.

¿Sospecha algo?

Dios, espero que no me haya oído gritar o caer de la cama.

Luchando contra el impulso de retorcerme en mi silla, bajo la mirada y me quedo quieta, mirando sus manos. Tiene un cuchillo en una y un tenedor en la otra, al estilo europeo, pero eso no es lo que me llama la atención.

Son sus nudillos. Están rojos e hinchados, como si se hubiera metido en una pelea.

Se me acelera el pulso mientras miro hacia otro lado y luego vuelvo a mirarle las manos a hurtadillas.

Sí. No son imaginaciones mías. Nikolai tiene los nudillos destrozados. En general, sus manos grandes y masculinas parecen haber tenido mucha acción, con callos en los bordes de los pulgares y cicatrices descoloridas en algunos lugares. Ni siquiera sus cortas y cuidadas uñas pueden ocultar la verdad.

Estas no son las manos de un mujeriego adinerado. Pertenecen a un hombre muy familiarizado con el trabajo manual duro o la violencia.

Las sospechas que había reprimido regresan y esta vez no puedo fingir que son infundadas. Hay algo de los Molotov que me inquieta. ¿Quiénes son? ¿Por qué están aquí? Puedo imaginarme a una rica familia extranjera pasando un par de semanas en un lugar como este a modo de «desintoxicación en la naturaleza», pero ¿mudarse aquí? Alguien tan glamuroso como Alina debería estar en París, Milán o Nueva York, no en un rincón de Idaho donde hay más osos que gente. Lo mismo digo de Nikolai, con sus modales tranquilos y cosmopolitas y su insistencia en el atuendo estilo *Downton Abbey* a la hora de la cena.

Mis nuevos jefes son la mismísima personificación de la jet set, al menos si no tenemos en cuenta las manos de matón de Nikolai.

Me obligo a apartar la mirada de esos nudillos con

aspecto desagradable y a centrarme en el niño que tengo al lado, que está comiendo con calma y tranquilidad. Me desconcierta. ¿Qué niño de cuatro o cinco años no juega al menos un poco con su comida? ¿O no exige la atención de un adulto en alguna ocasión? Sé que el niño puede sonreír y reír y jugar como cualquier otro niño de su edad, así que ¿por qué se convierte en un robot de tamaño infantil a la hora de comer?

Al sentir mi mirada, Slava levanta la vista, con sus grandes ojos verdes y dorados, sorprendentemente serios. Le sonrío con fuerza, pero él no me devuelve la sonrisa. Se concentra en su plato y sigue comiendo. Yo también como, pero sigo observándolo, con una sensación de malestar que se intensifica cada vez más. Hay algo antinatural en el comportamiento de mi alumno, algo muy preocupante. Quizá el chico esté más traumatizado por la muerte de su madre de lo que parece a simple vista, o quizá esté pasando algo más... algo mucho peor.

Vuelvo a echar un vistazo a los nudillos de Nikolai, y un pensamiento horrible se cuela en la mente.

Para mi inmenso alivio, las heridas parecen recientes, como si acabara de golpear algo o a alguien contra el suelo. Como Slava ha estado conmigo toda la mañana, no puede haber sido ese alguien. Además, solo un impacto de gran fuerza podría haber causado ese tipo de contusiones, y no hay nada en la forma en que el hijo de Nikolai está sentado o se mueve que indique que lo han maltratado.

Sea lo que sea de lo que es culpable mi jefe, no es

abuso de menores, gracias a Dios. No sé lo que haría si ese fuera el caso. No, borra eso. Lo sé. Llamaría a los Servicios de Protección de Menores y huiría, arriesgándome a acabar a merced de los asesinos de mi madre.

Lo que me recuerda que aún no tengo las llaves del coche.

Estoy a punto de preguntarle a Nikolai por ellas cuando Alina me sonríe y me pregunta:

—¿Siempre has querido ser profesora, Chloe?

Asiento con la cabeza, dejando el tenedor sobre el plato.

—Más o menos. Siempre me han gustado los niños y la enseñanza. Incluso de niña solía jugar con niños más pequeños que yo para poder ponerme en el papel de su profesora —digo, sonriendo y sacudiendo la cabeza—. Creo que me gustaba que me respetaran. Me subía el ego y todo eso.

Mientras hablo, soy consciente de que Nikolai me está mirando, con los ojos atentos y fijos. Una mirada de depredador llena de apetito y paciencia infinita. Mi piel arde bajo su peso, y me cuesta la vida mantener la mirada en Alina y coger mi tenedor como si no pasara nada.

Me pregunta por mi elección de universidad y le cuento que tuve la suerte de conseguir una beca completa para ir allí.

—Nunca había pensado en solicitar una universidad tan cara —digo entre bocados de delicioso pescado ahumado y una sabrosa ensalada de remolacha.

Me ayuda concentrarme en la comida y no en el hombre que me está mirando.

—Mi madre era camarera y el dinero era escaso desde que tengo uso de razón. Iba a ir a un centro de estudios superiores y luego me trasladaría a una universidad estatal, utilizando una combinación de becas, préstamos y trabajo para pagar mis estudios. Pero justo cuando empezaba mi último año de instituto, recibí una invitación para solicitar un programa especial de becas en Middlebury. Era para hijos de familias monoparentales con bajos ingresos y cubría el cien por cien de la matrícula, el alojamiento y la comida, además de proporcionar una prestación para libros y gastos diversos. Naturalmente, lo solicité, y por algún motivo lo conseguí.

—¿Por qué por algún motivo? —pregunta Nikolai—. ¿No eras buena estudiante?

No tengo más remedio que mirar sus penetrantes ojos.

—Lo era, pero había estudiantes en mis circunstancias que estaban mucho más cualificados y no lo consiguieron. Como mi amiga Tanisha, que había sacado una nota perfecta en selectividad y se había graduado con las mejores notas de nuestra clase. Le hablé de la beca y ella también la solicitó, pero la rechazaron al instante. Todavía me pregunto por qué me eligieron a mí y no a ella; si se trataba de sobrevivir a la adversidad, Tanisha tenía una historia «mejor», ya que su madre, parcialmente discapacitada, estaba criando sola no a uno, sino a tres hijos, uno de ellos, el hermano pequeño de Tanisha, con necesidades especiales.

—Tal vez vieron algo en ti —dice Nikolai, mientras sus ojos recorren cada centímetro de mi rostro—. Algo que les intrigó.

Me encojo de hombros, tratando de ignorar el calor que me recorre la piel.

—Podría ser. Pero lo más probable es que haya sido chiripa. Tuvo que serlo, porque un par de meses después, Tanisha recibió cartas de admisión de todas las universidades a las que había solicitado plaza, incluida Harvard, a la que acabó asistiendo gracias a unas generosas becas. No tan generosas como la beca que obtuve yo, ya que se graduó con setenta mil dólares de préstamos, pero lo bastante buenas para que dejara de sentirme culpable por haber ocupado el lugar que debería haber sido suyo.

Es una buena persona y sé que siempre se alegró por mí, pero también sé que se quedó hecha polvo cuando la rechazó el comité de becas.

—No creo que haya sido chiripa —dice Nikolai en voz baja—. Creo que estás subestimando tu encanto.

Ay, Dios. Mi ritmo cardíaco se dispara y mi cara no puede estar ardiendo más cuando Alina se pone rígida y su mirada pasa entre su hermano y yo. No se puede confundir lo que está diciendo, ni ignorar como un cumplido casual sobre mis habilidades académicas y ella lo sabe tan bien como yo.

Aun así, lo intento. Fingiendo que es una broma, sonrío ampliamente.

—Es muy amable por tu parte. ¿Y vosotros? ¿Dónde fuisteis a la universidad?

Ya está. Cambio de tema. Me siento orgullosa de mí misma hasta que me doy cuenta de que si, por alguna razón, alguno de los hermanos no fue a la universidad, mi pregunta podría ofenderles.

Por suerte, Alina ni se inmuta.

—Yo fui a Columbia, y Kolya se graduó en Princeton.

Vuelve a serenarse, con un trato amable y educado.

—Nuestro padre quería que fuéramos a la universidad en Estados Unidos; pensaba que ofrecía las mejores oportunidades.

—¿Por eso habláis tan bien inglés? —pregunto, y ella asiente.

—Por eso y porque los dos fuimos a un internado aquí también.

—Ah, eso explica la falta de acento. Me estaba preguntando cómo os las habíais arreglado los dos para no tenerlo.

—También tuvimos tutores americanos en Rusia —dice Nikolai, con una media sonrisa burlona en los labios. Está claro que sabe que estoy intentando rebajar la tensión y le divierten mis esfuerzos—. No lo olvides, *Alinchik*.

Su hermana vuelve a ponerse rígida por alguna razón y yo me ocupo de dejar el plato impoluto. No tengo ni idea de qué mina terrestre acabo de pisar, pero sé que es mejor no seguir con este tema. Mientras me termino la comida, miro a Slava y veo que él también ha acabado.

—¿Quieres un poquito más? —le pregunto, sonriendo mientras señalo su plato vacío.

Él parpadea y Alina le dice algo en ruso, presuntamente traduciendo mi pregunta.

Niega con la cabeza y yo le sonrío de nuevo antes de mirar a los demás adultos de la mesa. Para mi alivio, parecen haber terminado también. Nikolai está ahí sentado, mirándome, y Alina se limpia los labios con una servilleta. Milagrosamente, su pintalabios rojo no deja rastros en el paño blanco, aunque quizá no debería sorprenderme, dado que el color brillante ha sobrevivido a toda la comida sin correrse ni difuminarse.

Un día de estos le pediré que me cuente sus secretos de belleza. Tengo la sensación de que la hermana de Nikolai sabe más sobre maquillaje y ropa que diez *influencers* de YouTube juntas.

Estoy a punto de excusarme con Slava para que podamos continuar nuestras clases cuando entran Pavel y Lyudmila. Él lleva una bandeja con unas bonitas tacitas, un tarro de miel y una tetera de cristal llena de té negro. La pone sobre la mesa mientras Lyudmila retira los platos.

—Para mí no, gracias —digo cuando me pone una taza delante—. No bebo té.

Me lanza una mirada que sugiere que soy poco más que un animal salvaje, luego aparta mi taza y sirve té para todos los demás, incluido mi alumno. La delicada vajilla de porcelana parece ridícula en sus enormes manos, pero hace la tarea con destreza, lo que me hace preguntarme si trabajó en algún restaurante de lujo antes de entrar a trabajar con los Molotov.

—Gracias por esta maravillosa comida. Todo estaba delicioso —le digo cuando pasa a mi lado, pero él se limita a gruñir, apilando los platos que su mujer no había recogido todavía en una pirámide cuidadosamente dispuesta encima de la bandeja antes de llevárselos todos. Cuando se va, recuerdo algo importante.

Miro hacia Nikolai y se me enciende el rostro al encontrarme con su mirada de tigre.

—Se me había olvidado preguntar... ¿Pavel ha aparcado mi coche en algún sitio? No lo he visto delante de la casa. Además, creo que no me ha devuelto las llaves del coche.

—¿En serio? Qué raro —dice, añadiendo una cucharada de miel a su té y remueve el líquido—. Se lo preguntaré.

Le pasa el tarro de miel a Slava, que le echa varias cucharadas en su taza; el chico debe de ser muy goloso.

—Sería estupendo, gracias —digo, cogiendo mi vaso de agua, el único líquido, además del café, que me gusta beber—. ¿Y el coche? ¿Hay un garaje o algo cerca?

—En la parte de atrás de la casa, justo debajo de la terraza —responde Alina en lugar de su hermano—. Pavel lo habrá dejado allí.

—Vale, genial —sonrío, inexplicablemente aliviada —. Tenía un poco de miedo de que hubierais decidido que es demasiado feo y lo hubierais tirado por el precipicio.

Alina se ríe con mi broma, pero Nikolai se limita a sonreír y a dar un sorbo a su té con miel, observándome con una expresión inescrutable.

19

CHLOE

EL RESTO DE LA TARDE SE PASA VOLANDO. EN CUANTO acabamos de comer, encuentro el garaje —está en la parte trasera de la casa, nada más pasar el cuarto de la colada— y compruebo que mi coche está ahí, y que parece aún más viejo y hecho polvo al lado de los elegantes todoterrenos y los descapotables de mis jefes. Después, como hace un tiempo fabuloso —soleado y a unos 22 ºC— me llevo a Slava a dar un paseo por la zona boscosa de la finca en lugar de darle clases en su cuarto. Cruzamos un prado lleno de flores silvestres, bajamos hacia un pequeño lago que encontramos a menos de un kilómetro al oeste y perseguimos una decena de ardillas entre los árboles. Bueno, Slava las persigue mientras se ríe como loco; yo me limito a observarle sonriendo.

Es un niño totalmente distinto aquí afuera a como es cuando está con su familia en el comedor.

Mientras nos adentramos en el bosque, él parlotea

en ruso, y cuando consigo entender lo que dice, le contesto en inglés. Me aseguro de explicarle cómo se dice en inglés todo lo que nos vamos encontrando y me esfuerzo al máximo por aprender las palabras en ruso que me enseña.

—*Belochka* —dice, señalando una ardilla y partiéndose de risa cuando intento repetir la palabra y la pronuncio mal. Él, sin embargo, pronuncia las palabras en inglés casi perfectamente a la primera; sospecho que o ha estado viendo dibujos en inglés o tiene muy buen oído.

Los niños a los que les gusta la música tienden a dominar los acentos más rápido que sus compañeros.

—¿Te gusta la música? —le preguntó mientras volvemos a casa. Tarareo una melodía para que me entienda—. ¿Y cantar? —Hago mi mejor interpretación de *Baby Shark*, lo que hace que estalle en carcajadas.

Por si no ha quedado claro, no sé me da bien la música.

Conforme nos vamos acercando a la casa, Pavel viene a saludarnos, echando chispas por los ojos.

—¿Dónde estabais? Son casi las cinco y no ha merendado.

—Ah, estábamos...

—Y ha llegado tu ropa. Está en tu habitación. —Mientras mira con desaprobación los zapatos sucios de Slava, lo coge y lo lleva dentro de casa, murmurando algo en ruso.

Disgustada, me quito las zapatillas embarradas y los sigo. Probablemente debería haberles dicho a los cuidadores de Slava que íbamos a pasear o al menos haber estado más pendiente de la hora. Sí que había llevado un par de manzanas para Slava por si tenía hambre —las cogí de la cocina antes de irnos—, pero supongo que eso no es una comida tan completa como la bandeja de queso y fruta que Pavel trajo ayer.

En cuanto llego a mi habitación, me lavo las manos y me arreglo el moño; se me han salido un montón de mechones que me tapan desaliñadamente la cara. Después, voy al armario a ver lo que ha llegado.

«Joooder».

El vestidor —vacío al 95 % después de que deshiciera la maleta— está ahora hasta los topes. Y no solo de los vestidos elegantes que mis jefes exigen llevar durante la cena. Hay vaqueros, pantalones de yoga, camisetas de tirantes, de manga corta y suéteres, vestidos de verano informales y estilosas faldas de tubo, calcetines, pijamas y sombreros. Y ropa interior, de toda clase, desde tangas a cómodas bragas de algodón o a sujetadores deportivos y sujetadores *push up* de encaje, y todo de mi talla. Incluso hay ropa de abrigo, muchísima, desde impermeables finos a elegantes abrigos de lana o parkas acolchadas que resistirían un clima polar.

Es un armario para todas las estaciones y todas las ocasiones y, a juzgar por las etiquetas, todo es nuevo.

Desconcertada, le doy la vuelta a una etiqueta que cuelga de un suéter blanco que parece muy suave.

395 $.

Pero ¿qué coño?

Cojo la etiqueta de la parka que tengo más a mano, una azul preciosa con la capucha forrada de piel.

3499 €. Confeccionada en Italia.

—¿Te gusta?

Me doy la vuelta sobresaltada y me encuentro a Alina en la entrada del vestidor.

—Perdona, no pretendía asustarte —dice, colocándose el pelo sobre los hombros. Ya se ha vuelto a cambiar de vestido, ahora lleva uno rojo que le llega hasta el tobillo y con una abertura hasta el muslo que deja entrever una pierna larga y tonificada. También se ha cambiado el maquillaje, alargando la raya de ojos para enfatizar su mirada felina—. He llamado, pero no ha contestado nadie —continúa—, así que he supuesto que estabas explorando tus prendas nuevas.

—Sí, eso hacía... hago. —Miro por encima del hombro las perchas llenas y los estantes—. ¿Todo eso es para mí?

—Pues claro. ¿Para quién iba a ser, si no? Yo no necesito más, desde luego. —Se acerca a mí, coge un vestido largo amarillo y lo sujeta a la altura de mi pecho, después lo cuelga y saca otro rosa pálido.

—Pero es demasiado —le digo mientras me pone por encima el vestido rosa, aunque lo descarta de inmediato—. Yo no necesito todo esto. Algunos vestidos para cenar sí, pero el resto...

—Eso ha sido cosa de mi hermano. Nikolai no conoce medias tintas. —Ojea el resto de los vestidos con experta rapidez y saca un modelo en brillante color melocotón. En la etiqueta se lee *Versace* y no pone el precio… porque sería una cantidad escandalosa. Mientras me lo prueba por encima, Alina asiente satisfecha—. Pruébate este. —Lo coloca en mis manos.

—¿Ahora mismo?

Enarca las cejas.

—Si te da vergüenza, puedo darme la vuelta. —Y eso es exactamente lo que hace, se da la vuelta.

Contengo un suspiro de exasperación y rápidamente me quito la ropa y me pongo el vestido, que no sé cómo, pero me viene perfecto; el raso con motas doradas de color melocotón me envuelve el cuerpo con una elegancia espectacular. La falda acampanada me cae con gracia hasta los pies y el corpiño cuadrado tiene un sujetador que ensalza mis modesta copa B e insinúa el escote. Los tirantes anchos me ocultan los hombros, pero los brazos y la parte alta de la espalda quedan al descubierto, mostrando las costras que dejaron los fragmentos de vidrios cuando me perforaron la piel.

Mierda. Esperaba poder ocultarlas hasta que hubieran cicatrizado bien.

—¿Estás lista? —Alina parece impaciente.

—Un segundito. —Retuerzo el brazo por detrás de la espalda e intento abrocharme la cremallera—. Mira, ahora que lo dices, ¿podrías…?

—Por supuesto. —Me lo abrocha y da un paso atrás para poder echarme un vistazo. En seguida, su mirada se posa en mis costras—. ¿Qué te ha pasado? —pregunta, arrugando un poco su tersa frente.

—Nada. —Hago una mueca como si me

avergonzara de mi propia torpeza—. Tropecé y caí encima de unos cristales rotos.

La explicación parece satisfacerla, puesto que lo deja correr y reanuda su examen visual.

—Fabulosa —dice al final—. Pero ese moño tiene que desaparecer.

—Ah, no, no hace falta…

—Ven. —Me coge la mano y me saca del vestidor para meterme en el baño, y allí me planta frente al espejo.

—¿Ves? Tienes que llevar el pelo suelto con este vestido. Y el maquillaje es imprescindible.

Miro mi reflejo en el espejo: moño desastroso y ojeras incluidas. Tiene razón. Un vestido así de glamuroso merece el esfuerzo. Por desgracia, solo tengo brillo de labios, ya que tiré la mayoría de los productos del neceser de maquillaje cuando recogí la habitación de la residencia tras graduarme. Pensé que iría de compras con mamá cuando llegara a casa. A ella le encantaba esa clase de cosas y nosotras siempre…

Detengo ese pensamiento e inhalo para quitarme la opresión dolorosa que siento en el pecho.

—Puedo soltarme el pelo, pero no tengo…

—Claro que sí. —Abre uno de los cajones del lavabo y veo toda una selección de tubos y botes que enorgullecerían a un maquillador profesional—. Me aseguré de que Nikolai comprara todo lo necesario.

—¿Lo ayudaste a comprar todo esto?

—¿Quién iba a hacerlo, si no? —Sonríe y deja ver ese imperfectamente perfecto espacio entre sus dientes blancos—. Ninguno de mis hermanos sabe distinguir una máscara de una barra de labios.

Se me iluminan los ojos.

—¿Hermanos?

Asiente, mientras introduce la mano en el cajón

—Somos cuatro. Yo soy la más joven y la única chica.

Destapa un frasco de base de maquillaje y me pone la mano boca arriba. Esparce un poco de color bronce en la muñeca, lo mira con desaprobación, entonces abre otro con un tono ligeramente dorado y lo prueba.

—¿Dónde están tus otros hermanos? —pregunto, mientras miro lo que hace con fascinación. Justo hace nada estaba pensando que sería genial que un día de estos me diera una clase y aquí estamos. Siempre he tenido problemas para encontrar la base correcta; la mayoría de las marcas de cosmética ofrecen tonos que son demasiado claros, demasiado oscuros o demasiado pálidos. Pero el segundo color que Alina prueba se mezcla perfectamente con mi piel: no cabe duda de que sabe lo que hace.

—Ambos están en Moscú —contesta, cerrando el bote—. Bueno, en este momento, Konstantin está de viaje de negocios en Berlín, pero, vaya, ya me entiendes. —Deja el bote encima del tocador, junto con la máscara, el delineador y muchas otras cosas, incluida una esponja con forma de huevo que humedece bajo el grifo. Al encontrarse con mi mirada en el espejo, pregunta—. ¿Te importa si te maquillo yo? ¿O prefieres hacerlo tú?

—No, por favor, adelante. —Estoy más que dispuesta a que siga. Dejando a un lado la clase de maquillaje, esta es una oportunidad para que sepa más sobre mis misteriosos jefes sin que la presencia inquietantemente magnética de Nikolai me nuble la mente.

—Vale, pues lávate la cara y ven.

Hago lo que dice mientras ella recoge todo el maquillaje que ha sacado y lo mete en un pequeño estuche plateado. Después de secarme la cara e hidratarla con una crema facial que parece cara y que encuentro en otro cajón, me lleva al dormitorio y me coloca frente al ventanal que llega hasta el techo.

—La luz natural es mucho mejor —explica. Deja el estuche de maquillaje en la mesita de noche más cercana, se coloca enfrente de mí, inclina la cabeza mirándome con una profunda expresión de concentración y empieza a aplicar la base con la esponja húmeda—. Siempre debes dar pequeños toquecitos, no restregarlo —explica mientras me lo aplica en las mejillas—. El color se mezcla mejor así.

—Gracias, es bueno saberlo. —Espero a que acabe con la mejilla para preguntarle— ¿Y cómo es que Nikolai y tú decidisteis venir aquí? Supongo que es un gran cambio con respecto a Moscú.

Se detiene, me mira.

—Sí, lo es. Moscú es... otro mundo. —Sonríe con una mueca—. Y no siempre es un mundo agradable.

—¿No?

Reanuda el maquillaje meticulosamente.

—Esto es muy tranquilo. Relajado. Y la naturaleza es preciosa. Nikolai quería algo así para su hijo.

—Entonces, ¿estáis aquí por Slava?

—Mi hermano sí. —Frunce el ceño mientras estudia mi rostro y, con el extremo de la esponja, me pone un poquito de base en las ojeras. Supongo que deben estar fastidiándole—. Yo solo necesitaba un descanso —continúa mientras se acerca al puente de mi nariz—. Una pausa, por así decirlo.

—¿De tu vida en Moscú?

—Algo así. Cierra los ojos.

Obedezco, digiriendo en silencio lo que me acaba de contar mientras me aplica sombra de ojos en los párpados y máscara en las pestañas. Tiene sentido que estén aquí por el niño; el momento de su mudanza a esta finca coincide con el momento en que Nikolai se enteró de la existencia de su hijo. Y supongo que no hay mejor sitio que este si lo que buscas es vivir tranquilamente en la naturaleza.

Aun así, algo no me huele bien. Seguro que en Rusia y en otros países de alrededor hay más parajes naturales alejados de la civilización. ¿Por qué mudarse a la otra parte del mundo si lo único que buscas es un paisaje bonito? Ya solo con la diferencia horaria tiene que ser complicado mantener el contacto con la familia o llevar cualquier tipo de negocio, suponiendo que lo haya.

Espero a que Alina acabe de perfilarme los labios con un lápiz y entonces abro los ojos y le pregunto:

—¿En qué trabajan tus hermanos?

—Hacen un poco de todo. —Me aplica el pintalabios con cuidado, me pide que cierre la boca con un pañuelo entre los labios para difuminar el color y repite este proceso otras dos veces. Una vez satisfecha, guarda el pintalabios y saca el colorete y una brocha larga de maquillaje—. Nuestra familia es dueña de muchas compañías de distintos sectores: energía, tecnología, inmobiliaria, productos farmacéuticos —dice, aplicándome el colorete en las mejillas con movimientos ágiles y expertos—. Nikolai lo supervisa todo… o lo supervisaba hasta hace poco. Cuando nos enteramos de la existencia de Slava, delegó la mayoría de sus responsabilidades a Valery y Konstantin para poder mudarse aquí y pasar tiempo con su hijo.

Me quedo mirándola con incredulidad. ¿Estamos hablando del mismo Nikolai? ¿El padre frío y distante que apenas interactúa con su hijo? No me lo imagino saliendo temprano de una reunión de negocios para estar con su hijo y mucho menos renunciando al cargo de director de un conglomerado de empresas importante.

Se me debe de estar pasando algo por alto. Eso, o Slava es la excusa perfecta para algo turbio.

—¿Y tú? —le pregunto mientras retrocede y evalúa su trabajo con una mirada crítica—. ¿También estás metida en el negocio familiar?

Suelta una ligera risita.

—Ah, no, eso no es para mí. —Da medio paso hacia delante y me alisa la ceja con el pulgar—. No está mal —dice—. Ahora solo tenemos que peinarte. Ven.

Me coge de la mano y me lleva de vuelta al baño, donde saca una gama completa de productos para el pelo de otro cajón mientras me miro boquiabierta en el espejo.

Nunca me había visto así antes, ni siquiera cuando mamá se gastó cincuenta pavos en que me maquillara un profesional para mi graduación del instituto.

La chica del espejo es más que guapa, con la piel suave y brillante, grandes ojos marrones y misteriosos sobre unos pómulos suavemente contorneados, y los labios suaves y gruesos de color rosa oscuro.

No me parezco a Alina, con sus rojos labios brillantes y su espectacular maquillaje de mirada felina. De hecho, no parece que lleve maquillaje. Más bien es como si me hubieran retocado con Photoshop y hubieran corregido y suavizado todas mis imperfecciones.

—Guau. —Levanto la mano para tocarme la cara—. Esto es...

Alina me la aparta con un manotazo.

—No te toques, lo estropearás. En general, cuanto menos te toques la cara mejor. Tienes la piel bonita y limpia, pero aún puede estar mejor si mantienes las manos lejos de ella. La grasa y suciedad de los dedos taponan los poros y hacen que parezcan más grandes con el tiempo.

—Vale, entendido. —Escarmentada, mantengo las manos pegadas a ambos lados del cuerpo mientras me arregla el pelo, primero me deshace el moño, luego lo rocía con agua y aplica algunos productos de belleza para desenmarañar la onda de mis mechones, que si no caerían sin gracia.

—Ya está —dice tras unos minutos—. Ahora solo te faltan los zapatos y listo.

Ay, mierda.

—Creo que no tengo ningunos… —Comienzo a decir, pero ella ya ha salido del baño.

La sigo y veo que va directa a mi armario. Un momento después, sale con una caja de zapatos. En la caja pone *Jimmy Choo*. La deja en el suelo, saca un par de tacones dorados y me los da.

—Pruébate estos.

¿También me han comprado zapatos? Para que mi cerebro deje de calcular la fortuna que se deben haber gastado en mi fondo de armario, me pongo los tacones —que, igual que el vestido, también me vienen perfectos— y me acerco al espejo de cuerpo entero que cuelga junto al armario.

—¿Cómo te están? —pregunta Alina, acercándose. Para mi sorpresa, ahora solo es un par de centímetros más alta que yo; esos tacones que lleva siempre me han hecho pensar que tenía las medidas de una modelo.

Pruebo a pasar todo mi peso de una pierna a otra.

—Increíblemente cómodos. —Obviamente, no son tan cómodos como las zapatillas deportivas, pero puedo estar de pie y caminar mejor que con cualquier otro par de zapatos elegante que me haya puesto jamás. Lo mismo sucede con el vestido color melocotón, que no me aprieta ni pica en ningún sitio; todas las costuras me resultan suaves a la piel, el forro interior de seda me produce una agradable sensación de frescor.

Por eso Alina puede ir siempre vestida como una reina. Si toda su ropa es de la misma calidad, estar elegante no es un inconveniente tan grande como había imaginado.

—Solo te falta una cosa —dice, sonriendo a mi reflejo en el espejo—. Espera aquí. Ahora vuelvo. —Sale corriendo de la habitación mientras yo me quedo frente al espejo, maravillada por la forma en la que el reluciente vestido cubre mi cuerpo demasiado delgaducho haciendo parecer que tengo curvas.

Nunca seré tan guapa como Alina, pero sin duda soy la mejor versión de mí misma.

Regresa un momento después con un pequeño joyero en la mano. Lo pone en la mesita de noche, lo abre y saca un par de pendientes de diamantes y un colgante con forma de corazón en una fina cadenilla de oro.

—Gracias, pero no podría de ninguna manera... —digo mientras ella se me acerca con las joyas—. Parece muy caro.

—No te preocupes. Solo es una baratija. —Haciendo caso omiso a mis protestas, me coloca la cadenilla de oro alrededor del cuello y la abrocha en el centro, después me pone los pendientes de diamantes en las orejas—. Ahora el modelito ya está completo.

Retrocede y yo me miro de nuevo en el espejo.

Tiene razón. Las joyas le han dado el toque final, con el diamante en forma de corazón brillando por encima del sutil escote que consigue el corpiño del vestido. Estoy elegante y sexy a partes iguales, como una princesa moderna a punto de asistir a un baile.

Si mamá me viera así, estaría orgullosa. Me sacaría un millón de fotos con diferentes poses y se pondría las mejores de salvapantallas y de fondo de pantalla del móvil, para que pudiera enseñarlas a sus compañeros de trabajo del restaurante. Ella…

Parpadeo para eliminar el escozor de los ojos y me vuelvo hacia a Alina.

—Gracias —digo con voz débil—. Te lo agradezco.

—Ha sido un placer. —Sus ojos verdes brillan mientras me da un último vistazo—. Vamos a bajar a cenar. Tengo ganas de que Nikolai te vea así.

No me da margen a entender a qué se refiere: sale de la habitación y no me deja más remedio que seguirla.

20

NIKOLAI

—¿Qué coño te crees que haces? —le pregunto a mi hermana en ruso empleando un tono bajo y agradable, con expresión neutral. Delante de mí, Chloe está girada hacia Slava, hablando sobre la comida como si él pudiera entenderla, y yo solo pienso en las ganas que tengo de cruzar la mesa y arrancarle el colgante de su suave y esbelta garganta... justo después de estrangular a la persona que se lo ha dado.

—Me pediste que la ayudara a vestirse. —El tono de voz de Alina coincide con el mío, incluso aunque su mirada refleja que se está divirtiendo fríamente—. ¿No te gusta el resultado?

—¿De dónde lo has sacado? —Bajo aún más el tono de voz cuando Slava nos mira con curiosidad. A diferencia de su profesora estadounidense, él entiende perfectamente todo lo que estamos hablando, aunque no el contexto—. Pensaba que se había perdido.

—¿El collar favorito de mamá? Qué va. —La sonrisa

de Alina es tan gélida y brillante como el diamante del pecho de Chloe—. Me lo dio para que lo guardara. Justo antes de... ya sabes. —Espera que yo diga algo. Como no lo hago, pestañea con una inocencia exagerada—. ¿No te gusta cómo le queda? Pensé que le iba perfecto al vestido… y a tu nuevo y bonito juguete.

Aprieto los dientes, pero mi comportamiento externo exige calma. Ahora entiendo a qué está jugando Alina y no pienso dejar que gane.

—Tienes razón. Le va perfecto, y a ella también. Gracias por tu ayuda.

Sin esperar a su reacción, dirijo mi atención a Chloe, ignorando la rabia abrasadora que corre por mis venas cada vez que la brillante piedra llama mi atención. El colgante ha sido lo único en lo que he podido fijarme desde que Chloe se sentó en la mesa, así que ahora contemplo su aspecto y, mientras lo hago, la ira ardiente que siento se transforma en lujuria.

Está preciosa. No, más que eso. Está impresionante, se me viene a la cabeza un cuadro de una diosa griega. Al igual que en el cuadro, la melena le cae hasta sus delgados hombros como una cascada de ondas doradas, y su piel suave brilla con una misteriosa luz interior. Lo que sea que mi hermana le ha hecho, ha mejorado el resplandor que me capturó desde el primer momento, enfatizando su belleza tierna y luminosa.

El tipo de belleza que pide a gritos ser despojada.

Mi mirada pasa de su rostro a sus frágiles clavículas, después, evitando fijarme en el colgante, reparo en la tenue sombra que se forma entre sus pechos, que se alzan provocativamente gracias al ajustado corpiño del vestido. Con una claridad meridiana, me imagino el tacto de sus pezones duros al tocar esos pequeños y deliciosos pechos, cómo sabrán cuando los chupe. Gemirá, arqueará la cabeza hacia atrás y elevará sus finos brazos hasta…

Me detengo, la fantasía se evapora en cuanto reparo en las costras de color rojo oscuro de su brazo izquierdo.

¿Qué mierda…?

Parecen heridas punzantes, profundas.

—Dice que se cayó sobre un cristal roto —murmura Alina en ruso, tan extrañamente sintonizada conmigo como siempre—. Interesante, ¿no?

Lo es. Si bien es posible caerse sobre un cristal roto y acabar con heridas punzantes, es mucho más fácil cortarse… y no veo ninguna herida de ese tipo en su brazo.

—Me pregunto si la habrán apuñalado o le habrá alcanzado metralla —continúa Alina, de nuevo repitiendo mis pensamientos—. ¿Qué opinas? Apuesto por lo segundo.

Me fuerzo a parecer desinteresado, aburrido del tema.

—Creo que se caería encima de unos cristales rotos. —No le he dicho a mi hermana nada sobre el informe adicional que encargué al equipo de Konstantin, y no pienso hacerlo.

Chloe es un misterio que quiero desentrañar yo, un rompecabezas que quiero resolver yo.

Un juguete precioso con el que jugar.

Sus ojos se encuentran con los míos y aparta precipitadamente la mirada, su mano aprieta el tenedor mientras su pecho se hincha y deshincha a un ritmo más rápido. Sonrío perverso mientras la observo. La inquieto, la pongo nerviosa, y no es solo la tensión sexual lo que hace que suba la temperatura entre nosotros. Me he dado cuenta de la forma en que miraba mis nudillos hinchados durante la cena, vi las preguntas en sus ojos.

Mi *zaychik* es lo bastante lista para desconfiar de mí.

En el fondo, sabe la clase de hombre que soy.

La estudio durante toda la comida, deleitándome con los ojos mientras ella se deleita con los frutos del trabajo de Pavel en la cocina. Sigue siendo discreta y comedida, pero al menos tres porciones repletas de *plov*, la especialidad de Pavel de arroz *pilaf* de Georgia, desaparecen de su plato velozmente, seguidas de una porción de cada ensalada y guarnición de la mesa, junto con una ración completa de kebab de cordero, el plato principal de la noche.

Su apetito fuera de lo normal me divierte y me inquieta a la vez, porque revela algo importante.

Me dice que, no hace mucho, ha pasado hambre de verdad.

El hecho de darme cuenta de esto, junto las marcas de sus brazos, se suma a mi frustración. Konstantin aún no me ha dado el informe y me estoy volviendo loco.

Quiero saber qué le ha pasado. Necesito saberlo. Se está convirtiendo rápidamente en una obsesión… y ella también. Esta tarde, cuando fue con Slava a pasear, me sorprendí a mí subiéndome por las paredes porque no podía verla a través de las cámaras. Quiero saber cada día lo que hace en cada momento, y no importa lo mucho que intente distraerme, solo puedo pensar en ella.

A medida que la comida llega a su fin, contemplo la posibilidad de que se quede conmigo para tomar un aperitivo, pero cuando la veo disimulando un bostezo, descarto la idea. La habilidad de Alina con el maquillaje ha ocultado los signos externos del agotamiento de Chloe, pero todavía es demasiado frágil, delicada… para todas las cosas oscuras y sucias que quiero hacerle. Además, esta noche no estoy seguro de mi autocontrol.

El deseo que fluye por mis venas es demasiado potente, demasiado salvaje para una seducción delicada.

Pronto, me prometo a mí mismo mientras la veo salir del comedor y desaparecer escaleras arriba.

Pronto averiguaré lo que hace temblar a Chloe Emmons y saciaré esta hambre.

———

Son casi las dos de la mañana cuando decido darme por vencido y salir a correr. Después de apenas dormir la noche anterior y de emplear gran parte de mi energía en entrenar con los guardias, debería estar muerto de cansancio. Sin embargo, mi cuerpo arde con un deseo insatisfecho y mi mente está llena de pensamientos inquietos. Cada vez que estoy a punto de quedarme dormido, veo el puto colgante sobre mí, y la rabia inunda mis venas y me despierta de golpe.

Mi hermana sabía lo que hacía cuando colgó esa baratija alrededor del precioso cuello de Chloe.

El cielo nocturno está despejado cuando salgo de casa, la luz de la luna en cuarto menguante va iluminando el camino mientras corro hacia la entrada. Aunque no lo necesito, tengo una excelente visión nocturna. Conforme el bosque se va espesando a mi alrededor, acelero hasta llegar al camino que conduce a la puerta. A mitad de camino, hago un giro cerrado y me adentro entre los árboles, mis zapatillas crujen por las hojas y las ramas cuando paso entre los árboles. Aquí está más oscuro, es más peligroso, con el suelo desigual y las ramas caídas, pero lo que busco es el reto. Correr así me obliga a concentrarme, a esforzarme tanto física como mentalmente. A la vez, el bosque de noche tiene algo que me tranquiliza. El susurro relajante de las criaturas salvajes entre los arbustos, el ulular de un búho sobre mi cabeza, el aroma a tierra de la vegetación pereciendo... todo forma parte de la experiencia, parte de lo que me resulta atractivo de este lugar.

Corro hasta que me arden los pulmones y me pesan los músculos, hasta que el sudor se desliza como un río por mi cara. Cuando mis piernas amenazan con rendirse, doy la vuelta y corro montaña arriba, forzándome a sobrepasar el punto de agotamiento, las limitaciones de mi cuerpo y los recuerdos que invaden mi mente. Corro hasta que no puedo pensar en nada, ni mucho menos imaginarme el colgante con forma de corazón en el pecho de Chloe.

Finalmente, me detengo y recorro caminando el resto del trayecto de vuelta, para ir enfriando un poco. Cuando entro en la casa oscura y silenciosa, mi respiración ya se ha calmado y vuelvo a sentir mis piernas unidas al cuerpo. Me quito las zapatillas sucias, cierro la puerta principal y empiezo a subir las escaleras, la falta de sueño empieza a pesarme como si fuera una pared de cemento. Qué ganas tengo de dejarme caer en la cama y...

Un grito ahogado me detiene en seco.

Me quedo totalmente inmóvil en el último tramo de las escaleras, con todos los sentidos en alerta máxima mientras examino el pasillo oscuro.

Un instante después, lo vuelvo a oír.

Un grito ahogado que viene de la habitación de Chloe.

La adrenalina recorre mi cuerpo. No me paro a pensar, actúo sin más. Sin hacer ruido, avanzo por el pasillo, con cada músculo de mi cuerpo preparado para pelear. Si alguien ha entrado en casa, si le están haciendo daño... Ese mero pensamiento hace que me llene de cólera. El hecho de haber entrenado toda la vida es lo que evita que tire la puerta abajo y entre. En lugar de eso, me detengo a un metro de la habitación y presiono la pared con la palma de la mano, buscando una diminuta palanquita. Cuando la encuentro, la presiono, y con un silbido silencioso se desliza un pequeño cuadrado de la pared que da acceso a uno de los miniarsenales que he escondido por toda la casa.

En silencio, meto la mano en el hueco y cojo una Glock 17 cargada, después me aproximo a la puerta de Chloe.

Todo vuelve a estar en silencio, pero a mí no me engañan.

Algo no va bien. Lo sé. Puedo sentirlo.

Quito el seguro con mi pulgar derecho a la vez que giro con cuidado el pomo con la mano izquierda y abro un poco la puerta.

Oigo otro grito, seguido de un llanto ahogado.

«Mierda».

Empujo la puerta para abrirla del todo y entro, preparado para pelear.

Pero nadie me ataca.

No hay balas volando, no capto movimiento alguno.

La tenue luz de la luna revela que no hay nadie en el oscuro dormitorio aparte de mí y un pequeño bulto debajo de las sábanas, un bulto que se estremece de repente, emitiendo otro de esos gritos ahogados.

Pues claro.

Bajo el arma, la peor parte de la tensión desaparece de mis músculos. Esto debe ser lo que Alina oyó anoche. No me extraña que Chloe pareciera sentirse tan incómoda cuando mi hermana sacó el tema.

Tiene pesadillas. Y de las malas.

Debería irme ahora que sé que está bien, pero me quedo plantado mirando al bulto bajo las sábanas mientras mi corazón empieza a palpitar fuerte. «Está ahí, durmiendo solo a unos metros de distancia». La adrenalina de mis venas se transforma en una necesidad ardiente, aguda, en un hambre tan feroz y potente que tiemblo por el esfuerzo de contenerlo. Quiero sentir su piel suave y cálida bajo mis dedos, oler su dulce y fresco aroma a flores silvestres... sumirme en el terso y húmedo calor entre sus piernas... El pulso me retumba en los oídos, tengo el cuerpo tan tenso que me duele, y las piernas se mueven en contra de mi voluntad, obligándome a avanzar.

«No. Joder, no».

Paro a medio metro de la cama, apretando la mandíbula.

«Retrocede, joder. Ahora».

Milagrosamente, mis pies obedecen.

Un paso.

Otro.

Un tercero.

Estoy a medio camino de la puerta cuando el bulto de la cama se estremece de nuevo y comienza a agitarse enérgicamente, llenando el silencio de desgarradores gritos de angustia.

21

CHLOE

—*¡No!*

Mis pies resbalan en la sangre, salgo disparada y caigo de rodillas al lado del cadáver de mamá. Su bonito y expresivo rostro está relajado, sus ojos color marrón claro están vidriosos, con la mirada perdida. La bata rosa que le regalé las navidades pasadas está abierta por la parte superior y deja ver su pecho izquierdo, mientras que su brazo derecho está extendido hacia el costado y la sangre de la profunda herida vertical de su antebrazo forma un charco en las baldosas blancas e impolutas, filtrándose entre las juntas inmaculadas. El brazo izquierdo presiona el costado, pero también ahí hay sangre. Hay tanta sangre...

—*¡Mamá!* —Presiono su cuello con mis dedos congelados. No noto el pulso, o quizá no sé encontrarlo. «Porque tiene que tener pulso. Tiene que tenerlo. Ella no haría esto. Ahora no. Otra vez no».

Estoy ansiosa y a la vez paralizada, mis pensamientos se suceden a la velocidad del rayo mientras sigo allí arrodillada, sin poder moverme. «Sangre. Hay muchísima sangre en el suelo de la cocina». Levanto la cabeza como en piloto automático y busco con la mirada un rollo de papel en la encimera. Mamá se enfadará tanto por las manchas de las juntas. Necesito limpiarlo, necesito…

Tengo que llamar a emergencias. Eso es lo que debo hacer.

Me pongo de pie como puedo y me palpo frenéticamente los bolsillos mientras recorro la cocina con la mirada.

Mi móvil. ¿Dónde está mi puto móvil?

Espera, mi bolso.

¿Me lo he dejado en el coche?

Giro hacia la puerta principal, respirando superficialmente. «Llaves». El coche necesita llaves. «¿Dónde he puesto las putas llaves?». Mi mirada se posa en una mesita de la entrada y corro hacia ella, con el corazón palpitándome tan fuerte que me dan ganas de vomitar.

Llaves. Coche. Bolso. Móvil.

Puedo hacerlo.

Una cosa después de otra.

Cojo el llavero de pelo y justo cuando estoy a punto de alcanzar la manivela de la puerta, lo oigo.

Un murmuro grave y sordo de voces masculinas en la habitación de mamá.

Me quedo petrificada y se me tensa hasta el último músculo del cuerpo.

Hombres. Aquí en el piso. Donde mamá yace en un charco de sangre.

—...estaba por aquí —dice uno de ellos, su voz se oye cada vez más fuerte.

Sin pensar, me escondo en el hueco del pasillo que utilizamos como armario. El pie izquierdo aterriza sobre una pila de botas, el tobillo se me tuerce dolorosamente, pero ahogo el grito y me oculto entre los abrigos, utilizándolos como escudo.

—Vuelve a mirar el móvil. Quizá esté en un atasco. —La voz de otro hombre suena más cerca, al igual que sus fuertes pisadas.

«Ay, Dios, ay, Dios, ay, Dios».

Me tapo la boca con ambas manos, las llaves que estoy agarrando se me clavan dolorosamente en la mejilla mientras permanezco inmóvil, sin atreverme a respirar.

Los pasos se detienen al lado de mi escondite y a través de las gruesas capas de abrigos, los veo.

Altos.

Fuertes.

Con máscaras negras.

Alguien con guantes sujeta una pistola.

Punzadas de terror recorren mi espalda de arriba abajo, se me nubla la visión con manchas negras por la falta de aire.

«No te desmayes, Chloe. Quédate quieta y no te desmayes».

Como si oyera mis pensamientos, el hombre que tengo más cerca se gira hacia a mí y se quita la máscara… y veo una cabeza de tiburón. Mientras me enseña sus dientes como cuchillos en una sonrisa macabra, me apunta con la pistola.

—¡No!

Retrocedo bruscamente y me enredo entre los abrigos. Los tengo todos encima, me asfixian, me tienen presa. Me revuelvo desesperadamente, suplico a gritos y lloro de pánico mientras el dedo cubierto por el guante negro aprieta el gatillo y…

—Shhh, tranquila, *zaychik.* Estás a salvo. —Los abrigos se ciñen mi alrededor, solo que esta vez su peso es agradable, como si me estuvieran abrazando. También huelen bien, como una mezcla intrigante de cedro, bergamota y sudor masculino con olor a tierra. Inhalo profundamente, mi terror se calma a medida que la cabeza de tiburón y la pistola se desvanecen en una niebla y me voy sumergiendo en otras sensaciones.

Calor. Músculos suaves y fuertes bajo mis manos. Una voz grave, sedosa y áspera a la vez me murmura palabras tranquilizadoras al oído mientras unos brazos fuertes me rodean, protegiéndome, manteniéndome a salvo de los horrores que aguardan más allá de la niebla.

Mis sollozos se calman, mi respiración entrecortada se ralentiza cuando la pesadilla me abandona. Ha sido una pesadilla. Ahora que mi cerebro empieza a funcionar, comprendo que no existen las cabezas de tiburón en cuerpos humanos. Mi mente dormida ha creado eso, adornando el recuerdo, tal y como ahora está adornando...

Espera, esto no parece un sueño.

Me pongo rígida. Una punzada de adrenalina acaba de disipar toda la niebla y me doy cuenta de que un hombre grande, cálido, con el torso desnudo y muy real me está meciendo en su regazo. Mi cara está hundida en su cuello, mis manos agarran sus fuertes hombros mientras sus grandes manos me acarician la espalda. Está consolándome mientras susurra algo en una mezcla de inglés y ruso, y su voz suave y grave me resulta terriblemente familiar, al igual que su seductor aroma masculino.

No puede ser.

No es posible.

Y aun así...

—¿Nikolai? —susurro, sintiendo que estoy explosionando por dentro... y cuando levanto la cabeza de su hombro y abro los ojos, la tenue luz de la luna que entra por la ventana ilumina las pronunciadas líneas esculpidas de su rostro, y ahí obtengo mi respuesta.

22

CHLOE

Su mano, grande y cálida, se posa en mi nuca y me masajea el cuello, derritiendo la tensión que impregna cada músculo de mi cuerpo.

—¿Estás bien, *zaychik*? —murmura. La pálida luz de la luna se refleja en sus ojos mientras me acaricia el brazo con la otra mano—. ¿Ha terminado la pesadilla?

No sé qué responderle. La conmoción que siento se asemeja al pinchazo de un millón de agujitas; mi termostato interno oscila de frío a caliente y vuelta a empezar.

Nikolai y yo estamos en la cama.

Juntos.

Estoy sentada en su regazo.

El termostato sube la temperatura hasta que el calor es abrasador, me acelera el pulso y envía una lanza de fuego directa a mi interior. Estamos prácticamente desnudos: mi pijama es casi transparente y él debe de llevar pantalones cortos o calzoncillos porque noto sus muslos desnudos bajo los míos. Tiene la piel áspera por el vello y los músculos de sus piernas están tan duros que parecen cincelados en piedra.

Y eso no es lo único que noto duro como una piedra.

El resto del mundo se difumina y lo remplaza la comprensión absoluta de que estamos en una postura muy íntima y que la oscura y magnética fuerza que nos atrae desde el primer día sigue ahí. El corazón me va a mil por hora, los latidos me retumban en los oídos mientras que de entre mis labios escapan unos jadeos. Tiene la cara a escasos centímetros de la mía, sus fuertes brazos me rodean, asiéndome en un abrazo que me protege y a la vez me sujeta.

—Chloe, *zaychik*... —Un deje de tensión en su profunda voz—. ¿Estás bien?

¿Bien? Estoy ardiendo, la tormenta de fuego que ha desatado mi anhelo me está consumiendo. Lo tengo tan cerca que puedo sentir la calidez de su aliento y oler un rastro de dentífrico mentolado que combina con las sensuales notas de su colonia y los matices salados de un sudor masculino. Sus ojos, salpicados de sombras, brillan a la luz de la luna. Su pelo oscuro se funde con la noche y tengo la irracional idea de que todo él está hecho de oscuridad... que, como una criatura del inframundo, existe allí donde la luz no alcanza.

Me invade la inquietud, que se mezcla con el fuego que arde en mis venas y lo intensifica de una forma extraña y turbadora. Se me endurecen los pezones, los músculos en mi interior se tensan ante el creciente dolor del vacío y mi cuerpo actúa, siguiendo un impulso que lleva tiempo macerándose. Estrecho los duros músculos de sus hombros y presiono mis labios contra los suyos.

Al principio, no reacciona y se me ocurre la horrible idea de que me he equivocado, que después de todo, la atracción no es mutua. Pero en ese momento, un sonido grave y salvaje se abre paso por su garganta y me devuelve el beso con un hambre feroz. Sus brazos se tensan para encerrarme en una jaula de hierro. Sus labios devoran los míos, su lengua me penetra la boca, saboreándome, invadiéndome en una descarada imitación del acto sexual, y me quedo en blanco; todos mis miedos y pensamientos se evaporan ante el brutal embate del deseo.

Nunca me habían besado de esta forma, tan cruda y carnal, nunca había sentido una excitación tan intensa que hasta resulta dolorosa. Tengo la piel en llamas, el corazón me late como un puño contra el pecho y mi interior se estremece con una necesidad desesperada. Me acuesta en la cama y el peso de su cuerpo me inmoviliza. Solo puedo gemir débilmente contra su boca mientras le clavo las uñas en los hombros y le rodeo las caderas con las piernas, restregando mi palpitante clítoris contra la dura protuberancia que es su erección.

Un gruñido irregular escapa de su garganta y su mano desciende por mi cuerpo, acariciándome y dejando una estela de fuego a su paso. Me levanta la camiseta con brusquedad y su áspera palma se cierra sobre mi pecho izquierdo, masajeándolo con hambrienta presión mientras sus labios aplastan los míos. Su beso me consume, me roba el aire de los pulmones. Sin aliento, mareada, me pego a él, mis manos se alzan en busca de su sedoso pelo. Su caliente palma me provoca en el pezón una sensación de alivio e irritación a partes iguales: mitiga el deseo febril de sentirle mientras intensifica la creciente tensión. Como un muelle a punto de saltar, la presión se concentra aún más en mi interior, con cada impulso de mis caderas me acerco más al final, al alivio que busco con tanta desesperación.

«Me voy a correr». Esa certeza me recorre un instante antes de que llegue por fin el orgasmo. Se me curva la espalda, las piernas se me tensan en torno a su trasero musculoso y de la garganta se me escapa un grito ahogado cuando la ola de cálido placer rompe en mi cuerpo. El éxtasis es tan potente que elimina todo pensamiento y razón y solo cuando bajo de la nube y abro los ojos me doy cuenta de que se ha quedado quieto de pronto, con la cabeza vuelta hacia la puerta y su poderoso cuerpo sobre el mío, casi vibrando de tensión.

Medio segundo después me doy cuenta del porqué.

—Chloe, ¿eres tú? ¿Estás...? —Alina se queda clavada en la puerta, la silueta de su cuerpo, ataviado con un camisón, aparece delineada por la luz que entra del pasillo.

La luz que ha encendido cuando nos ha oído.

Mejor dicho, cuando me ha oído a mí.

Me ruborizo cuando me doy cuenta de lo que ha oído, y lo que está viendo: a mí, en la cama con su hermano medio desnudo, en mitad de la noche, con la camiseta del pijama levantada.

No hay forma de aparentar que ha sido un accidente, esto no puede confundirse con lo que no es.

—Perdón. —Su tono se vuelve gélido—. La puerta estaba abierta. No quería interrumpir.

Alina desaparece en el pasillo y Nikolai murmura para sí algo en ruso que suena como una palabrota. Apartándose de mí súbitamente, se dirige dando zancadas a la puerta, que está abierta de par, y la cierra de un portazo, volviendo a sumirnos en la oscuridad.

Me incorporo con torpeza para sentarme y me bajo la camiseta de un tirón cuando escucho que vuelve. «Joder. Joder. Joder. ¿Qué estoy haciendo?». Tanteo frenéticamente la mesita de noche en busca del interruptor de la lámpara y la luz se enciende justo cuando el colchón se hunde bajo su peso.

Durante unos segundos nos limitamos a mirarnos y observo todo tipo de detalles excitantes, como que su pelo, negro y liso, está despeinado por mis caricias y que sus sensuales labios están rojos e hinchados, brillantes tras nuestros salvajes besos. Los míos tendrán el mismo aspecto porque los siento húmedos y palpitantes, anhelando su contacto y sabor adictivos. Solo lleva unos pantalones de correr y su pecho y hombros están cincelados en puro músculo, tiene los abdominales perfectamente definidos. En contraste con sus poderosas piernas, que están salpicadas de pelo oscuro y firme, tiene el torso suave y la piel ligeramente bronceada, solo marcada por una pálida cicatriz arrugada en su hombro izquierdo.

Se me acelera el pulso.

«Una herida de bala».

No había visto una hasta hoy, pero estoy segura de que lo es. Es una herida de bala, o bien un taladro le ha atravesado el hombro.

El subidón del orgasmo se disipa y ocupa su lugar un miedo que surge al pensar con claridad. ¿Quién es este hombre espectacular que parece tan familiarizado con el peligro?

¿Qué hace en mi habitación o, ya que estamos, en mi cama?

Me aparto despacio, sin quitarle la vista de encima. La herida de bala, los nudillos amoratados, el muro que rodea el terreno y los guardias... Hay una historia detrás de todo esto y no es una historia agradable. La violencia, en algún sentido, es parte de la vida de mi nuevo jefe y yo no quiero tener nada que ver, por mucho que mi cuerpo anhele terminar lo que hemos empezado.

Lo que yo he empezado al besarlo tan irreflexivamente y con tanto descaro.

Cuando me ve retroceder, entrecierra sus ojos de tigre y siento su frustración, la furia latente de un depredador que presencia la inevitable huida de su presa. Salvo que en nuestro caso no es inevitable. Es más grande y más fuerte que yo, puede impedir que huya cuando quiera, y el hecho de que siga quieto a pesar de la evidente tensión que rezuman sus poderosos músculos es bastante tranquilizador.

Supongo que se da cuenta de lo que estoy pensando porque suaviza su expresión y adopta una postura relajada, casi perezosa.

—Tranquila, *zaychik*, no voy a abalanzarme sobre ti. —Lo dice con la voz suave y un tono ligeramente burlón—. Si esto no es lo que quieres, dímelo y ya. No tengo la costumbre de acostarme con mujeres reticentes… ni con aquellas que fingen serlo.

Me pongo roja como un tomate. Se refiere, por supuesto, a mi orgasmo espontáneo, algo en lo que aún no me he permitido pensar. Porque por más que esta noche mi comportamiento haya sido desvergonzado, restregarme contra él como una perra en celo y correrme sin más es insuperable.

—Yo no… —Me callo al darme cuenta de que iba a ponerme a negarlo todo como una cría—. Tienes razón —le respondo en un tono más moderado—. Lo siento. No tendría que haberte besado. Ha estado totalmente fuera de lugar y…

—Y volverá a pasar. —Bajo la cálida luz de la lámpara, sus ojos se asemejan a joyas de ámbar—. Vas a besarme y vamos a follar y vas a correrte una y otra vez. Te vas a correr con mis dedos y con mi lengua y con mi polla metida hasta el fondo de tu coño terso y mojado. Te vas a correr cuando te folle la boca y el culo. Te vas a correr tanto que se te olvidará cómo es no correrse y aun así me suplicarás que te dé más.

Lo miro fijamente, se me ha secado la garganta y

tengo las bragas empapadas. El clítoris me late al ritmo de sus palabras pronunciadas dulcemente y me martillea el corazón como un pájaro carpintero incluso mientras mis pulmones luchan por respirar. Ningún hombre me había hablado así antes, no sabía que estas guarradas podían excitarme y hacerme morir de vergüenza a la vez.

—Eso no es... yo no... —Me esfuerzo por respirar—. Eso no va a pasar.

—Claro que sí, *zaychik*. ¿Y sabes por qué?

Niego con la cabeza, no me atrevo a abrir la boca por lo que pueda decir.

—Porque es inevitable. Desde el momento en que te vi supe que sería así... ardiente, salvaje y crudo, imposible de controlar. Y tú también lo supiste. Por eso apenas puedes mirarme durante las comidas y por eso estar a solas conmigo te da tanto miedo. —Se inclina hacia mí con ojos brillantes—. Tú me deseas, Chloe... y créeme, yo también te deseo a ti.

Intento responderle, pero no se me ocurre nada. Donde deberían estar mis pensamientos solo hay un inmenso espacio en blanco. Al mismo tiempo, mi cuerpo vibra con una corriente eléctrica, cada nervio visceralmente consciente de su cercanía y de la oscura intensidad que habita en esos ojos leoninos e hipnóticos. Esto me supera tanto que no tengo nada con lo que compararlo, ni idea de cómo reaccionar y mucho menos actuar. Es mi jefe, el padre de mi alumno y aunque no lo fuera, el aura de peligro y violencia que le envuelve como un halo letal seguiría existiendo. La única solución razonable es ponerle fin a esto, negar que le deseo, pero no logro pronunciar semejante mentira.

Espera a que responda y cuando no lo hago sus labios se curvan en una media sonrisa burlona.

—Piensa en ello, *zaychik* —me recomienda en voz baja. Los músculos de su fuerte cuerpo se contraen cuando se pone de pie—. Piensa en lo increíble que será cuando vengas a mí.

Para cuando se me ocurre una respuesta, ya se ha ido, dejando tras de sí un ligero olor a bergamota y cedro en las sábanas y el más absoluto caos en mi mente y mi cuerpo.

NIKOLAI

Irme a mi habitación y cerrar la puerta requiere todo el autocontrol que he cultivado a lo largo de los años. La lujuria, oscura y potente, palpita en mí y exige que vuelva junto a Chloe y que siga donde lo hemos dejado.

En lugar de eso, me dirijo al baño. Me quito los pantalones cortos, que están empapados de sudor, abro el grifo de la ducha y lo giro hasta la posición más fría. Después me meto bajo el agua y dejo que apague el fuego que corre por mis venas.

«Demasiado pronto, joder».

Podría haber ido más lejos, lo sé, pero es demasiado pronto. No está lista para esto, para mí. La pesadilla le hizo bajar la guardia pero la inoportuna interrupción de mi hermana le recordó todos los motivos por los que no debería desearme, todos los motivos por los que cree que esto no está bien. Puede que su cuerpo me desee, pero su mente está resistiéndose a esa atracción.

La intensidad de lo que hay entre nosotros la asusta, y no la culpo.

A mí también me da cierto miedo.

El deseo que siento por ella es diferente, tierno y a la vez violento... acompañado de una posesividad que va más allá de la simple lujuria. Cuando creí que estaba en peligro solo pude pensar ir a su lado, en protegerla, en matar a cualquiera que le hubiera hecho daño. Y cuando empezó a agitarse en medio de aquella pesadilla, la necesidad de consolarla se volvió demasiado potente como para rechazarla. Tuve suficiente aplomo como para dejar la pistola en el pasillo y después me planté en su cama. La abracé mientras temblaba y lloraba, su evidente pánico me desgarraba y me llenaba de frustración y de furia teñida de impotencia.

Está traumatizada, alguien o algo le ha hecho daño y no sé quién o qué.

No lo sé y necesito saberlo.

Necesito saberlo para protegerla.

Lo necesito porque en mi mente ya es mía.

Aún bajo el agua fría, me atraviesa una oscura comprensión.

Alina tiene motivos para preocuparse por Chloe.

Soy peligroso para ella, aunque no por la razón que mi hermana cree. Ella piensa que quiero usar a la chica como a un juguete sexual desechable, algo con lo que entretenerme un rato, pero se equivoca. Por mucho que quiera perderme en el pequeño y firme cuerpo de Chloe, tengo muchas más ganas de meterme en su cabeza. Quiero descubrir todos los pensamientos que se ocultan tras esos ojos marrones, desnudar cada uno de sus deseos y necesidades... cada cicatriz y herida. Quiero ahondar en su mente y no solo por los secretos que oculta.

No quiero limitarme a comprender el misterio que encierra.

Quiero comprenderla a ella.

Quiero estudiarla y entender cómo piensa.

Y quiero hacerlo para que piense solo en mí, para que sea solo mía.

La deseo tal y como mi padre debió desear a mi madre... hace una eternidad, antes de que su amor se convirtiera en odio.

Por un instante, durante el cual se me encoge el estómago, me planteo la posibilidad de hacer lo correcto. Me planteo olvidarme de todo o, mejor aún, dejar que Chloe se vaya. Podría darle el sueldo de dos meses mañana a primera hora, sin más condiciones, y dejar que siguiera su camino... verla alejarse en su Toyota desvencijado.

Me lo planteo y lo descarto.

Puede que sea demasiado pronto para llevarla a la cama, pero es demasiado tarde para hacer lo correcto.

Fue demasiado tarde desde el momento en el que la vi... quizás incluso desde el momento en que nací.

Lo que le he dicho hoy lo decía en serio.

Esto es inevitable, lo noto en los huesos.

Vendrá a mí, obedeciendo a la misma necesidad oscura y primaria que se retuerce bajo mi piel.

Se entregará a mí y así sellará su destino.

Cierro el grifo, salgo de la ducha y me seco con una toalla. Después, me voy al dormitorio en silencio. Aunque las luces del cabecero están encendidas y proyectan un suave brillo sobre las sábanas de seda, esta cama no me resulta acogedora. No es como su cama, ocupada por su pequeño y cálido cuerpo. Ni como ella, apretada contra mí, tomando placer sin pedir permiso, con los labios como la miel y el pecado y sabor a inocencia y oscuridad combinados.

Se me vuelve a poner dura, una ola de ardiente lujuria ahuyenta el fresco de la ducha. Me siento en la cama, abro el cajón de la mesita de noche y contemplo un juego de llaves enganchado a un llavero suave y rosa. Son las llaves que Pavel me dio anoche, justo después de mover el coche de Chloe. Con cuidado y reverencia las tomo y me las acerco a la nariz. Las llaves huelen a metal, pero el suave llavero rosa conserva un tenue olor a flores silvestres y primavera, la fresca y delicada dulzura de Chloe. Inspiro profundamente, absorbiendo cada matiz, cada detalle.

Luego dejo caer las llaves en el cajón y lo cierro.

24

CHLOE

ME PONGO BOCARRIBA ENTRE GRUÑIDOS Y ME TAPO LA cara con un brazo para bloquear la luz que me da en los ojos. Tardé horas en dormirme cuando Nikolai se fue y ahora estoy hecha polvo. Lo único que quiero es bloquear la estúpida luz del sol y...

Un momento, ¿el sol?

Me levanto de golpe y observo, con los ojos entornados, el torrente de luz que entra por la ventana.

Mierda.

¿Llego tarde a desayunar?

Recorro la habitación con una mirada llena de ansiedad, pero no hay reloj. Sin embargo, sí que está la tele, fijada al techo, y veo un mando en mi mesita de noche. Lo cojo y pulso el botón de encendido con la esperanza de que no sea una de esas teles último modelo que son tan complicadas que uno necesita un título de informática para entenderlas.

La tele se enciende, está convenientemente sintonizada en un canal de noticias, y exhalo un suspiro de alivio.

Son las 7:48 a. m.

Si me doy prisa, llegaré a tiempo.

Corro al baño y termino mi rutina de aseo a toda velocidad, después voy directa al vestidor. La tele sigue encendida y, mientras la presentadora comenta de forma monótona las próximas elecciones, agarro un par de vaqueros nuevos y una camisa de manga larga que parece suave, otra nueva adquisición. Según leo en la informativa franja azul de la parte baja de la pantalla, la temperatura esta mañana ronda los quince grados, hace más frío que ayer. Además, no me viene mal esconder las costras que aún no se han curado; anoche pillé a Nikolai mirándolas.

Salgo del vestidor ya preparada a las 7:55 y en el último momento cojo el joyero con el colgante y los pendientes y me lo meto al bolsillo para devolvérselo a Alina.

Ahora el informativo está emitiendo un fragmento de uno de los debates para las elecciones primarias que tuvieron lugar ayer. Uno de los candidatos favoritos, un senador popular de California, está arrollando a sus oponentes con una batería de hechos y cifras inteligentemente expresados. No me interesa mucho la política, mi madre fue siempre de la opinión de que los políticos eran escoria y a mí se me ha contagiado su punto de vista, pero este tipo, Tom Bransford, es lo bastante importante como para que lo conozca. A sus cincuenta y cinco años es uno de los candidatos más jóvenes en la carrera presidencial y tan atractivo y carismático que le comparan con John. F. Kennedy. Aunque no es que mi jefe tenga nada que envidiarle.

Si Nikolai se presentara a la presidencia, toda la población femenina de los Estados Unidos tendría que cambiarse de bragas después de cada debate.

La pantalla actualiza la hora, son las 7:56, y apago la televisión. Quizá esta noche pueda ver una película, preferiblemente una comedia ligera. Nada romántico, desde luego, lo que necesito es olvidarme de Nikolai y de esta extraña situación, no que me lo recuerden.

No quiero pasarme otra noche en vela con el cuerpo dolorido a causa de la excitación y la mente en un bucle para mayores de dieciocho en el que revivo una y otra vez sus libidinosas promesas y las oscuras y calenturientas imágenes que evocan.

Me sorprende que Nikolai no esté sentado a la mesa cuando llego a las 7:59 en punto. Sin embargo, su hermana sí está, y también Slava. El niño me saluda con una sonrisa deslumbrante que contrasta con la de Alina, mucho más fría. Les devuelvo la sonrisa a los dos, aunque con solo pensar en lo que Alina vio anoche me dan ganas de echar a correr y no volver a poner un pie en esta casa jamás.

—Buenos días —saludo y me siento en mi sitio de siempre, junto a Slava. Aunque evitar la mirada de Alina me resulta tentador, estoy decidida a no ceder a mi vergüenza.

¿Qué importa si me ha pillado liándome con su hermano? No soy una institutriz de la era victoriana a la que han pescado besuqueándose con el señor de la casa.

—Buenos días. —El tono de Alina es neutro, la expresión de su rostro controlada—. Nikolai está atendiendo una llamada, así que no nos acompañará para desayunar.

—Ah, de acuerdo. —Experimento de nuevo una extraña mezcla de decepción y alivio, como si se pospusiera un examen muy difícil para el que he estado estudiando. Aunque esta mañana he intentado no pensar en Nikolai, debo de haberme preparado de forma subconsciente para verle porque me siento desanimada a pesar de que la tensión de mis hombros disminuye.

Saco el pequeño joyero del bolsillo y se lo entrego a Alina.

—Gracias por prestármelos anoche.

Baja la mirada al tomarlo y se agitan sus largas pestañas negras.

—No es nada. ¿Un poco de *grechka*? —me pregunta señalando una olla llena de un tipo de grano color oscuro que está a su lado. Da la impresión de que los desayunos son menos elaborados. Este consiste en un único bote de miel y un par de fuentes con fruta cortada, frutos secos y frutos rojos, que acompañan al plato principal.

Asiento agradecida y le paso mi bol a Alina.

—Me encantaría, gracias. —Me alegra mucho que se esté comportando con normalidad. Espero que siga así.

Cuando me devuelve el bol, pruebo una cucharada del grano al que ha llamado *grechka*. Es sorprendentemente sabroso y tiene un gusto intenso a fruto seco. La imito y añado frutos rojos y nueces, y lo rocío todo con miel.

—Es trigo sarraceno asado —me explica mientras empiezo a comer—, en casa lo suelen tomar salado, como guarnición, con una combinación de zanahorias, cebollas y champiñones fritos. Pero a mí me gusta así, como si fuera avena.

—Sabe mejor que la avena.

Alina asiente mientras le sirve a Slava una ración.

—Por eso me gusta tomarlo para desayunar. —Añade frutos rojos, frutos secos y una buena ración de miel al bol de Slava y se lo pone delante al niño, que mete la cuchara al instante. Sin embargo, en lugar de comer, comienza a empujar un arándano por el bol mientras imita el ruido de un coche en voz baja.

Sonrío al darme cuenta de que por fin está jugando con la comida como un niño normal. Busco su mirada, le guiño el ojo y empiezo a apilar mis arándanos, como si estuviera construyendo una torre. Solo llego al segundo piso antes de que se derrumbe y las frutas aterricen en la parte que está pegajosa por la miel.

Hago una mueca y finjo estar decepcionada y Slava

se ríe y empieza a construir su propia torre de frutas. La suya sale mucho mejor que la mía porque usa la miel como pegamento y apuntala los arándanos con trocitos de fresa.

—Buen trabajo —le digo con cara de asombro—, eres un arquitecto nato.

Me sonríe orgulloso y se lleva una cucharada de *grechka*, cargada con parte de su construcción de fruta, a la boca. Mastica triunfal con la boca llena mientras yo lo alabo por ser un chico tan listo. Animado, construye otra torre y vuelvo a hacerle reír empujando a una de mis moras para que persiga a un arándano que no para de caérseme de la cuchara.

—Los niños te gustan de verdad, ¿no es así? —murmura Alina cuando Slava y yo nos cansamos del juego y seguimos comiendo. Su expresión es más cálida que antes y sus ojos verdes se llenan de una peculiar añoranza cuando mira a su sobrino—. Para ti no es solo un trabajo.

—Claro que no. —Le sonrío—. Los niños son increíbles. Nos hacen ver el mundo como lo veíamos de pequeños... nos hacen sentir esa alegría y esa ilusión que los años nos han robado. Son lo más cercano que existe a una máquina del tiempo o, al menos, a una ventana al pasado.

Vuelve a bajar la mirada, ocultando los ojos, pero es imposible perderse la tensión súbita que muestra su boca.

—Una ventana al pasado... —Su voz tiene un tono frágil—. Sí, eso es exactamente lo que es Slava.

Y antes de que pueda preguntarle a qué se refiere, cambia de tema y pasa a hablar del descenso en las temperaturas.

25

NIKOLAI

—Tenemos un problema —dice Konstantin en lugar de saludarme mientras su rostro (una versión más delgada y ascética de la mía, enmarcada por unas gafas de montura negra colgadas sobre su nariz aguileña) cubre por completo la pantalla de mi portátil.

Me inclino para estar más cerca de la cámara y se me acelera el pulso de expectación.

—¿Qué has descubierto?

Konstantin frunce el ceño.

—Ah, ¿respecto a la chica? Nada todavía. Mi equipo está en ello —continúa, sin saber que me acaba de provocar una dolorosa punzada de decepción—. Es sobre mi proyecto atómico. El gobierno de Tayikistán nos acaba de retirar los permisos.

Inspiro y dejo salir el aire lentamente. En momentos como este, me gustaría estrangular a mi hermano mayor.

—¿Y qué? —Debería saber que sus proyectos

personales me importan tres pares de cojones, sobre todo aquellos que rozan la ciencia ficción.

Por otro lado, a lo mejor es cierto que no lo sabe. Pese a su CI de superdotado —o quizás por culpa de eso—, Konstantin puede resultar increíblemente ignorante de las cosas que suceden a su alrededor, sobre todo si tienen que ver con gente en lugar de ceros y unos.

—Que Valery piensa que son los Leonov —dice con los ojos brillantes tras las lentes de sus gafas—. Atomprom está pujando contra nosotros y han visto a Alexei comiendo con el director de la Comisión Energética en Dusambé.

«Mierda». Apenas logro ocultar el estallido de rabia que me está quemando por dentro.

Estaba equivocado. Mi hermano sabe muy bien lo que hace al meterme en esto. Si fuera cualquier otro en lugar de los Leonov, me importaría una mierda —los negocios son los negocios—, pero no pienso dejar pasar su obstrucción.

No después de lo de Slava.

—¿Valery ha…? —comienzo con tono sombrío, pero Konstantin ya está sacudiendo la cabeza.

—La Comisión Energética se ha negado a hablar con él. No sé qué gilipollez de evitar influencias indebidas. Valery tiene algunas ideas sobre cómo proceder, pero he pensado que sería mejor hablar contigo primero antes de seguir por ese camino.

Vuelvo a respirar para calmar los nervios y obligo a mis tensos hombros a que se relajen.

—Has hecho bien. —Las tácticas de persuasión preferidas de nuestro hermano pequeño podrían atraer atención innecesaria y, tras la treta que se sacaron los Leonov de la manga hace dos años, ya estamos en la cuerda floja con las autoridades de Tayikistán.

Necesitamos una manera de proceder más delicada y por eso Konstantin ha acudido a mí con esto.

—Voy a llamar al director de la Comisión y a organizar una reunión —digo—. Fuimos compañeros en el internado. A mí me atenderá.

Konstantin inclina la cabeza.

—Te veré en Dusambé. ¿Cuándo podrás estar allí?

—Mañana. Cogeré el avión hoy mismo. —Cuanto antes acabe con esta gilipollez, antes podré volver aquí.

Por primera vez desde que dejé Moscú, este tranquilo retiro en la naturaleza me emociona más que cualquier ciudad del mundo.

26

CHLOE

Cuando terminamos de desayunar y tengo a Slava
a mi disposición, las nubes grises sustituyen el sol con
el que me había despertado y la temperatura baja aún
más cuando empieza a llover ligeramente. Según Alina,
se esperan tormentas para mediodía, así que descarto
de la idea de llevar a mi alumno a dar otro paseo.

En lugar de eso, dejo que Slava decida qué quiere
hacer en casa y me apunto a la propuesta, que resulta
ser la construcción de una torre de LEGO. Me viene
bien para practicar algunas de las palabras que ha
aprendido. Cuando se aburre de eso, construimos una
fortaleza con almohadas y sábanas y jugamos a
campistas y osos, donde gruño y lo persigo por toda la
casa, ganándonos las miradas de desaprobación de
Lyudmila y Pavel, que están preparando la siguiente
comida en la cocina. Después, le leo sus cómics
favoritos y jugamos con coches y camiones; los

vehículos que elegimos compiten entre sí mientras comento cual locutor de la NASCAR.

El chico es muy listo y divertido, es un placer darle clases. Pero por entretenidos que sean nuestros juegos, no puedo concentrarme plenamente ni en ellos, ni en el niño. Una parte de mi cabeza está en otro sitio, en otro par de ojos dorados. Después de que se fuera Nikolai, me quedé despierta durante horas, con la piel encendida y el corazón a mil. Cada vez que cerraba los ojos oía su profunda y suave voz haciendo aquellas promesas carnales, y volvía el dolor palpitante en la entrepierna, que me hacía humedecer y me hinchaba el sexo. Estaba tan sensible que apenas podía aguantar el roce de los pantalones cortos de pijama. Hasta que no me di por vencida y usé los dedos para llegar otra vez al orgasmo, no fui capaz de quedarme dormida, e incluso entonces, mi sueño era intermitente, lleno de sueños sexuales borrosos interrumpidos por fragmentos de pesadillas.

Pero no como las que tenía normalmente.

En ellas, solo había un hombre con una máscara, y no quería matarme.

Quería secuestrarme.

Quería hacerme suya.

———

Slava y yo estamos tumbados bocabajo en su cama hojeando un libro sobre el abecedario, cuando de repente siento que un cosquilleo me invade entre los omóplatos. Echo un vistazo por encima del hombro y un calor me invade por todo el cuerpo cuando encuentro la mirada fija de Nikolai.

Está apoyado en el marco de la puerta, mirándonos, con una expresión cuidadosamente velada. No tengo ni idea del tiempo que lleva ahí de pie, pero no recuerdo haber oído abrirse la puerta, así que debe de llevar un buen rato.

—Adelante, terminad lo que estáis haciendo —murmura—. No quiero interrumpir la clase.

Tragando con dificultad, vuelvo a centrar mi atención en Slava y el libro. Él también se queda mirando a su padre, pero su reacción es mucho más suave. Está un poco tímido cuando seguimos nombrando las letras y los objetos que empiezan por ellas, pero cuando llegamos a la C y emito el sonido *oink-oink* que acompañan a la ilustración del cerdito, se viene arriba de nuevo.

No puedo evitar volver a echar un vistazo por encima del hombro y se me estremece el corazón por un instante. Nikolai no me mira a mí, sino a su hijo, y hay algo suave y doloroso en sus ojos... un anhelo extraño y desesperado.

Guiño y recupero su atención al instante, haciendo que esa extraña expresión desaparezca y reemplazándola por ese calor abrasador que me resulta tan familiar. Sonrojada, aparto la mirada y continúo con mi clase con el pulso acelerado. Serían imaginaciones mías o he malinterpretado esa mirada de algún modo, porque no tiene sentido que Nikolai sienta anhelo por un hijo al que tiene delante. Si quiere acercarse al niño, lo único que tiene que hacer es estar con él, sonreírle, hablarle… conocerlo.

Puede empezar a ser un padre de verdad y no esa figura autoritaria distante con la que Slava no parece saber qué hacer.

Por otra parte, siempre me ha resultado fácil relacionarme con los niños. Por eso elegí esta carrera. Si Nikolai ya había tenido un mínimo contacto con los niños antes de saber de la existencia de su hijo, quizá se sintiera perdido e inseguro, aunque cuesta imaginar viniendo de un hombre tan poderoso y seguro de sí mismo.

En un impulso, me doy la vuelta y me siento frente a él.

—¿Qué? ¿Nos acompañas? Quizá los dos podamos terminar de repasar las últimas letras con Slava.

Se queda perplejo.

—¿Los dos?

—O puedes hacerlo tú solo si lo prefieres. —Me estoy empezando a sentir estúpida. Es muy probable que lo haya malinterpretado todo, atribuyendo los pensamientos y las emociones de Nikolai a mis propios deseos. Que haya soñado en secreto con conocer a mi padre y crecer cerca de él no significa que toda relación paternofilial tenga que seguir una dinámica específica…

—Me apunto. —Nikolai se aparta del marco de la puerta y se acerca a la cama con esas largas y elegantes zancadas que me recuerdan a un felino salvaje.

Me aparto cuando se sienta en el colchón a mi lado, pero Slava está tendido entre la pared y yo, así que no puedo alejarme demasiado. Nikolai está tan cerca de mí que casi nos tocamos, y se me corta la respiración cuando su aroma sensual a cedro y bergamota me envuelve, y me recuerda lo que pasó anoche. Me invaden unas imágenes sexuales muy claras y aumenta el calor que siento, empapando mi ropa interior y haciendo que mi corazón se desboque. Intento contener la excitación bajo la incómoda mirada de Slava, que tiene sus enormes ojos puestos en nosotros, pero el calor que me invade no se disipa y mi pulso se niega a aminorar el ritmo.

Ha sido mala idea. Muy mala. Debería mantener las distancias con mi jefe en lugar de aceptar lo que podría ser una invitación a acurrucarnos en una cama individual en la que difícilmente cabemos Slava y yo. La única forma de que quepamos todos es si…

—Túmbate, *zaychik* —dice Nikolai suavemente, y una media sonrisa perversa se curva en sus labios cuando se acerca para coger el libro—. Para que pueda participar en condiciones.

La sangre que fluye por mi cara parece lava cuando obedezco a regañadientes y me pongo bocabajo junto a Slava, que parece estar alucinando por lo que estaba pasando. Nikolai se tumba junto a mí, tiene su enorme y duro cuerpo apoyado contra el mío, y ya es tarde cuando se me ocurre que debería haber puesto a Slava en medio a modo de barrera. A la que quiero darme cuenta, Nikolai envuelve mi hombro con su pesado brazo, inmovilizándome y poniéndome el libro delante.

—Adelante —me susurra al oído y su cálido aliento hace que se me erice la piel—, veamos cómo son tus mágicas clases.

¿Mágicas? La única magia que hay aquí es que, de alguna forma, me estoy conteniendo para no mojar las sábanas, que es como me siento cuando me tumbo en su brazo. Me noto el pulso en las sienes, se me entrecorta la respiración en los labios y siento mi ropa interior aún más húmeda y es la presencia del niño que tenemos al lado lo único que me frena para no cometer el mismo error de anoche, de entregarme a la peligrosa e hipnótica atracción que me provoca Nikolai.

En lugar de eso, intento concentrarme en la tarea que tenemos entre manos. Carraspeo y leo:

—T de tren: *chu-chuuuu*. Y también de tractor. —Mi voz suena ronca, pero me alegro de que mi cerebro funcione lo suficiente para distinguir las palabras de la página. Por suerte, Slava no parece notar nada raro, así que continúo señalando la imagen del tractor con el dedo tembloroso.

Mirando a su padre con curiosidad, repite las palabras con la voz tranquila y apagada al principio, que cada vez resulta ser más animada y que, para cuando llegamos a la Z, se ríe del hocico del zorro y pronuncia mal la palabra a propósito, olvidándose del enorme hombre que está en la cama con nosotros.

Después del tercer intento fallido, le hago una mueca fingida de decepción y miro a Nikolai.

—¿Por qué no intentas decirlo? —le propongo, haciendo caso omiso a la forma en que se me dispara el pulso cuando veo su mirada—. Quizás tengas más suerte.

No se inmuta, pero el brazo que me rodea se tensa ligeramente.

—Está bien —dice en tono comedido, y bajando la vista al libro suelta con un exagerado acento ruso:

—*Zye-bruh.*

Slava pone los ojos como platos. Estaba claro que no esperaba que su padre tuviera problemas con el inglés. Vuelvo a hacer una mueca, sacudiendo la cabeza como si me hubiera decepcionado y, tras un instante de tensión, Slava estalla en carcajadas.

—*Zebra* —corrige entre risas, con una pronunciación perfecta como la mía—. *Zebra, zebra.*

—Ah, ya veo —Nikolai me mira, con un brillo travieso en los ojos—. Así que… ¿*Zye-bruh*?

Slava se parte de risa y yo no puedo evitar que se me escape la risa también. Nunca había visto esta faceta de mi jefe y, a juzgar por la reacción de Slava, parece que él tampoco. Riéndose, corrige la pronunciación de su padre y Nikolai vuelve a equivocarse, haciendo que el niño se ría con frescura. Por fin, Slava consigue «enseñar» a Nikolai a pronunciar y cerramos el libro, satisfechos por haber terminado el alfabeto.

Inmediatamente la tensión regresa entre Nikolai y yo, y el aire se carga de tensión sexual. Había hecho todo lo posible por ignorar la presión que sentía cuando estaba al lado, pero sin la distracción que suponía el libro, era imposible. Su enorme cuerpo es cálido y duro junto a mí, su pesado brazo descansa sobre mis omoplatos y, aunque estamos completamente vestidos, la intimidad de estar tumbados de esa forma es innegable.

Para mi alivio, Nikolai aparta el brazo y se incorpora. Hago lo mismo y retrocedo rápidamente para poner distancia entre nosotros, lo que él observa con oscura diversión antes de decirle algo en ruso a su hijo. El chico asiente, sonrojado aún por la emoción, y Nikolai se levanta.

—Vamos a mi despacho —me dice—. Hay algo de lo que me gustaría hablar contigo.

27

NIKOLAI

ME SIENTO A LA PEQUEÑA MESA REDONDA DEL DESPACHO y Chloe se sienta frente a mí, mirándome con esos preciosos y recelosos ojos marrones. Entrelaza las manos sobre la mesa mientras espera que inicie la conversación y dejo que el momento se alargue, disfrutando de su nerviosismo. Estar junto a ella en la diminuta cama de Slava ha sido una tortura; si no fuera por mi hijo, no hubiera podido controlarme. Por eso sigo empalmado por haber estado a su lado, sintiendo su calor y respirando su fresco y dulce aroma. Me contengo como puedo para no acercarme y cogerla aquí y ahora, encima de esta misma mesa.

Hago un esfuerzo y me contengo. Es demasiado pronto, sobre todo porque salgo dentro de media hora y no volveré hasta dentro de unos días. No quiero un polvo rápido. No me bastaría.

Cuando meta a Chloe en mi cama pienso tenerla ahí durante horas. Y tal vez incluso días o semanas.

Pero no le he pedido que venga a mi despacho para esto. Apoyo los antebrazos en la mesa y me inclino hacia delante.

—Respecto a lo de anoche...

Se pone tensa y se le acelera el pulso en el cuello.

—¿...era por tu madre?

—¿Qué? —Pestañea.

—Tu pesadilla. ¿Era sobre la muerte de tu madre? —La pregunta me había estado atormentando toda la mañana y hasta que Konstantin no me dé el informe, solo hay una forma de averiguar la respuesta.

Al oír la palabra «muerte», se le arruga la barbilla casi imperceptiblemente.

—Eh... sí, en parte... se trata de ella. —Traga saliva con fuerza—. De su muerte.

—Lo siento. —Sea lo que sea lo que esconde, su dolor es evidente y pica en el anzuelo—. ¿Cómo murió?

Sé lo que pone en el informe policial, pero quiero oírlo de Chloe. He descartado la posibilidad de que haya podido matar a su madre. La chica en la que me he estado fijando desde hace dos días no es más que una santa —tiene de asesina lo mismo que yo de inocente—, pero eso no quiere decir que no haya pasado algo.

Algo que hizo que huyera y que la impulsó a cruzar el país en un coche que se debería haber desguazado hace una década.

Chloe entrelaza las manos con más fuerza y le brillan los ojos con un fulgor doloroso.

—Dictaminaron que había sido un suicidio.

—¿Y lo fue?

—No… no lo sé.

Está mintiendo. Está claro que no cree una palabra de lo que dice el informe policial y hay algo que no me está contando. Intento presionarla más, forzarla a que se abra conmigo, pero es demasiado pronto para eso. Aún no tiene motivos para confiar en mí; si la presiono demasiado acabaré cagándola.

Lo último que quiero es asustarla, hacer que huya mientras yo esté fuera.

Así pues, digo suavemente:

—Es espantoso. Normal que tengas pesadillas.

Asiente.

—Ha sido algo complicado. —Luego pregunta cautelosamente—: ¿Y tus padres? ¿Están en Rusia?

—Están muertos. —Sueno demasiado duro, pero mi familia no es un tema en el que me interese profundizar.

Chloe abre los ojos de par en par y su mirada se llena de compasión.

—Lo siento mucho.

Le hago un gesto con la mano para pararla.

—No tienes teléfono, ni portátil, ni *tablet*, ni nada por el estilo, ¿verdad?

—Exacto. No he traído nada para el viaje. —Parece desconcertada.

Me levanto y me dirijo a mi escritorio, abro uno de los cajones y saco un portátil nuevo, aún envuelto en la caja, y lo llevo a la mesa.

—Ten. —Se lo pongo delante—. Me voy a

Tayikistán dentro de quince minutos —digo, consultando el reloj—. No sé cuánto tiempo voy a estar fuera, pero serán al menos tres o cuatro días, y quiero que me mantengas informado sobre los avances de Slava.

—Claro. —Se levanta también, mirándome con esos ojos marrones—. ¿Quieres que te envíe un correo cada día o…?

—Haremos videollamada. Pídele a Alina que te abra una cuenta en la plataforma segura que usamos. Ah… —Saco una tarjeta de visita y se la doy—. Y aquí tienes mi número para emergencias.

Pensaba vigilarla por las cámaras de la habitación de Slava, pero no será suficiente, lo sé. Necesito estar en contacto con ella, que me hable, ver cómo me sonríe a mí, no solo a mi hijo. Las videollamadas tampoco bastarán, pero es lo mejor que puedo hacer obviando la idea de cancelar el viaje por completo, y tampoco llego a ese punto.

No, así tendrá que bastar, y mantenerme al día del progreso de Slava es la excusa perfecta para esas llamadas.

Se me encoge el pecho de nuevo al pensar en mi hijo, pero esta vez el dolor va acompañado de una especie de calor inquietante. Slava se ha reído conmigo, me ha mirado con algo más que miedo esta mañana… Y ha sido gracias a ella, porque estaba allí, ofreciéndome su dulzura, su radiante magia.

Quiero más.

Quiero recoger toda su luz y usarla para iluminar la oscuridad que habita en cada rincón de mi alma.

Lentamente, tratando de no asustarla, me acerco y le acaricio la sedosa mejilla con la palma de la mano. Me mira fijamente, inmóvil, casi sin respirar, con esos delicados labios de muñeca entreabiertos, y mis entrañas sienten una violenta oleada de necesidad, un hambre tan intensa como oscura. Tengo tantas ganas de follármela como poseerla, incluso más.

Quiero poseerla por dentro y por fuera, encadenarla a mí y no soltarla jamás.

Ha debido de percibir mis intenciones porque se le entrecorta la respiración, se le mueve la garganta y traga nerviosa.

—Nikolai, yo…

—Deja el portátil encendido por la noche. —Le ordeno suavemente y, bajando la mano, doy un paso atrás antes de desatar la vorágine que llevo dentro.

La bestia que no puedo ocultar más.

28

CHLOE

El corazón me va a mil. Miro por la ventana de la habitación de Slava cómo Pavel mete una maleta en el asiento trasero de un lujoso todoterreno blanco y se pone al volante. Un minuto después, Nikolai se acerca al coche, vestido con un traje gris entallado y camisa blanca a rayas, con un maletín de ordenador colgado del hombro. Parece un hombre de negocios en toda regla. Con su habitual aire atlético, se sube al asiento del copiloto y cierra la puerta.

Dejo escapar un suspiro tembloroso y se me relaja el pulso a medida que el coche se aleja y desaparece por la sinuosa carretera. No tengo ni idea de cómo me siento por su marcha ni de lo que ha pasado en su despacho. ¿Ha estado a punto de besarme? Si no hubiera dicho su nombre, ¿lo habría hecho?

—¿Chloe? —dice una vocecita aguda y me giro con una sonrisa dejando a un lado los pensamientos sobre mi jefe.

—Dime, cielo.

Slava sostiene una caja de piezas de LEGO.

—¿Castillo?

Sonrío.

—Claro, vamos allá.

Me encanta ver que recuerda la palabra y que se siente cómodo llamándome por mi nombre. Es uno de los niños más listos que he conocido y, sin duda, tendré muchos avances que contarle a Nikolai cuando me llame.

Se me acelera el corazón de nuevo cuando pienso en hablar con él por videollamada, y me entretengo sacando las piezas de LEGO de la caja. Una parte de mí se alegra de que Nikolai se haya ido… En los próximos días no tendré que lidiar con su peligrosa y magnética presencia. Por otra parte, mi lado más débil ya lamenta su ausencia. El cielo fuera se vuelve más oscuro, más gris, y la casa es más vacía y fría.

Es como si algo vital hubiera desaparecido de mi vida, dejando consigo una extraña sensación de nostalgia.

Paso el resto de la mañana con juegos educativos con Slava y después almorzamos en el comedor, los dos solos. Lyudmila nos va trayendo los platos.

—Dolor de cabeza —me dice cuando le pregunto por Alina—. Tú te comes, ¿sí?

Asiento, reprimiendo la risa con la expresión tan

desafortunada. Quizás la mujer de Pavel quiera recibir clases ya que estoy aquí. Se lo preguntaré en algún momento. Por ahora me concentro en darle a Slava una generosa porción de todo lo que hay en la mesa y luego hago lo mismo para mí, mientras Lyudmila desaparece en la cocina. No la vuelvo a ver hasta la cena, que Alina se salta también, con lo que estoy sola y a cargo del niño para cenar.

No me importa en absoluto. De hecho, es un alivio. A pesar de que Slava y yo nos vestimos con ropa elegante siguiendo las «reglas de la casa», la cena resulta infinitamente más informal con los dos solos, el ambiente carece de toda la tensión que los hermanos Molotov traen consigo. Juego con la comida, haciendo reír a Slava como un loco, y sigo enseñándole algunas palabras relacionadas con los alimentos, así como algunas expresiones básicas relacionadas con la hora de comer. Al poco tiempo, me pide que le dé una servilleta en mi idioma y, mediante gestos y expresiones faciales, conseguimos hablar sobre las comidas que más le gustan y las que no.

No es hasta que Lyudmila se lleva a Slava a la cama y me voy a mi habitación que me doy cuenta de que necesito hablar con Alina. Es la encargada de abrirme una cuenta en la plataforma segura de videoconferencias. Dudo que Nikolai me llame esta noche —lo más probable es que siga volando—, pero es posible que me llame por la mañana. O a mitad de la noche, cuando aterrice.

Pero no quiero molestarla si no se encuentra bien.

Decido empezar por configurar el ordenador. Es un MacBook Pro elegante de gama alta y tal como lo saco de la caja, me doy cuenta de que jamás había tenido un ordenador tan caro. Es difícil de creer que Nikolai lo tuviera en su escritorio como si fuera un bolígrafo de repuesto.

No sé de qué me sorprendo, si esta familia tiene dinero a espuertas.

Enciendo el ordenador y sigo los pasos para configurarlo desde cero. Pero cuando intento conectarme al wifi veo que no puedo: tiene contraseña. También necesito a Alina para esto. Supongo que puedo preguntarle a Lyudmila, pero en este momento está acostando a Slava y tampoco sé a ciencia cierta si sabrá la contraseña teniendo en cuenta la paranoia que tienen los Molotov con la seguridad, tanto digital como física.

Suelto un suspiro de frustración y cierro el ordenador. Sin internet me sirve de poco.

Creo que esta noche voy a remolonear viendo la tele.

Me quito el vestido de noche y me pongo un par de leggins suaves y una camiseta de manga larga de algodón —ambas por estrenar— y me acomodo en la cama. Enciendo la tele y veo que hay un documental sobre naturaleza y paso la siguiente hora aprendiendo sobre las llanuras del Serengueti. La narración de David Attenborough es magnífica, como siempre, y la historia que se desarrolla en la pantalla me absorbe por completo. Por primera vez en semanas puedo relajar la mente, pero cuando veo a un león acechando a una gacela mis pensamientos viajan hasta los asesinos que me persiguen, y vuelvo a sentir ese nerviosismo.

Aún no sé quiénes son esos hombres ni qué querían de mi madre; por qué la mataron y fingieron un suicidio. La única posibilidad a la que le encuentro lógica es que mi madre los sorprendiera cuando estaban robando en el apartamento. Pero entonces, ¿por qué llevaba puesta la bata como si estuviera descansando en casa? ¿Y por qué la policía no vio signos de violencia o las cerraduras forzadas o que faltaban cosas?

O al menos creo que no lo vieron. Y si lo vieron y aun así dijeron que había sido suicidio... en fin, eso suscita otro tipo de preguntas.

Otra posibilidad, la que menos me gusta y más me perturba, es que fueran exclusivamente a matarla.

Apago la tele, me levanto y me dirijo a la ventana para contemplar el paisaje que se oscurece rápidamente. Tengo el pecho encogido y los pensamientos se revuelven en mi mente. Me he devanado los sesos desde que ocurrió todo, intentado encontrar las razones de por qué alguien querría matar a mi madre, y sigo sin encontrarle explicación. Mamá no era perfecta —podía ser muy mordaz cuando se hartaba y era propensa a padecer episodios depresivos—, pero nunca la había visto ser mezquina o desagradable a propósito con nadie. Desde que tengo uso de razón, tenía dos o más trabajos para mantenernos, que la dejaban sin tiempo ni energía para socializar y hacer amigos… ni enemigos. Por lo que recuerdo, ni siquiera tenía citas, aunque los hombres se le insinuaban constantemente.

Era tan guapa… y apenas tenía cuarenta años cuando la mataron.

Se me hace un nudo en la garganta y noto una presión punzante en los ojos. No solo he perdido a la persona que más me quería en el mundo incondicionalmente, sino que sus asesinos siguen ahí fuera, libres. La policía no creyó ni una palabra de lo que les dije, los periodistas con los que contacté no contestaron a mis correos y nadie busca los asesinos de mi madre. Nadie les está dando caza como los animales rabiosos que son.

En lugar de eso, son ellos los que me buscan a mí.

«A tomar por culo».

Me doy media vuelta, me subo a la cama y cojo el ordenador. No puedo quedarme ahí, viendo la tele como si mi mundo no se hubiese desmoronado hace un mes. No cuando por fin estoy a salvo y tengo un ordenador con el que buscar libremente.

Durante semanas he ido dando tumbos de una crisis en otra, centrando mi energía en sobrevivir, en escapar, pero ahora las cosas han cambiado. Tengo la barriga llena, un lugar seguro en el que descansar y —si puedo conseguir la clave del wifi— un portátil con conexión a internet. Se acabó lo de colarme en una biblioteca de un pueblo pequeño para usar sus lentos y antiguos ordenadores de sobremesa, mirando por encima del hombro a cada minuto; se acabó escribir correos a toda leche antes de salir pitando al coche.

Aquí, en la intimidad de mi habitación, puedo tomarme mi tiempo y buscar pruebas que respalden mis afirmaciones, pruebas que pueda llevar a la policía.

Puedo intentar resolver el misterio de los asesinos de mamá y darle la vuelta a la tortilla haciendo que sean ellos los que tengan que huir.

29

CHLOE

No sé cuál es la habitación de Alina, pero tiene que estar cerca de la mía para que me haya oído las dos noches. Apoyando el portátil contra mi pecho, llamo a la puerta más cercana a mi dormitorio y, como no obtengo respuesta, paso a la siguiente.

Nada, no tengo suerte.

Pruebo las puertas de tres habitaciones más, además del despacho de Nikolai, con el mismo resultado. La única habitación que queda es la de Slava, y como allí todo está tranquilo, debe de estar ya dormido.

Reprimiendo mi frustración, bajo las escaleras. Estoy bastante segura de que la habitación de Lyudmila y Pavel está cerca del cuarto de la colada; oí sus voces procedentes de allí cuando sacaba la ropa de la secadora ayer. Con suerte, Lyudmila aún no se habrá acostado y podrá darme la contraseña o localizar a Alina.

Tampoco responde nadie a ese golpe, ni Lyudmila

está en la cocina ni en ninguna de las otras zonas comunes de la planta baja. Estoy a punto de darme por vencida y volver a mi habitación cuando una risa lejana llega a mis oídos.

Viene de fuera.

«Por fin».

Dejo el portátil en la mesita de centro del salón, me apresuro a ir a la puerta principal y salgo a la fresca y brumosa oscuridad. Ya no llueve, pero el aire sigue teniendo un frío húmedo, con gruesas nubes que impiden cualquier atisbo de luz de luna. Si no fuera por la luz que sale de las ventanas y las luces solares que se alinean a cada lado del camino de entrada, estaría demasiado oscuro para ver. Tal y como está, sigue siendo más que espeluznante, y me envuelvo con los brazos para dejar de temblar mientras camino hacia la parte trasera de la casa, siguiendo el sonido de las voces.

Encuentro a Alina y Lyudmila sentadas en un par de rocas cerca del borde del acantilado, con un pequeño fuego crepitando alegremente frente a ellas. Se ríen y hablan en ruso y, al acercarme, me doy cuenta de que comparten un porro.

El olor a hierba de la marihuana es inconfundible.

Cuando me acerco, se callan, Lyudmila me mira con abierta consternación y Alina tiene su habitual expresión enigmática. La hermana de Nikolai da una gran calada, expulsa lentamente el humo y me tiende el porro.

—¿Quieres un poco?

Dudo antes de aceptarlo con cautela.

—Vale, gracias. —No soy ajena a la hierba, hice mis pinitos en mi primer año de universidad, pero hace tiempo que no fumo nada.

Sin embargo, me ayudaba a relajarme y esta noche no me vendría nada mal.

Me siento en una roca junto a Alina y aspiro una bocanada de humo, disfrutando de su sabor acre y herbáceo, y luego le paso el porro a Lyudmila, que mira con recelo. Alina le murmura algo en ruso y la otra mujer se relaja visiblemente. Le da una calada, le pasa el porro a Alina, que le da una calada y me lo pasa a mí, y así seguimos en círculo, fumando en silencio hasta que solo queda una pequeña e inútil chusta.

—Le he dicho que no te chivarás a mi hermano. —Alina deja caer la colilla en el fuego y observa la explosión de chispas resultante—. O a su marido.

—¿No les gusta la marihuana? —pregunto con voz áspera y melosa, y la mente agradablemente difusa. Ni siquiera la posibilidad de molestar a mi jefe me perturba en este momento, aunque sé que debería hacerlo. Además, Alina es técnicamente mi jefa también, y ha sido ella quien me ha ofrecido el porro, así que no tengo la culpa. ¿O sí? ¿Tal vez solo Nikolai es mi jefe, a fin de cuentas?

Me cuesta pensar con claridad.

—Nikolai puede ponerse... tenso con ciertas cosas. Y Pavel no tiene secretos para él.

Alina empuja una brasa encendida con la punta de su zapato y me doy cuenta vagamente de que lleva tacones de aguja y un vestido de cóctel azul que sería perfecto para la inauguración de una galería de arte. Su única concesión a la naturaleza que nos rodea es una piel sintética blanca que rodea sus delgados hombros, probablemente para evitar el frío. También lleva su pintalabios habitual y el delineador de ojos de siempre.

—Lyudmila me ha dicho que te dolía la cabeza —digo sin pensármelo dos veces—. ¿Te arreglas y te maquillas incluso cuando estás enferma?

Alina se ríe suavemente y enciende otro porro. Le da una calada y se lo ofrece a Lyudmila, que hace lo mismo y me lo ofrece a mí. Empiezo a cogerlo, pero cambio de opinión. Sé por experiencia que ya estoy lo más relajada posible; si sigo fumando me atontará. No es que no lo esté ya, ese primer porro era potente, más de los que había probado. Además, hay una razón por la que he venido hasta aquí y no era para drogarme, precisamente.

—No, gracias —digo, retirando la mano, y con un encogimiento de hombros, Lyudmila le devuelve el porro a Alina.

Observo cómo las llamas crepitan y bailan mientras los dos fuman y charlan en ruso. Desearía hablar el idioma para poder entenderlas, pero no es el caso y el suave ritmo de su discurso me recuerda a un burbujeante arroyo de montaña; las palabras fluyen unas en otras y escapan a mi comprensión.

¿Es eso lo que siente Slava cuando hablo? ¿O lo que siente Lyudmila?

¿Es así como se sentía mi madre cuando la trajeron a Estados Unidos desde Camboya?

Nunca había hablado mucho de sus primeros años; solo sé que la adoptó la pareja de misioneros cuando tenía más o menos la edad de Slava. Nunca la presioné para que me contara los detalles, pues no quería evocar malos recuerdos. Pensé que tendríamos toda la vida para hablar de lo que fuera y que ella me lo contaría, si es que había algo que contar.

Fui muy tonta.

Tendría que haber aprendido todo sobre mi madre cuando tuve la oportunidad.

La risa de Alina atrae mi atención y paseo la mirada de las llamas danzantes hasta su rostro, estudiando cada uno de sus llamativos rasgos. Sería fácil envidiarla, tanto por su extraordinaria belleza como por su riqueza, pero por alguna razón, no me da la impresión de que la hermana de Nikolai sea especialmente feliz. Incluso ahora, cuando debe estar más que colocada, hay un deje quebradizo en su risa... una peculiar fragilidad bajo esa radiante fachada. Tal vez sea el brillo de la luz del fuego que suaviza la perfección de la porcelana de su piel, pero esta noche parece más joven que los veintimuchos años que le atribuí.

Mucho más joven.

—¿Cuántos años tienes? —suelto, preocupada de repente por haber aceptado la marihuana de una adolescente. Una milésima de segundo después, recuerdo que se graduó en Columbia, así que debe tener al menos mi edad, pero es demasiado tarde para retractarme de mi pregunta excesivamente personal.

Para mi alivio, a Alina no le parece inapropiada.

—Veinticuatro —responde con un tono soñador—. Veinticinco la semana que viene.

Con los ojos ligeramente desenfocados, se acerca y me toca el pelo, frotando un mechón entre sus dedos.

—¿Alguien te ha dicho alguna vez que te pareces un poco a Zoë Kravitz? —Sin esperar una respuesta, pasa las yemas de sus dedos por mi mandíbula—. Ya veo por qué te quiere mi hermano. Eres tan bonita… tan dulce y vivaracha…

Riendo torpemente y le aparto la mano.

—Vas puesta.

Siento la mirada de Lyudmila sobre nosotras, curiosa y crítica, y se me enciende el rostro al reflexionar sobre lo mucho que habrá entendido de lo que ha dicho Alina… y lo que ya sabe. Estas dos parecen ser buenas amigas y no me sorprendería que al menos algunas de sus risas anteriores fueran a costa mía.

—Muy puesta —coincide Alina, arrojando la segunda colilla al fuego—, pero eso no cambia las cosas.

Apoyando los codos en las rodillas, se inclina, la luz del fuego baila en sus ojos mientras dice en voz baja:

—No te enamores de él, Chloe. No es tu príncipe azul.

Me aparto.

—No estoy buscando ningún…

—Claro que sí.

Su voz se mantiene suave, incluso cuando su mirada se vuelve afilada como un cuchillo y se disipa la neblina de sus ojos.

—Necesitas un príncipe azul, noble, amable y puro, un protector que te quiera y te ame. Y mi hermano no puede ser eso para ti, ni para nadie. Los hombres Molotov no aman, solo poseen, y Nikolai no es una excepción.

La miro fijamente y noto un cierto vacío en el estómago a medida que el agradable estado de despreocupación del porro se va disipando y mi cabeza se aclara cada vez más. No entiendo lo que quiere decir, no del todo, pero no dudo que sea sincera y que quiera protegerme con aquella advertencia.

Retrocediendo, Alina enciende un tercer porro y me lo pasa.

—¿Más?

—No, gracias. Yo…

Carraspeo para librarme de la ronquera residual.

—Mira, en realidad necesito la contraseña del wifi. Por eso he venido a buscarte. Además, Nikolai quería que me pusieras en tu plataforma de videoconferencia, si te apetece, claro.

Da una calada profunda y expulsa lentamente el humo hacia mi cara.

—Supongo que eso se puede arreglar. —Le pasa el porro a Lyudmila y se levanta—. Vamos.

Y con un andar vacilante, me lleva de vuelta a la casa.

Cuando llegamos al salón, le entrego el portátil y observo, con mucho asombro, cómo navega hasta la configuración e introduce la contraseña, con sus elegantes dedos volando sobre el teclado. Si no fuera por el fuerte olor a hierba que desprenden su pelo y su ropa —y si no la hubiera visto fumarse la mayor parte de esos dos porros, más los que había compartido con Lyudmila antes de mi llegada—, jamás hubiera dicho que iba colocada. La instalación del software de videoconferencia y la configuración de la cuenta son igual de precisas, y sus dedos de uñas rojas se mueven a una velocidad que impresionaría a cualquier *hacker*.

—Oye, esto se te da genial —digo después de que me pase el portátil y me explique los fundamentos del programa—. ¿Te has especializado en informática o algo por el estilo?

—Dios, no. —Se ríe—. Economía y Ciencias Políticas. Nikolai Konstantin es el friki de la familia, los demás somos competentes, en el mejor de los casos.

—Entendido. De todos modos, gracias por esto. — Cierro el portátil y lo meto bajo el brazo—. Me voy a la cama. ¿Estás…?

Hago un gesto en dirección a la puerta principal.

Asiente con la cabeza y esboza una media sonrisa.

—Lyudmila me está esperando. Buenas noches, Chloe. Dulces sueños.

30

CHLOE

De vuelta a mi habitación, me doy una ducha para despejar los restos de neblina que enturbian mi mente y me pongo el pijama. Luego, rebosante de ilusión, me pongo cómoda en la cama, abro el portátil y abro el navegador.

Empiezo a buscar noticias sobre la muerte de mi madre. No hay gran cosa, solo una esquela y un breve artículo en un periódico local en el que se informa de que una mujer ha sido encontrada muerta en su apartamento de East Boston. Ninguno de los dos entra en detalles y omiten con tacto cualquier mención al suicidio. Ya había leído tanto el artículo como la esquela cuando pasé por una biblioteca de Ohio hace un par de semanas, así que no les dedico mucho tiempo. En su lugar, tomo nota del nombre de la periodista y busco su información de contacto, luego me conecto a mi Gmail y le envío un largo y detallado correo electrónico en el que describo exactamente lo que sucedió aquel día de junio.

Puede que tenga más suerte con ella que con los demás periodistas con los que he contactado hasta ahora. Ninguno de ellos se ha molestado en responder, quizá me habrán tomado por loca, igual que la policía. Pero eran reporteros de medios de comunicación importantes, así que imagino que los abordan todo tipo de locos día sí, día también. En las películas, siempre es el reportero de poca monta el que se siente lo bastante intrigado como para investigar, y tal vez ese sea el caso aquí también.

La esperanza es lo último que se pierde.

A continuación, escribo el nombre de mamá en Google para ver qué más me sale. Quizá en algún lugar se mencione que llevaba una doble vida secreta, algo que explique por qué alguien querría matarla.

Y quizá los cerdos se suban a una nave espacial y vuelen a la luna.

Encuentro exactamente lo que esperaba: una mierda. Lo único que aparece en mi búsqueda es el perfil de Facebook de mamá, y me paso la siguiente media hora leyendo sus publicaciones mientras me esfuerzo por contener las lágrimas. A mamá no le gustaba la idea de exponer su vida, así que su número de amigos es de dos dígitos y sus publicaciones son escasas. Una foto de las dos vestidas para ir a la discoteca cuando cumplí veintiún años, una foto del ramo de flores que sus compañeros de trabajo en el restaurante le regalaron al cumplir cuarenta, un vídeo en el que le doy de comer lechuga a una jirafa durante nuestras vacaciones en Miami... su perfil apenas toca los aspectos más destacados de nuestras vidas, y mucho menos revela nada que no supiera ya.

Aun así, reviso diligentemente todos los perfiles de sus amigos de Facebook por si uno de ellos pudiera ser un traficante de drogas lo bastante gilipollas como para anunciarlo en las redes sociales. Porque esa es la mejor teoría que se me ocurre.

Mamá fue testigo de algo que no debía y por eso aquellos hombres vinieron a por ella, igual que ahora vienen a por mí porque los vi y sé que su muerte no fue un suicidio.

Es cierto que no hay pruebas que respalden esta teoría, pero no se me ocurre ninguna alternativa razonable. Bueno, sí puedo —un robo frustrado, por ejemplo—, pero en esa idea hay lagunas. Porque, a ver, ¿llevarían pistolas con silenciador? ¿Qué ladrones usan eso?

Cuanto más lo pienso, más convencida estoy de que esos hombres fueron a matarla.

La gran pregunta es: ¿por qué?

Tres horas después, borro el historial del navegador, borro las *cookies*, por si tengo que devolver el ordenador inesperadamente, y cierro el portátil. Siento los ojos como si me los hubieran frotado con papel de lija de tanto leer en la pantalla, y los efectos tranquilizantes de la marihuana se me han pasado hace rato, con lo que ahora estoy cansada y de bajón. He buscado en Google todo lo que se me ha ocurrido en relación con la vida y la muerte de mamá, he buscado en los periódicos locales noticias sobre otros crímenes ocurridos en la misma época —en el improbable caso de que los asesinos de mamá fueran dos asesinos en serie que trabajaran juntos o algo— y he cotilleado a cada uno de sus amigos de Facebook y a sus compañeros de trabajo en el restaurante con la constancia y dedicación del trol más entregado de las redes. Incluso he investigado la muerte de sus padres adoptivos, por si había algo más en su accidente de coche de lo que me habían contado, pero parece que solo fue un conductor borracho que los embistió en la carretera.

No hay nada, absolutamente nada, que pueda llevar a la policía. No me extraña que no me creyeran cuando irrumpí en la comisaría aquel día, temblando e histérica.

Probablemente debería dar por terminado el tema y seguir mañana con la cabeza más clara y fresca, pero a pesar del agotamiento, le doy mil vueltas a todo tipo de preguntas inquietantes... y solo algunas tienen que ver con la muerte de mamá. Porque hay otro misterio en el que todavía no me he permitido pensar, uno que puede tener el mismo impacto en mi seguridad.

¿Quién es exactamente Nikolai Molotov y qué ha querido decir Alina con esa advertencia extraña?

Miro la almohada y luego el ordenador. Es tarde y

debería irme a dormir. Pero las probabilidades de pegar ojo estando así de nerviosa son bajas, casi nulas.

A la mierda. ¿Quién necesita dormir?

Abro el portátil, escribo «Nikolai Molotov» en el navegador y empiezo a buscar.

31

NIKOLAI

Lo primero que hago al llegar al hotel es encender el portátil, abrir la transmisión de vídeo de la habitación de Slava y comprobar que mi hijo duerme plácidamente.

Así es. La luz nocturna en forma de coche que le gusta que dejemos encendida ilumina sus rasgos dormidos y deja ver un puñito encajado bajo su redondo mofletito. Al verlo, el corazón me late más fuerte, un dolor que ahora me es familiar y que se me expande por el pecho. No lo entiendo, igual que tampoco comprendo mi creciente obsesión por su tutora, pero no puedo negar que está ahí, tan real y concreto como el odio que siento hacia la mujer que lo alumbró.

Hacia Ksenia y todo ese clan de víboras que son los Leonov.

Se me despierta la rabia en el estómago y aparto los pensamientos de un manotazo. Mañana será un buen momento para lidiar con su último sabotaje; esta noche tengo cosas más placenteras en las que pensar.

Al abrir una ventana nueva y entrar en la transmisión de la cámara web del portátil de Chloe, un cálido fulgor me recorre el cuerpo al ver su hermoso rostro que llena la pantalla. Está despierta pese a lo tarde que es, tiene la suave frente fruncida mientras mira el ordenador con suma atención. Debe de estar haciendo algo en línea porque veo que tiene el navegador activo, y cuando reviso el historial de búsquedas, me alegra ver que está buscando información sobre mí.

Esperaba que estuviera pensando en mí, al igual que yo en ella.

No tiene ni idea de que puedo ver esto, claro está. El portátil que le entregué procede de un lote especial modificado por una de las operaciones más turbias de Konstantin. Tiene el aspecto de un Mac normal completamente nuevo, pero lleva preinstalado un programa espía indetectable que nos permite vigilar a todo tipo de empresarios y políticos influyentes.

Gracias a este práctico software y a los secretos que ha revelado, se han llevado a cabo muchos negocios.

La observo durante unos minutos, divertido ante sus intentos de leer un artículo de un diario ruso utilizando herramientas gratuitas de traducción automática. Cuando está desconcertada, arruga la nariz de una forma adorable; abre mucho los ojos, los cierra y los vuelve a abrir; se muerde con frecuencia el labio inferior. Quiero morderle ese labio carnoso y aliviarlo con un beso, y luego hacerle eso mismo por todo su delicioso cuerpecillo.

Solo de pensarlo la polla se me pone dura, y cojo aire para distraerme de la calentura que crece en mi interior. Por más placentero que sea observarla, lo que más quiero es hablar con ella, escuchar esa voz suave y ronca y ver su sonrisa resplandeciente. Echo de menos esa sonrisa.

Joder, la echo de menos a ella.

Es ridículo, lo sé —la he conocido esta semana y no llevamos ni un día separados—, pero es así, irremediablemente inevitable. El destino me la trajo y ahora es mía, aunque ella aún no lo sepa. Si no fuera por este viaje, ya estaría en mis brazos, pero los Leonov han metido sus sucias garras en nuestro negocio y aquí estamos.

Inspiro de nuevo para calmarme y abro el software de vídeo de Konstantin y hago la llamada.

32

CHLOE

Estoy en mitad de una meticulosa comparación de la traducción de Bing del artículo ruso con la versión de Google con la esperanza de que tres frases particularmente confusas tengan sentido, cuando oigo unas suaves campanillas y me aparece de repente una petición de videollamada con la foto de Nikolai.

Se me dispara el corazón y la respiración se me acelera, descontrolada. Es como si fuera el mismo demonio, invocado por mis pensamientos... o por mi búsqueda. ¿Es eso posible? ¿Sabe de algún modo que estoy leyendo cosas sobre él en este mismo momento?

¿Por eso me llama tan tarde? ¿Para despedirme por fisgonear?

No, qué locura. Seguramente acaba de aterrizar, ha visto en la app de videoconferencia que estoy conectada y ha decidido entrar.

Cojo aire, temblorosa, me atuso el pelo con las manos y le doy a «Aceptar».

Su hermoso rostro llena la pantalla y hace que el corazón me lata con más fuerza.

—¡Hola, *zaychik*!

Su voz es suave y profunda, su mirada me cautiva incluso a través de la cámara. En general, la calidad del vídeo es brutal; es como una película en HD. Lo veo todo, desde las artísticas pinceladas del cuadro abstracto colgado en la pared que hay a poca distancia por detrás de su silla hasta los puntitos verde bosque de sus ojos ámbar. Seguramente acaba de llegar porque aún lleva puestas la camisa y la corbata con las que lo vi marcharse, pero en vez de parecer cansado y llevarlo todo arrugado, como una persona normal tras un vuelo transoceánico, él es la viva imagen de la elegancia sin esfuerzo, sin uno solo de sus brillantes cabellos negros fuera de sitio.

Cuando me doy cuenta de que lo estoy mirando fijamente como si fuera la grupi de una estrella, obligo a mis cuerdas vocales a ponerse en acción.

—Hola. —Todavía siento la garganta áspera de haber fumado, pero espero que atribuya mi voz rasposa a lo tarde que es—. ¿Cómo ha ido el vuelo?

Sus labios sensuales se curvan en una sonrisa cálida.

—Tranquilo. ¿Por qué estás todavía despierta? Allí ya es más de medianoche.

—Pues… es que no tengo sueño.

Sobre todo ahora que estoy hablando con él. Recibir esta llamada ha sido como tomarme cinco *espressos* de golpe; ya ni me siento cansada, en vez de eso tengo una especie de emoción nerviosa... que solo está parcialmente relacionada con lo que estaba leyendo.

Como sospechaba, los Molotov son asquerosamente ricos y muy importantes en Rusia. «Una de las familias oligarcas más poderosas de Rusia», según afirma una cita de un artículo ruso traducido por Google, y hay un montón de menciones a Nikolai y a sus hermanos —y antes de eso a Vladimir, su padre— en la prensa rusa. Llegué a encontrar una foto del año pasado en la que Nikolai está sentado al lado del presidente ruso en un evento de etiqueta en Moscú, con un aspecto tan relajado y cómodo como si estuviera en una de sus comidas familiares.

Lo que no encontré, para mi inmenso alivio, fue nada sobre que los Molotov sean de la mafia o que tengan vinculaciones criminales, aunque a lo mejor es que todavía no he escarbado lo suficiente. Incluso con la ayuda de herramientas de traducción automática es difícil dar con los términos de búsqueda exactos en ruso, y se ha escrito sorprendentemente poco en inglés sobre la familia de Nikolai: una mención de pasada de la CNN de un oleoducto construido en Siria por una de sus empresas petroleras, un párrafo en Bloomberg sobre un nuevo medicamento contra el cáncer desarrollado por una de sus empresas farmacéuticas, o una línea sobre Vladimir Molotov en un artículo del *New York Times* sobre la enorme riqueza de Rusia. No tienen entrada en la Wikipedia y tampoco hay nada sobre ellos en la prensa amarilla. Ni siquiera aparecen en la lista *Forbes*, aunque muchos multimillonarios rusos sí están, y los Molotov parecen aún más ricos.

También es posible, claro está, que no pudiera encontrar nada porque todas las referencias al cóctel Molotov bloquearan los resultados de búsqueda. Tendré que preguntarle a Nikolai o a su hermana si tienen alguna relación con el ministro de Asuntos Exteriores soviético por el que se le dio ese nombre peyorativo a los explosivos caseros.

Tras mi respuesta, Nikolai frunce el ceño ante la cámara y se muestra preocupado.

—No habrás vuelto a tener otra pesadilla, ¿verdad?

Niego con la cabeza a la vez que sonrío.

—No, es que aún no me he ido a la cama.

Quizás sea la falta de descubrimientos alarmantes en mi búsqueda, o la pura realidad de que no está aquí para hacer vibrar mi cuerpo con su presencia, pero esta noche me siento más tranquila hablando con él... más segura. Después de todo, es posible que las experiencias del mes pasado me hayan hecho trizas los nervios, que vea peligro donde no lo hay y que todas las supuestas alarmas —la cicatriz de la herida de bala y los nudillos destrozados, los guardias y todas las medidas de seguridad— tengan una explicación inofensiva. De hecho...

—¿Has estado en el ejército? —pregunto impulsivamente, y se me relajan los hombros aún más cuando Nikolai asiente, con una débil sonrisa en los labios al reclinarse en su silla.

—Mi familia tiene un largo historial de valiosos

servicios prestados al país, y mi padre insistió en que mis hermanos y yo siguiéramos la tradición. Los tres nos alistamos a los dieciocho años y prestamos servicio durante muchos años. —Inclina la cabeza y me mira pensativo—. ¿Te preguntabas qué era esto? —dice tocándose el hombro izquierdo.

—Sí —reconozco con timidez. Empiezo a sentirme como una idiota por haber dejado correr mi imaginación antes de una manera tan loca—. ¿Qué pasó? ¿Te dispararon?

Asiente.

—Un francotirador envió una bala en mi dirección. Por suerte falló.

—¿Falló?

Su nívea dentadura brilla al sonreír.

—No estoy muerto, ¿no?

—No, gracias a Dios. —Aun así, se me encoge el pecho al imaginarme la cicatriz y el dolor que debió de experimentar cuando la bala le atravesó la carne—. ¿Tardaste mucho en recuperarte?

—Unas pocas semanas. Ayudó que en aquel momento solo tuviera veinte años.

—Ya, pero no creo que fuera divertido. —Incapaz de resistirme a la tentación, le pregunto—: ¿Has seguido ejercitándote hasta el día de hoy? Me refiero a... luchar y eso.

Intento ser sutil, pero me cala igualmente.

Sonríe travieso, levanta las manos y las gira para que los nudillos amoratados se vean por cámara.

—Doy por hecho que me preguntas por esto, ¿no?

Es de practicar boxeo con algunos de mis guardias. Son de la unidad en la que serví y practicamos de vez en cuando… al menos cuando Pavel no me puede obligar.

Le devuelvo la sonrisa, con un alivio tal que podría gritar. Pues claro que sus guardias son sus compañeros del ejército; tiene todo el sentido y dice mucho de él.

—¿Pavel también estuvo contigo en el ejército?

Me imagino fácilmente al hombre-oso de uniforme, armado con un M-16 y puede que cargando con un tanque a la espalda.

Para mi sorpresa, Nikolai niega con la cabeza.

—En realidad prestó servicio con mi padre. Se alistó a los catorce años y le dejaron entrar porque ya entonces tenía su altura actual y parecía que tuviera veinticinco.

—Ah, vaya. Entonces, ¿conoces a su familia desde que nació?

—Desde mucho antes —confirma Nikolai—. Mi padre lo contrató cuando aún estaba en el ejército y desde entonces ha estado con la familia.

—¿Y Lyudmila también?

—No, solo llevan casados unos diez años. —Se ríe —. A Alina casi le da un infarto cuando nos presentó a Lyudmila. Creo que mi hermana tenía la impresión de que Pavel era de su exclusiva propiedad.

Abro los ojos como platos.

—¿Estaba enamorada de él?

—No exactamente, no. Creo que pensaba en él más bien como un segundo padre. —Se le borra la sonrisa y, por un instante, se atisba algo sombrío en sus ojos antes de que sus labios vuelvan a formar esa habitual curva oscuramente sensual... esa sonrisa seductora y cínica que ahora me doy cuenta de que esconde sus verdaderas emociones. Se inclina hacia la cámara y dice en voz baja—: Basta de hablar de ellos. Cuéntame cómo te ha ido el día, *zaychik*. ¿Qué habéis hecho Slava y tú desde que me he ido?

Ah, vale, por eso ha llamado: para que le diera el informe sobre su hijo. Escondo una irracional punzada de decepción, me pongo el sombrero de tutora y le informo de nuestras actividades y de los progresos de Slava. Me escucha con atención, interrumpiéndome ocasionalmente para hacerme preguntas de seguimiento y, mientras seguimos hablando, me doy cuenta de que tengo que revisar otra opinión negativa más que tenía sobre él.

A Nikolai sí que le importa su hijo. Y mucho.

Ya capté algo de eso esta mañana cuando Slava y yo estábamos tendidos en la cama, y ahora lo veo en la manera en la que se le relaja el rostro cuando le hablo del niño. No sé por qué se niega a proteger a su hijo de objetos peligrosos como un cuchillo afilado, pero no es porque no lo quiera. Sí que lo quiere... aunque a juzgar por la manera en la que se comporta con Slava, no me sorprendería que tuviera problemas en reconocerlo.

Creo que Nikolai quiere estar más cerca de su hijo, pero no sabe cómo.

Creo que... al final va a resultar que es un buen hombre.

La advertencia de Alina se me vuelve a colar en la

cabeza, pero la alejo. Iba puesta, y está claro que hay tensión entre los dos hermanos, alguna historia de la que no estoy al tanto. Además, no sé qué es lo que piensa que pasa entre Nikolai y yo, pero el amor no está en absoluto encima de la mesa. El sexo puede que sí —soy lo bastante realista para admitir que mi firme decisión de no acostarme con mi jefe está resultando no ser rival para la poderosa atracción que hay entre los dos—, pero lo del amor es harina de otro costal. Sería una idiota si me enamorara de un hombre como Nikolai, que sin duda está acostumbrado a que se le echen encima las mujeres más guapas del mundo. Si nos acostáramos, eso no significaría nada para él... y no puedo dejar que signifique algo para mí.

Mejor aún, no deberíamos acostarnos.

Así nadie sale herido.

Hablamos durante veinte minutos más sobre Slava antes de que me pase factura la hora que es ya y se me escape un bostezo en mitad de una frase. Lo ahogo enseguida, pero no engaño a Nikolai.

—Estás agotada, ¿verdad? —murmura, mirándome preocupado—. Deberías haberme dicho algo, *zaychik*. No pretendía mantenerte despierta.

—No, no, no pasa nada. Es que... —Otro incontrolable bostezo interrumpe mis palabras y lo tapo con el dorso de la mano antes de sonreírle arrepentida—. Vale, sí, para mí ya es hora de irme a la cama. ¿Cómo estás tan despierto? Además, debes de tener *jet lag*, ¿no?

Los puntitos verdes de sus ojos refulgen aún más.

—No necesito dormir mucho.

Pues claro que no. No me sorprendería que fuera en parte sobrehumano… eso explicaría ese buen aspecto impresionante que comparte con su hermana.

—Bueno, pues, buenas noches —digo, luchando por evitar un nuevo bostezo—. Y buena suerte con el negocio ese que tienes allí, sea lo que sea.

—Gracias, *zaychik* —responde con una sonrisa que despide cierta ternura—. Que descanses. Te llamaré mañana por la noche.

Cuelga y, mientras aparto el portátil, soy consciente de que el corazón me late a un ritmo nuevo e irregular y de que tengo el pecho lleno de una calidez en la que no me atrevo a ahondar.

33

NIKOLAI

Cierro los ojos cuando nos desconectamos, intento aferrarme a esa desacostumbrada sensación de bienestar que me ha generado hablar con Chloe, pero se desvanece en un visto y no visto. En su lugar aparece la desalentadora conciencia de lo que debo hacer hoy, mezclada con unos presentimientos sombríos.

Llevo seis meses en este mundo. Seis meses desde que dejé que me involucraran en nuestro negocio a cualquier nivel más allá de lo meramente superficial. Y aunque me gustaría decir que odio haber vuelto, no puedo negar que una parte de mí lo disfruta a fondo... que me bombea más rápido la sangre por las venas.

Abro los ojos, cierro el portátil y me levanto.

Es hora de trabajar.

Pavel ya me espera en el vestíbulo del hotel y salimos juntos a la calle. Nos dirigimos a una pequeña taberna que está a unas pocas manzanas o, para ser más concretos, a su sótano.

Las vistas que nos esperan cuando bajamos no son bonitas. Hay un hombre colgado por las muñecas de una cadena atornillada al techo, la punta de las botas que calza apenas roza el suelo de cemento. Tiene la cara pálida, hinchada y con moratones, la zona debajo de su nariz desviada está llena de oscuras costras sanguinolentas. A su lado hay dos hombres de Valery de rostro duro y mirada impasible.

—¿Ha habido suerte? —le pregunto a uno de ellos, que niega con la cabeza.

—Dice que no tiene el código de entrada. Miente. Lo vimos usarlo.

—Mmm.

Me acerco al prisionero y doy una vuelta lenta a su alrededor y, al hacerlo, soy consciente de cómo se le acelera la respiración. Su entrepierna emana un acre olor a orina, y tiene sucio el uniforme beis de Atomprom y con manchas de sangre.

El pobre tipo sabe que está jodido.

—¿Cómo te llamas? —le interrogo, deteniéndome delante de él.

Me mira fijamente, con los labios temblorosos, y luego estalla:

—No conozco el código. ¡De verdad!

—Te he preguntado tu nombre. Eso te lo sabes, ¿no?

—Iv... —Se le rompe la voz, como si fuera un adolescente en vez de un hombre de veintitantos—. Ivan.

—Vale, Ivan. Verás: sé que no quieres cabrear a tu jefe, pero la verdad es que no tienes otra opción. —Le sonrío compasivo—. Te das cuenta, ¿no?

—¡No conozco el código! —Le empieza a sudar la frente—. Lo juro... Lo juro por la vida de mi madre.

—Pero ya está muerta, Ivan. Murió en el incendio de una fábrica cuando tenías quince años. Qué tragedia, lo siento. —Su rostro adquiere un color blanco como la cera, y yo continúo en el mismo tono empático—. Mira, no eres mal tío, Ivan. Has tenido una vida dura y has hecho todo lo que has podido por ayudar a tu familia y cuidar de tu hermana pequeña. ¿Qué estudia ahora, bachillerato?

—Hi-hij... —Tiembla tanto que casi no puede hablar—. ¡Hijos de puta!

Chasqueo la lengua.

—Con insultos no vas a conseguir nada. Escúchame, Ivan. Puedo dejar que sean ellos —hago un gesto hacia los guardias impasibles— quienes te saquen la respuesta a golpes. Y si no lo logran, siempre está mi socio —le echo una mirada a Pavel, que permanece callado en un rincón— y su habilidad con los cuchillos. Por no hablar de toda una variedad de tácticas menos apetecibles que le gusta usar a mi hermano. Pero ¿por qué llegar a eso si podemos ponernos de acuerdo tú y yo?

La nuez se le mueve al tragar, nervioso.

—¿Q-qué tipo de acuerdo?

Le sonrío, amable.

—Tienes miedo de los Leonov, ¿verdad? Por eso te comportas de forma tan valiente. Te da igual la central que proteges. Qué más te da si conseguimos el código de entrada, ¿no? Pero la familia Leonov... —Vuelvo a hacer otro círculo a su alrededor—... ellos pueden hacerte cosas a ti y a los que más quieres. A tu hermana pequeña. —Me paro delante de él—. Asiente si voy por buen camino.

Asiente casi imperceptiblemente bajando la barbilla, mientras le cae el sudor por la cara.

—Es lo que pensaba. —Saco un pañuelo de papel del bolsillo y se lo paso por la frente—. A ver qué te parece esto: tú nos das el código de entrada y nos dices todo lo que sepas de los protocolos de seguridad de la central en la que trabajas, y nosotros os metemos a tu familia y a ti en el próximo vuelo con el destino que tú elijas. Puede ser cualquier sitio: Zimbabue, Fiyi, Tailandia... las islas Caimán. Di un sitio, y os enviamos allí con una nueva identidad y cien de los grandes en metálico como prima de traslado. ¿Qué te parece?

Me mira fijamente, con la respiración entrecortada, y el reflejo en los ojos de la lucha entre la esperanza y el miedo.

—Sé lo que estás pensando, Ivan —continúo suavemente, mientras dejo que el pañuelo sucio caiga al suelo—. ¿Cómo puedes confiar en que yo vaya a mantener mi parte del trato? Qué nos impide matarte en cuanto nos digas lo que queremos saber, ¿verdad?

—V-verdad —dice tras tragar saliva de nuevo.

—La respuesta es: nada. —Dejo que un atisbo de crueldad se filtre en mi sonrisa—. Nada en absoluto. Pero eso no importa, porque confiar en mí es tu única opción. Si no, nos lo contarás todo por las malas… y cuando los Leonov se enteren de la irrupción en la central, buscarán un culpable. Cuando descubran que eres tú, irán a por tu familia. ¿Lo entiendes, Ivan? ¿Entiendes lo que tienes que hacer si quieres que tu hermana siga viva?

Le tiembla la barbilla al mirarme, las lágrimas resbalan por las comisuras de sus ojos. Al final, inclina la cabeza a modo de derrota.

—Bien. Ahora diles a estos caballeros lo que quieren saber.

Me doy la vuelta, le hago un gesto de asentimiento a los hombres de Valery y ellos se ponen en marcha rápidamente y sacan sus teléfonos para empezar a grabar.

—De verdad, no tenías por qué hacer esto personalmente —dice Pavel en voz baja mientras salimos de la taberna—. Le podían haber sacado las respuestas. Si no, me habría encargado yo. Así habría salido más barato.

—Quizá. Pero de esta manera sabemos que no nos

está engañando para que dejemos de infligirle dolor. —Miro a mi guardaespaldas de toda la vida, cuya mirada barre sin descanso los alrededores a pesar de que los guardias de Valery ya han asegurado el perímetro—. Muchos estudios han demostrado que la información que se obtiene bajo tortura es poco fiable.

—No la que obtengo yo —me contesta, amenazante, y suelto una risa ahogada.

—¿Tienes miedo de que se te oxide el cuchillo?

Pavel no lo niega. Echa de menos estar en el meollo de las cosas, como lo estoy yo... o lo estaba. Ahora mismo, preferiría estar en Idaho con Chloe. Quiero estar allí en caso de que tenga otra pesadilla. Quiero abrazarla, tranquilizarla, consolarla... y, con el tiempo, seducirla. Noto cómo empieza a tambalearse su determinación, por eso decidí tranquilizarla con lo de los moretones de los nudillos y la cicatriz del hombro.

No tengo intención de mentirle sobre la clase de hombre que soy, pero no quiero que me tenga miedo.

No le haré daño... al menos, no de esa manera.

—¿Concertaste ya una reunión con el presidente de la Comisión de Energía? —me pregunta Pavel cuando nos detenemos en un cruce, y asiento, apartando mis pensamientos de Chloe.

—Hemos quedado para comer el lunes —le respondo, y avanzo por la calzada cuando se pone verde la luz que tenemos delante. Me costó tres llamadas conseguir que se pusiera al teléfono, pero lo conseguí, como había previsto—. Esa es otra de las razones por las que tomé ese camino con Ivan, no había tiempo de forzarlo a cantar de forma apropiada… necesitábamos el código lo antes posible.

—A mí tampoco me habría costado mucho —murmura Pavel, y me río… justo en el momento en el que una motocicleta aparece rugiendo a la vuelta de la esquina y viene disparada hacia mí.

34

NIKOLAI

Reacciono en una fracción de segundo, pero Pavel es aún más rápido. Me empuja justo en el momento en el que me lanzo a un lateral y los dos impactamos muy fuerte contra el suelo justo cuando la moto pasa rugiendo por nuestro lado, tan cerca que siento un soplo de aire caliente en la cara.

La adrenalina me impulsa a ponerme en pie de inmediato, pero el motorista ya está a una distancia considerable, zigzagueando entre el tráfico a la velocidad de un coche de carreras. Lo único que alcanzo a ver desde aquí es que se trata de un hombre que lleva una chaqueta de cuero negra y un casco.

Pavel también está de pie, con la mandíbula tensa de la rabia.

—¿Le has visto la cara?

—No. —Me enderezo la chaqueta y la corbata y me limpio la suciedad y la gravilla de las palmas de las manos. Me duele el hombro del impacto y una furia intensa me arde por dentro, pero mantengo la calma—. Llevaba una visera de espejo. Tal vez alguno de los chicos de Valery le ha visto la matrícula. —Observo a la multitud de testigos que se está reuniendo, algunos de los cuales están sacando sus teléfonos, presuntamente para llamar a la policía—. Será mejor que nos vayamos de aquí.

Pavel asiente muy serio y nos dirigimos rápidamente al hotel.

Levan Abkhazi, el jefe de seguridad local de Valery se reúne con nosotros una hora más tarde en mi habitación. Es un corpulento georgiano de la edad de Pavel, completamente calvo, con las cejas negras y espesas y la barba a juego.

Saca una carpeta y pone una serie de fotos granuladas sobre el escritorio.

—Esto es lo único que hemos podido sacar de la tienda más cercana y de las cámaras de tráfico —nos informa con un acento ruso muy marcado—. El equipo apostado en los tejados no ha tenido un buen ángulo de la matrícula en ningún momento y había demasiados civiles como para arriesgarse a dispararle.

Pavel y yo examinamos las fotos. En una de ellas se distingue una parte de una cifra, pero en las otras fotos aparece como mucho la esquina de la matrícula. Una de dos, el motorista es el hijo de puta más afortunado que jamás haya pisado la tierra o sabía dónde estaba el equipo de Valery.

Miro a Pavel.

—¿Qué opinas?

—Un profesional, sin duda. —Sus expresiones faciales son duras—. No bajó el ritmo, no reaccionó de ninguna manera al casi atropellarte. Y sabía cómo manejar la moto y evitar las cámaras.

Abkhazi frunce el ceño con su uniceja.

—¿No crees que haya podido ser un accidente?

—Si el tipo es un profesional, debería saber que atropellar a alguien en la calle no es la forma más eficiente de llevar a cabo un golpe.

—Eso depende de si quieres que parezca un accidente o no —dice Pavel—. Además, no ha sido un atropello.

El georgiano lo mira confundido.

—¿Qué ha sido, entonces?

—Un mensaje —digo colocando las fotos de nuevo en la carpeta—. De nuestros amigos, los Leonov. Querían que yo supiera que lo saben. La pregunta es: ¿saber qué?

35

CHLOE

Me despierto sonriendo y durante un par de minutos me quedo tumbada, con los ojos cerrados, flotando en ese dichoso estado entre el sueño y la plena vigilia.

Y menudos sueños.

Deslizo una mano entre mis muslos y toco el dulce remanente de dolor que quedaba, tratando de recordar las escenas sensuales que han pasado por mi cabeza durante toda la noche. Ahora solo recuerdo algunos fragmentos, pero sé que en todos aparecía Nikolai... su sonrisa perversa... su voz profunda y suave... Lo mejor de todo es que fueron los únicos sueños que tuve anoche.

Las pesadillas que me atormentan desde la muerte de mamá no hicieron acto de presencia.

Sonriendo, abro los ojos y me incorporo. Hay mucha luz y sol, así que probablemente me he quedado dormida. Pero no me preocupa demasiado. Nikolai no está aquí para imponer los horarios de las comidas y, en cualquier caso, ahora que lo conozco mejor, no creo que me despida por una pequeña falta.

Aun así, no quiero aprovecharme, así que salgo de la cama y pongo las noticias. Vuelven a informar sobre los debates de las primarias, pero lo único que me importa es la hora: las 9:20 de la mañana. Me pregunto si eso significa que tengo el día libre.

Debería preguntarle a Nikolai sobre este tema la próxima vez que hablemos.

Un cálido resplandor me invade el pecho al pensar que vuelve a llamarme y que los dos hablamos hasta altas horas de la madrugada, casi como una pareja de novios. Porque así es como sentí la videollamada de anoche: como algo que haces con tu novio mientras está fuera, una especie de cita a distancia. Aunque pasamos la mayor parte del tiempo hablando de Slava, tal y como requiere nuestra relación de jefe-tutora, había una cierta dulzura en la forma en la que Nikolai me miraba y hablaba... un trasfondo de ternura que hace que mi corazón se acelere cada vez que lo pienso.

Es casi como si empezara a interesarse por mí, como si hubiera algo más entre nosotros que una fuerte atracción.

Intento no pensar en ello mientras sigo con mi día porque es una idea muy tonta. Es imposible que Nikolai tenga sentimientos por mí. No solo es demasiado pronto, sino que sería una idiota si imaginara que un hombre como él se interesaría por mí por cualquier motivo que no fuera la proximidad. Soy la única mujer disponible aquí, pues no puede enrollarse con Lyudmila ni con su hermana. ¿Y qué si me llamó ayer en cuanto aterrizó? Eso no significa que estuviera pensando en mí durante el largo vuelo.

Puede que solo estuviera preocupado por su hijo.

Aun así, ese cálido resplandor me acompaña mientras me escabullo a la cocina para almorzar —el desayuno oficial ya ha terminado— antes de llevar a Slava a hacer una larga caminata. Y continúa durante el almuerzo, a pesar de que la presencia de Alina en la mesa me hace recordar su extraña advertencia.

—¿Cómo va el dolor de cabeza? —le pregunto cuando nos sentamos a comer, a lo que ella responde que está totalmente recuperada y hace caso omiso a mi preocupación.

Sin embargo, me doy cuenta de que está callada y distante y con la mirada perdida durante la comida. Me hace pensar que está drogada otra vez, pero decido no preguntar.

Anoche, la hoguera y la maría rebajó tensiones de las tres, y se creó una falsa sensación de intimidad, pero hoy vuelve a parecer una desconocida. Lo mismo ocurre con Lyudmila, que ni siquiera me sonríe mientras saca la comida. ¿Quizá le da vergüenza que la haya visto puesta? En cualquier caso, me doy prisa para terminar la comida y, en cuanto Slava termina de comer, lo llevo a su habitación para otra clase con juegos.

Construimos otro castillo, repasamos el alfabeto y le enseño a contar hasta diez en inglés. Después, jugamos al escondite y leemos algunos libros, incluido, a petición de Slava, un cuento sobre una familia de patos. Antes de empezar, me enseña orgulloso un libro en ruso que parece ser una traducción, y me percato de que está intentando poner en práctica sus conocimientos para entender las palabras y frases en inglés que le leo en voz alta y así conocer mejor la trama y los personajes.

—Eres un niño muy listo —le digo, y me sonríe. Aunque dudo que entienda exactamente lo que digo, mi tono de satisfacción es evidente.

Me siento en el suelo con la espalda apoyada en la cama y Slava se sienta en mi regazo mientras empezamos la historia, que se me antoja sorprendentemente compleja para un libro infantil. La familia de patos no es tan feliz y afortunada, ya que se pelean y tienen conflictos, y en un momento dado, el héroe principal, un joven patito, se escapa de casa. Cuando regresa, descubre que mamá pato se ha ido y llora pensando que él ha sido el causante de su marcha.

Observo a Slava preocupada durante esta parte por si esto le trae recuerdos de la pérdida de su madre, pero la expresión del niño sigue siendo curiosa y relajada. Sin embargo, cuando llegamos a la parte en la que el joven patito tiene que quedarse con su abuelo, Slava se pone rígido e insiste en saltarse las tres páginas siguientes.

—¿No te gusta el abuelo pato? —deduzco, y el niño encoge de hombros, evitando mi mirada—. Está bien. No tenemos por qué leer sobre él. Olvídate del abuelo pato.

Sonriendo, le alboroto el pelo y paso a una parte del libro menos delicada.

Alina no cena con nosotros; es por otro dolor de cabeza, me dice Lyudmila con brusquedad. Así pues, Slava y yo comemos relajadamente antes de subir a mi habitación a dormir. Me quito el atuendo formal de la cena, me acomodo en la cama y abro el portátil para seguir investigando. No para esperar la llamada de Nikolai cual una novia enamorada. ¿Y qué pasa si ha prometido que llamará? Tal vez lo haga… o tal vez no.

Sea como sea, no debería importarme.

Decidida a no quedarme sentada comiéndome las uñas, reanudo mi investigación sobre la muerte de mamá. La periodista a la que envié un correo electrónico anoche no ha respondido, así que busco la información de contacto de otros periodistas de la zona de Boston y les envío un mensaje. También investigo al propietario del restaurante en el que trabajaba mamá, así como a la empresa que está detrás del hotel de lujo en el que se encuentra el restaurante.

Tiene que haber una razón por la que aquellos hombres mataron a mi madre.

Encuentro lo mismo que ayer: nada. Lo que realmente necesito es un detective privado, pero ahora mismo no me lo puedo permitir. Aunque… no está de más pedir algunos presupuestos. El martes tendré dinero y si voy a quedarme aquí, que no veo por qué iba a ser así, también podría usar ese dinero para obtener algunas respuestas.

Sí, eso es.

Eso es exactamente lo que haré.

Animada, busco algunas pistas prometedoras y les envío un correo electrónico para pedirles un presupuesto. Luego, como ya me siento realizada, paso a mi otro proyecto: descubrir todo lo que pueda sobre Nikolai.

Se me ocurren algunas frases más que puedo traducir al ruso, y mi búsqueda me lleva a encontrar varias fotos de la prensa rosa. Una de ellas muestra a Nikolai en una gala benéfica en Varsovia con una hermosa rubia y alta cogida del brazo; otra es de él en un desfile de moda en Moscú, sentado al lado de Alina y con aspecto aburrido. En un par más aparece de vacaciones en varios destinos exóticos, siempre con alguna modelo de piernas largas a su lado mirándolo con adoración.

Tenía razón. Tiene mujeres hermosas para aburrir. Por lo que sé, ahora mismo podría estar en la cama con alguna modelo despampanante, después de haberla recogido en algún club nocturno VIP la noche anterior.

Pensar en eso es como un jarrón de agua fría. No tengo derecho a sentirme así, pero de repente quiero despellejar a esa mujer imaginaria… y luego hacerle lo mismo a Nikolai.

Dejo el portátil a un lado, salto de la cama y empiezo a caminar.

¿Por qué no llama?

Dijo que lo haría.

Lo prometió.

Seguro que se da cuenta de que cada vez es más tarde.

¿Será porque está ocupado con el trabajo… o con alguna mujer? Me imagino sus brillantes labios rojos rodeando su polla, sus ojos mirándolo con unas pestañas postizas perfectamente pintadas mientras…

Suena una suerte de timbre en la cama y me lanzo hacia el portátil abierto, con el pulso por las nubes. Me tumbo boca abajo, me acerco el ordenador y, con un dedo inseguro, pulso «aceptar» en la solicitud de videollamada de Nikolai.

Su cara llena la pantalla y veo su habitación de hotel detrás de él; resoplo temblorosa, mis celos irracionales se desvanecen al ver la tierna mirada de sus ojos de tigre.

—Hola, *zaychik* —murmura. Su voz es tan profunda y tierna que quiero que me roce la mejilla—. ¿Qué tal el día?

—Ha estado bien. ¿Y el tuyo? Quiero decir, tu mañana… o tu día de ayer.

Sueno sin aliento, pero no puedo evitarlo. Mi

corazón late con un ritmo acelerado y cada célula de mi cuerpo vibra de emoción. Por patético que sea, llevo todo el día esperando esta llamada. Incluso cuando no pensaba conscientemente en ello, me rondaba por la cabeza.

Esboza una sonrisa algo burlona.

—Mi mañana ha estado bien y ayer también. Algunas reuniones, algunas gilipolleces... los negocios de siempre.

—¿Qué tipo de negocios? —Al darme cuenta de lo entrometido que suena, abro la boca para retractarme, pero él ya está respondiendo.

—Energías limpias. Concretamente, energía nuclear. Una de nuestras empresas ha desarrollado una tecnología propia que permite crear pequeños reactores nucleares portátiles que pueden utilizarse para suministrar electricidad de bajo coste en pequeños pueblos y otros asentamientos remotos.

—Vaya. ¿Y son seguros? No como... ¿cuál fue aquella famosa en Ucrania?

—¿Chernóbil? No, no es nada de eso. Por un lado, cada reactor es del tamaño de un coche, así que aunque hubiera un accidente, la cantidad de radiación liberada sería mucho menor. Y lo que es más importante, nuestros ingenieros han añadido tantas medidas que un accidente es casi imposible. Nuestro lema es «La seguridad es lo primero», a diferencia de nuestros rivales. —Se le endurece la voz al decir esto último.

—¿Hay otras empresas que hagan lo mismo? —

pregunto fascinada por todo este mundo del que no sé nada.

Le brillan mucho los ojos.

—Una. Están compitiendo con nosotros por un importante contrato con el gobierno tayiko. Quien lo gane dominará esta emergente industria en Asia Central, por eso me pidió mi hermano que me involucrara.

—Ah, ¿sí?

—El jefe de la Comisión de Energía de Tayikistán era mi compañero en el internado, y mi hermano espera que tenga más suerte exponiéndole nuestro caso. —Una leve sonrisa se asoma a sus labios—. Como ya imaginarás, las conexiones personales son muy importantes en los negocios.

Abro los ojos de forma exagerada.

—¡No! ¿En serio?

Se ríe.

—Lo sé. Es difícil de imaginar, ¿verdad? Tengo una reunión para comer con él el lunes y luego, con suerte, podré volver.

—¿Así que estarás de vuelta el martes? —Ya estoy contando los días que faltan para mi primera paga y ahora tendré otra razón para desear que las próximas cincuenta horas pasen rápido.

—Debería, sí. —Hace una pausa y dice en voz baja —: Te echo de menos, *zaychik*.

Se me corta la respiración, literalmente, y hasta se me acelera el corazón y se me ruboriza la piel. A pesar de lo que creí ver en sus ojos anoche —lo que esperaba que sintiera—, nunca soñé que esta noche me diría eso tan natural... y de una forma tan abierta.

Como un novio.

Me mira, esperando mi respuesta pacientemente, así que en cuanto puedo respirar, me obligo a hablar.

—Yo... también te echo de menos. Y Slava. Él también te echa de menos. Los dos te echamos mucho de menos.

Sé que no tiene sentido, pero no puedo evitarlo. Nunca he tenido problemas para expresar mis sentimientos con los chicos con los que he salido, pero nunca he salido con alguien como Nikolai, aunque tampoco es que estemos saliendo. ¿O sí? ¿Tal vez solo me echa de menos en el sentido de amigo? ¿O como a la tutora de su hijo?

Dios, no tengo ni idea de lo que está pasando.

Las comisuras de sus sensuales labios se le levantan en un rictus divertido y vuelvo a tener la inquietante sospecha de que se asoma a mi mente y ve la confusión que hay ahí dentro.

—Cuéntame más, *zaychik* —murmura, acercándose a la cámara—. ¿Qué ha hecho mi hijo hoy?

Slava, perfecto. Me aferro al tema como alguien que se está ahogando y se agarra a una boya, y empiezo a una descripción detallada de todo lo que Slava y yo hemos hecho y aprendido. Nikolai escucha embelesado, con la mirada llena de esa ternura especial que reserva para su hijo. Sin embargo, cuando llego al último libro que leímos Slava y yo, la historia de los patitos, y menciono entre risas la aparente aversión de

Slava por el abuelo pato, todo rastro de ternura desaparece de la expresión de Nikolai y su mirada se vuelve dura.

—¿Dijo algo? —exige—. ¿Te dio alguna explicación?

—No, yo… no le pregunté nada más.

Me echo atrás al ver su mirada, una expresión tan oscura y fría que me produce un escalofrío. Esta es una faceta de Nikolai que nunca he visto y, de repente, las preocupaciones que tenía antes sobre la mafia ya no me parecen tan tontas.

Puedo imaginarme a este hombre ordenando un asalto y hasta apretando el gatillo él mismo.

Sin embargo, al cabo de un momento, se le suavizan los rasgos, la mirada escalofriante desaparece cuando me pide que continúe, y vuelvo a preguntarme si mi imaginación desbocada me ha jugado una mala pasada. Tal vez le he dado demasiada importancia a ese breve cambio de expresión… o tal vez simplemente me he asomado a algún drama familiar de los Molotov. Podría ser simplemente que Nikolai no se lleva bien con el abuelo de Slava, suponiendo que haya uno por parte de su madre.

Todavía hay muchas cosas que no sé sobre esta familia.

Decidida a ponerle remedio, termino mi informe sobre los progresos de Slava repasando lo que le enseñé en la cena y, luego, con cuidado y tiento para no pisar el campo minado, le pido a Nikolai que me hable de sus hermanos.

Por suerte, mi petición no le molesta.

—Soy el segundo mayor —me dice—. Valery es cuatro años menor que yo y Konstantin, el genio de la familia, es dos años mayor que yo. Él dirige todas nuestras empresas tecnológicas, mientras que Valery supervisa toda la organización.

—Lo que hacías tú antes, ¿verdad? —pregunto, recordando lo que me dijo Alina.

—Así es. —No parece sorprendido de que lo sepa—. Pero es difícil hacerlo a distancia, así que le pedí a Valery que se encargara mientras yo no estoy.

—¿Por qué te has ido? —pregunto, incapaz de resistirme a la pregunta que me ronda por la cabeza desde hace tiempo—. ¿Qué te ha traído a este rincón del mundo?

Sonríe ante mi curiosidad descarada.

—Lo sé. Es extraño, ¿verdad?

—Mucho. —Tan extraño, de hecho, que he me he montado una película sobre la mafia yo solita, pero me callo la boca.

Se echa hacia atrás en su silla, la sonrisa se desvanece hasta que solo queda un poco de esa curva sensual.

—Es una larga historia, *zaychik*, y se hace tarde. Deberías acostarte.

—Estoy bien, no estoy cansada. —Y aunque lo estuviera, lo negaría porque me muero por escuchar esta historia, sea cual sea su longitud. Enderezo la espalda, acomodo el ordenador en mi regazo y le pongo mis mejores ojos de cachorrito pestañeando sin cesar—. Por favor, Nikolai… cuéntamela. Por favor.

Lo decía como una broma, un ligero coqueteo como mucho, pero se pone tenso y se le oscurece la mirada mientras se inclina hacia la cámara.

—Me gusta oír mi nombre en tus labios. —Su voz es un ronroneo bajo y meloso—. Y me gusta mucho, mucho, que me supliques.

Se me seca la boca, los latidos de mi corazón se desajustan mientras el fuego recorre mis venas y me baja al vientre. Con él tan lejos y nuestras videoconferencias centradas en temas seguros, me he olvidado de la tensión sexual que arde entre nosotros, a punto de estallar a la menor chispa. Me he convencido de que he imaginado esa sensación de ser una presa fácil... esa alarmante pero extrañamente excitante conciencia de que estoy a merced de este hombre tan seductor.

—¿Es eso...? —Trago saliva, sin saber si debo aventurarme a ello—. ¿Es lo que te gusta? ¿Que una mujer te suplique?

El calor oscuro de sus ojos se intensifica.

—Lo mío, *zaychik*, eres tú. Te quiero de todas las formas posibles... dulce y salvaje... de rodillas, de espaldas, y encima, montándome... Quiero comerte el coño de postre después de cada comida y verter mi semen en tu garganta cada mañana. Quiero follarte tan duro que grites y, luego, abrazarte durante horas. Sobre todo, quiero ahogarte de placer... tanto placer que no te importará el ocasional mordisco de dolor... De hecho, lo suplicarás.

Joder.

Lo miro fijamente con la respiración entrecortada, me palpita el clítoris y se me endurecen los pezones. Noto mi cuerpo como uno de sus reactores nucleares en fusión; el calor bajo mi piel es tan abrasador que podría arder espontáneamente. O correrme. Si me tocara el clítoris ahora mismo, fijo que me correría.

Me humedezco los labios, tratando de ignorar la palpitación que noto entre las piernas.

—Entonces te gustan las cosas... pervertidas, digamos.

En cuanto me salen de la boca esas palabras, me estremece lo ingenua y convencional que parezco. Y no soy convencional. Al menos no creo que lo sea, vaya. Mis fantasías sexuales siempre han tenido un tinte más oscuro y he tenido un novio que me ha atado una o dos veces y en alguna ocasión me ha azotado. Nada de eso me ha excitado y, de nuevo, a mi novio no le iba mucho tampoco. Con él era incómodo y forzado... pueril, por decirlo de alguna manera.

Tengo la sensación de que no será así con Nikolai.

Este hombre no conoce el significado de pueril e incómodo.

Y, efectivamente, sus labios se curvan en otra sonrisa oscura y sensual. Con una voz como de seda caliente, murmura:

—Chloe, *zaychik*... Me va todo, siempre que sea contigo.

Esta vez, es mi corazón el que entra en modo de fusión. Porque suena muy parecido a...

—¿Estás diciendo que no quieres ver a otras

mujeres? —suelto, e inmediatamente quiero darme una patada por volver a parecer como si estuviera en el instituto. Solo está coqueteando, no está haciendo ningún tipo de compromiso de exclusividad. Ni siquiera hemos...

—Eso es —dice en voz baja, poniendo fin a mis pensamientos—. No quiero a nadie más que a ti. No he deseado a nadie desde el momento en que nos conocimos.

—Ah. —Le miro fijamente, incapaz de encontrar algo más que decir.

Esto es importante.

Muy importante, en realidad.

No hay forma posible de malinterpretar esto; no hay posibilidad alguna de que esté siendo una romántica tonta. Nikolai me está diciendo que me desea a mí y a nadie más... que, en esencia, solo somos él y yo.

—¿Esto te asusta? —me pregunta; es perturbadamente taimado—. ¿Es demasiado para ti?

Lo es. Es demasiado. Y sin embargo...

—No —digo armándome de valor—. No lo es. Y tampoco quiero ver a nadie más.

Ensancha los orificios nasales.

—Bien. Cuando seas mía, no trataré con amabilidad a ningún hombre que intente poseerte.

Se me escapa una carcajada, pero Nikolai no sonríe. Su mirada permanece fija en mí, con una expresión sombría y, para mi sorpresa, me doy cuenta de que lo dice en serio, de que no es una broma.

Pero intento convertirla en una.

—Eres un poquito posesivo, ¿no?

—Contigo —dice con la mirada fija— mucho.

Mi corazón se detiene de nuevo.

—¿Por qué yo? —pregunto cuando recupero la voz—. ¿Es porque soy la única mujer aquí, a tu alcance? ¿Es por comodidad o…? —Me detengo cuando la emoción ilumina el dorado oscuro de sus ojos, resaltando las manchas de verde bosque.

—Si quisiera —dice suavemente— podría hacer venir a una mujer diferente cada semana, y lo hacía a menudo antes de que tú llegaras. No faltan candidatas dispuestas a hacer el viaje, créeme, *zaychik*.

Le creo. Incluso antes de descubrir esas fotos de la prensa sensacionalista, sabía que debía tener un montón de hermosas mujeres a su disposición. ¿Cómo no, con su aspecto, riqueza y atractivo sexual?

Lo que me sorprende no es que las mujeres estén dispuestas a viajar o no, sino que no acampen en el bosque esperándolo.

—¿Por qué, entonces? —pregunto con inseguridad—. ¿Por qué yo?

Ladea la cabeza.

—¿Crees en el destino, *zaychik*?

—¿El destino? ¿Como Dios o el destino?

—O la predestinación. Todos nosotros estamos conectados, como los hilos de un tapiz que se tejió mucho antes de que naciéramos.

Lo miro fijamente, desconcertada.

—Pues no lo sé. Nunca he pensado mucho en ello.

Esboza una ligera sonrisa.

—Yo sí. Y creo que, en algún momento del tejido de este tapiz, tu hilo se unió al mío. Nuestros caminos estaban destinados a cruzarse, nuestra fecha de encuentro se fijó mucho antes de que te viera. Todo lo que había sucedido en nuestra vida nos había llevado a ese punto, a ese lugar y momento... todo lo bueno y lo malo. —Añade con un deje áspero—: Sobre todo lo malo.

Como la muerte de mi madre. Si no fuera por eso, nunca me habría embarcado en ese viaje por carretera, nunca habría visto el anuncio de trabajo, nunca le habría conocido. No significa que esto esté predestinado, pero Nikolai parece creerlo y tengo que reconocer que no estaríamos aquí hoy sin el violento torbellino por el que ha pasado mi vida. Y, al parecer, sin algunos torbellinos en la suya.

—¿Qué cosas malas te han pasado? —pregunto suavemente—. ¿O es esa la larga historia que me sigues prometiendo?

Su sonrisa adquiere un matiz de pesar.

—Más o menos. Por desgracia, *zaychik*, tienes que acostarte ya y yo tengo que ir a ver a mi hermano. ¿Qué tal si te llamo mañana a la misma hora y hablamos un poco más?

—Sí, claro. No quería retrasarte.

—No lo has hecho. —Esa tierna mirada está de nuevo en sus ojos y hace que mi corazón lata a un ritmo errático y alegre—. Si pudiera, hablaría contigo todo el día.

—Yo también —admito con una sonrisa tímida.

La sonrisa que me devuelve es deslumbrante.

—Hasta mañana, entonces. Que duermas bien, *zaychik*.

Y cuando desconecta la llamada, aparto el ordenador y bailo por la habitación, sonriendo tan fuerte que hasta me duelen las mejillas.

36

NIKOLAI

—Estás de buen humor para alguien a quien casi se cepillan ayer —dice Konstantin después de pedirle la comida al camarero, y me doy cuenta de que he sonreído tanto que, hasta mi hermano, que no es muy dado a percatarse de lo que pasa, se ha dado cuenta. Y todo gracias a ella.

Chloe.

Se está convirtiendo en mi droga de la felicidad.

Me encanta que empiece a confiar en mí, a aceptar lo que está pasando entre nosotros. No quería usar toda la artillería pesada hoy, pero ya era hora de que conociera mis intenciones… y ahora ya las conoce. Y lo que es más importante, he conseguido que admita que me corresponde.

Sigo oyendo su dulce susurro de «yo también» en bucle.

—¿Tienes el informe? —pregunto, ignorando el comentario de Konstantin. No es de su incumbencia el estado de ánimo en el que me encuentro. Además, no hay nada como estar a punto de morir para apreciar la vida y todas sus maravillosas posibilidades, como llevar a Chloe a la cama en cuanto vuelva a casa.

—Todavía no —dice Konstantin, cogiendo su manzanilla—. Con suerte, hoy o mañana. Pero hemos verificado la información que nos ha proporcionado el guardia de seguridad y todo concuerda. La operación está en marcha para esta noche.

—¿Por qué tardan tanto? Tus *hackers* suelen hacer el trabajo en cuestión de horas.

Parpadea tras los cristales de sus gafas.

—¿Sigues hablando del informe sobre la chica?

Aprieto los dientes.

—¿De qué, si no?

—Mi equipo ha estado ocupado y no es una tarea fácil la que les has asignado.

—¿Cómo es eso? Lo único que les he pedido es que investiguen la muerte de su madre y sus movimientos durante el último mes. ¿Tan difícil es eso? Sé que ha estado fuera del radar durante un tiempo, pero tiene que haber cámaras de tráfico, cámaras de gasolineras…

—Parece que hay algunas interferencias. —Da un sorbo al té—. Algunas de las cintas de seguridad que han sacado mis chicos se han dañado… o borrado.

Me quedo inmóvil.

—¿Borrado?

—Un trabajo profesional, por lo que parece. —Deja la taza en la mesa—. Dijiste que era solo una civil, ¿verdad? ¿No forma parte de ningún grupo?

—No que yo sepa —digo con firmeza.

Pero ¿podría ser posible?

¿Podría haberme engañado?

¿Está la dulce Chloe involucrada con la mafia… o, peor aún, con el gobierno?

—¿Por qué no me lo has dicho antes? —le pregunto a Konstantin que, de nuevo ajeno a la bomba que ha soltado, está untando tranquilamente pasta de tomate seco en un trozo de pan de centeno recién salido del horno—. ¿No te parece importante que sepa algo así?

Muerde el pan y mastica tranquilamente.

—Te lo estoy diciendo ahora —dice después de tragar—. Además, fue anoche cuando mis chicos se dieron cuenta de lo que está pasando. Un par de cintas borradas podrían ser muy mala de suerte, pero varias… forman un patrón.

—A ver si me entero… Me estás diciendo que alguien está borrando todas las cintas de seguridad donde aparece ella.

—No todas. —Coge otro trozo de pan—. Mi equipo ha podido reconstruir sus movimientos durante la mayor parte del mes pasado. Solo algunas cintas… las que sospecho que pueden contener las respuestas que buscas.

Joder.

Esto es relevante.

No sé lo que creía que descubrirían los *hackers* de Konstantin, pero esto desde luego que no.

Se me pasa algo por mi mente, una sospecha tan horrible que se me revuelve el estómago.

—¿Crees que son los...?

—¿Leonov? —Konstantin suelta el pan—. Lo dudo. Mis hombres conocen el trabajo de sus *hackers* y no parece obra suya.

—¿Parece?

La luz se refleja en los cristales de sus gafas.

—Es difícil de explicar a alguien no versado en tecnología, pero sí. Hay una dejadez en la forma en que hicieron esto que no encaja con los Leonov.

—Pensaba que habías dicho que eran profesionales.

—Hay diferentes niveles de profesionalidad. Mis chicos son de primera categoría, el equipo de los Leonov no se queda atrás y muchos son mucho, mucho peor. Estos chicos están más o menos en un nivel medio, por lo que creo que mi equipo se las apañará. Solo necesitan más tiempo.

Tomo aire y lo suelto lentamente. La única posibilidad de que mis enemigos hayan contratado a Chloe basta para subirme la tensión. Pero Konstantin sabe de lo que habla y si no cree que sean ellos, tengo que dejar de lado esa sospecha de momento. Además, si los Leonov supieran lo suficiente para meter a Chloe en mi vida, dudo que me hubieran enviado a un tipo en moto como advertencia.

No habría habido ninguna advertencia, sino una guerra directa.

—Hablando del motorista... —digo—. ¿Ha habido suerte con el rastreo?

—No. Y eso sí que lleva las huellas de Leonov por

todas partes. Yo diría que Alexei está cabreado porque tú hayas venido y te hayas interpuesto en su oferta.

—Puede que tengas razón. —Me callo mientras el camarero nos trae la comida. Cuando se va, continúo —: Puede que se haya enterado de mi reunión con el jefe de la Comisión.

—Valery aumentará tu seguridad hasta entonces, por si acaso. —Konstantin le echa el aderezo a su ensalada griega—. Y ahora hablemos de tus argumentos para mañana.

Y mientras repasa las especificaciones técnicas de nuestro producto, hago lo posible por concentrarme en sus palabras en lugar de pensar en todas las preguntas que tengo sobre Chloe y mi creciente obsesión por ella.

37

CHLOE

Nunca me he sentido tan atolondrada como este domingo. Una y otra vez, me sorprendo con una sonrisa y yendo de aquí para allá como si estuviera flotando en las nubes. Me da vergüenza, pero no lo puedo evitar. Cada vez que pienso en la videollamada de anoche, me excito y se me acelera el pulso.

Nikolai me desea.

Me echa de menos.

Quiere salir conmigo.

Me siento como una adolescente cuya estrella de cine por la que está colada acaba de pedirle una cita. De alguna manera, es lo que está pasando.

Nikolai quiere salir conmigo o, mejor dicho, quiere que seamos pareja.

Parece de locos y, pensándolo bien, lo es. Hace menos de una semana que nos conocemos y en los últimos dos días, no ha estado aquí. Es demasiado pronto para hablar de ser novios y mucho menos de predestinación. Pero no puedo negar que hay una atracción ardiente y potente entre nosotros, de una fuerza magnética que me aterra desde el principio. Aun así, no es la atracción lo que me inspira miedo. Tengo miedo de que me haga daño. Temía enamorarme de un hombre que me use para pasárselo bien un par de noches. Pero resulta que Nikolai lo ve de otra forma. Lo dejó claro anoche y le creo, aunque, quizás, sea una ingenua.

No veo por qué tendría que mentirme.

Hay otros inconvenientes para nuestra relación, esto es evidente. Por ejemplo, su posición como mi jefe y el hecho de que estoy huyendo de dos implacables asesinos. En algún momento, y no muy tarde, tendré que confesárselo y no tengo la menor idea de cómo reaccionará. Pero bueno, dejaremos esto para otro día.

Ahora mismo, solo quiero pensar en que volveré a verlo esta noche en la pantalla de mi ordenador.

———

—¿Te persigue alguien? —me pregunta Alina en la cena. Me quedo inmóvil y durante un breve momento, se me para el corazón, pero luego me doy cuenta de que se refiere a la velocidad con la que engullo la comida.

—Solo tengo hambre —digo después de tragar—. Siento ser maleducada.

Se encoge de hombros; su vestido de noche sin tirantes deja al descubierto sus delicados brazos.

—Me da igual. Solo me pregunto por qué tienes tanta prisa.

Tengo prisa porque me muero por subir a mi habitación por si a Nikolai se le ocurre llamar antes, pero claro, no le voy a contar esto.

—No te preocupes, es solo por la comida tan rica.

Slava, sentado mi lado, se ríe.

—Ñam ñam. Comida rica en la tripita.

Lo miro con una sonrisa.

—Sí, muy rica.

Hemos pasado el día entero aprendiendo palabras y frases, también esta simple rima, y estoy encantada de que la recuerde.

—A este paso, en una semana le haces hablar inglés —dice Alina, corta un trozo de pollo y se lo coloca en el plato.

Sonrío.

—Estaría genial, pero seamos realistas: en un par de meses.

Me devuelve la sonrisa y sigue comiendo. Hago lo mismo, impaciente por terminar y estar ya instalada cómodamente en mi cama con el portátil encima. Llevo un vestido de noche, igual que Alina, y tengo ganas de quitármelo y ponerme el pijama. Aunque quizá no debería. A Nikolai le gustará verme así, aunque sea solo a través de la cámara.

Y de hecho, debería retocarme el maquillaje antes de que llame.

—¿Qué tal una carrera? —pregunto a Slava e imito el rugido de un motor que se está acelerando para recordarle cómo jugamos con sus coches—. A ver quién come más rápido.

El niño, que no me entiende, parpadea varias veces. Así pues, cojo el tenedor y empiezo a meterme comida en la boca a una velocidad exagerada. Lo capta y hace lo mismo y dejamos los platos limpios en un tiempo récord. Alina, que come a un ritmo normal, observa divertida nuestra carrera y, cuando terminamos, aparta el pollo que tiene a medio comer.

—Creo que yo también he acabado —dice con sequedad. Y, levantando la voz, llama—: *¡Lyuda, Slava gotov!*

Lyudmila sale de la cocina secándose las manos en el delantal. Con una sonrisa, le doy las gracias por la deliciosa cena, aunque, a decir verdad, su comida no está ni de lejos tan rica como la que hace su marido. El pollo tiraba a seco, las patatas estaban demasiado saladas y la gran parte de los entrantes y acompañantes consistían en restos. Pero no pienso protestar: la comida es comida y estoy agradecida de tenerla.

Lyudmila me devuelve la sonrisa, coge a Slava en brazos y, en un periquete, tengo la tarde libre.

En cuanto entro a mi habitación vuelvo a maquillarme desde cero —en la cena solo llevaba un poco de base y una capa de rímel— y me rehago el peinado. No tengo ese aspecto deslumbrante como cuando me maquilla y peina Alina, pero espero que a Nikolai no le importe.

En nuestras últimas dos videollamadas iba sin maquillar, así que esto es definitivamente una mejora.

Atolondrada de nuevo, me sonrío en el espejo. Tengo mucho mejor aspecto que el día en que llegué. Ya no tengo las mejillas tan hundidas y las oscuras ojeras han desaparecido, igual que la mirada de desesperación. La noche pasada no tuve pesadillas, sino sueños ardientes y tengo que darle las gracias a Nikolai. Puede que me haya despertado mojada, dolorida y con la mano entre los muslos, pero por lo menos he dormido toda la noche del tirón.

Dios, no veo la hora de hablar con él.

Rápido, me acerco a la cama, me tumbo bocabajo y cojo el ordenador, deseando que me llame ahora mismo.

No llama. Supongo que mis poderes mentales dejan que desear.

Con un suspiro me pongo a revisar la bandeja de entrada del correo por si hay alguna respuesta de los periodistas. No ha llegado nada, claro. Lo que sí ha llegado es el presupuesto de una de las agencias de investigación privada con el detalle de sus tarifas por hora y los anticipos.

Lo leo por encima y hago una mueca. Es mucho más de lo que podré pagar con lo que espero cobrar por mi primera semana de trabajo, o eso creo calculando las horas que tendrán que trabajar. Me haría falta al menos el sueldo de dos semanas para pagarles nada más que el anticipo. Puede que los demás investigadores privados sean más baratos, pero todavía no me han contestado, así que tendré que esperar.

Lo mismo que estoy haciendo ahora, esperar a Nikolai, que sigue sin llamar.

Respiro hondo y me recuerdo a mí misma que debo ser paciente. Me había dicho que me iba a llamar más o menos a la misma hora que ayer y todavía es muy pronto. De momento, tengo que distraerme con algo. Así pues, vuelvo a investigar a los amigos y compañeros de trabajo de mi madre por si se me hubiera pasado algún detalle la primera vez.

Estoy mirando las fotos de la fiesta de quinceañera de la hija de su jefe cuando aparece la petición de videollamada… y mi corazón se pone a cien.

Con una sonrisa radiante, me aliso el pelo y hago clic en «Aceptar».

NIKOLAI

LA SONRISA DE CHLOE ES TAN RADIANTE QUE ME SIENTO como si saliera de un búnker subterráneo a una playa inundada de sol.

—Hola —me dice. Está apoyada en varias almohadas y con el ordenador en el regazo le falta un poco de aire—. ¿Qué tal? ¿Cómo va tu asunto del concurso nuclear?

Le devuelvo la sonrisa y un sentimiento de placer me recorre entero igual que la miel derretida.

—Va bien, *zaychik*, gracias.

Y así es. La operación de Valery ha salido redonda y la Comisión de Energía ya se encuentra donde la planta de Atomprom, intentado contener la contaminación nuclear causada por el reactor que explotó de la noche a la mañana. El escape radioactivo es muy pequeño, como ya habíamos previsto, pero el daño para la reputación de Atomprom es considerable y nos coloca en una situación favorable para mi almuerzo de hoy con el jefe de la Comisión.

Lo más importante aún es que, durante la pasada hora, he estado mirando la actividad de Chloe en la web, he examinado el historial de navegación de ayer y he llegado a la conclusión de que es poco probable que esté vinculada con algún gobierno o con una organización enemiga. Si fuera una infiltrada, sabría ya todo sobre mí y no tendría que traducir artículos en ruso con la ayuda de herramientas gratuitas de internet. Y tampoco buscaría información sobre las amistades y compañeros de trabajo de su madre usando nada más que sus redes sociales o visitando páginas de agencias de investigación privada.

A Chloe le pasa otra cosa, algo que se me antoja preocupante y fascinante a la vez.

Lo mejor que puedo hacer es hacerle confiar en mí para que me cuente la verdad. Pero si la presiono ahora, igual se asusta e intenta escapar y es justo lo que no quiero que haga. No cuando estoy al otro lado del océano. La segunda mejor solución es conseguir que el equipo de Konstantin *hackee* su Gmail. El programa espía me deja ver qué páginas está visitando, pero no su contenido; por ejemplo, sus correos.

Sea como sea, conseguiré averiguarlo. Solo me hace falta aguantar un poco más y tener paciencia.

—¿Qué tal tu día? —le pregunto y me acomodo en la silla—. ¿Qué habéis hecho Slava y tú?

Aunque parezca imposible, su sonrisa se hace aún más radiante y me cuenta los increíbles progresos que está haciendo mi hijo. Su carita está tan animada que no puedo quitarle ojo. Su voz suena tan orgullosa como cualquier madre y por primera vez desde que me había enterado de la existencia de Slava y la muerte de Ksenia, no siento esa dolorosa opresión en el pecho al pensar en mi hijo y en el futuro que le espera a causa de la sangre corrompida que corre por sus venas. En lugar de ello, siento una pizca de esperanza al imaginarme a Chloe con Slava, jugando con él, dándole cariño y amor; dándole todo lo que su madre no puede darle.

Lo que yo no puedo darle.

Y me doy cuenta de que eso es en parte lo que me atrae de ella con tanta locura. La quiero, no solo para mí, sino también para mi hijo. Quiero que le llegue su luz, que le caliente, que mantenga alejado de él la oscuridad de su herencia el mayor tiempo posible. La quiero tal y como la he visto a través de las cámaras en la habitación de Slava, colmando a mi hijo con su sonrisa luminosa y haciéndolo sentir la persona más importante del mundo para ella.

Y quiero que lo sea.

Quiero que su amor por Slava sea todavía más grande que el que quiero que sienta por mí.

Con avidez la escucho hablar sobre el niño. Estoy absorbiendo cada una de sus palabras, me nutro de cada una de sus expresiones. Se ha puesto uno de sus nuevos vestidos de noche, una prenda de color amarillo pálido con tirantes estrechos que dejan al desnudo sus delicados hombros. Sus ojos de color castaño destellan e incluso a través de la cámara, su piel bronceada resplandece bajo la luz que arroja la lamparita al lado de la cama. Esta chica dulce y misteriosa está espectacular... y es mía. Solo mía. Puede que todavía no sea dueño de su cuerpo, pero esto no cambia nada. Está hecha para mí; su luz es la materia perfecta para el oscuro vacío en mi interior; su calidez inunda cada rincón frío y vacío en mi corazón. No me importa quién resulte ser o qué secretos está ocultando.

Delincuente o víctima, Chloe es mía, sí o sí.

Cuando ha terminado de informarme sobre Slava, le pregunto sobre su música y libros favoritos. Que nos encante a los dos la música de los ochenta y las novelas de Dean Koontz nos está uniendo aún más. No me sorprende que tengamos cosas en común; esto pasa muchas veces cuando te topas con tu media naranja, con la pieza de puzle que te completa. Chloe es lo contrario a mí en muchísimos aspectos, pero hay hilos que nos conectan, que nos habían unido mucho antes de conocernos.

Hablamos durante una hora entera y descubro más detalles sobre su infancia y adolescencia, sobre su joven madre y sus esfuerzos para criar a Chloe sin ninguna ayuda. Me cuenta cómo salía con sus amigos y pasaba el verano con su madre en Florida, de sus dificultades con las matemáticas en el instituto y cómo trabajó durante tres veranos en dos empleos a la vez para poder comprarse ella sola su destartalado Corolla.

—Tiene casi los mismos años que yo —dice orgullosa—, pero sigue funcionando. Incluso después de todos los kilómetros que le metí cruzando el país. Hablando del tema, ¿has tenido la ocasión de preguntarle a Pavel por las llaves de mi coche? Aún no me las ha devuelto.

Mantengo una expresión neutra y escondo el animal que embiste dentro de mí al pensar que pueda coger su tartana oxidada y marcharse.

—Me ha comentado que no las encuentra. Las buscaremos cuando volvamos.

Es mentira, pero no le puedo decir la verdad. No lo entendería. Ni yo lo entiendo del todo. Lo único que sé es que duermo mejor al saber que las llaves con este llavero del pompón se encuentran en mi posesión; que mi *zaychik* se encuentra sana y salva bajo mi techo.

Le sale una fina arruga en el entrecejo.

—Bueno, vale. Pero las encontrará, ¿no?

—Estoy convencido. Y si no, te compraré otro coche.

Se ríe. Es evidente que cree que estoy bromeando, pero lo digo muy en serio. Le compraré un coche, uno mejor y más seguro que el Corolla. Es un milagro que no se haya averiado en alguna carretera abandonada y se haya quedado tirada y sin teléfono, a merced de cualquier asesino o violador que pasara por ahí.

Solo pensar en ella en aquella circunstancia me provoca un repentino sudor frío.

—Voy a llamar a un cerrajero —dice cuando deja de reírse—. Hay cerrajeros en Elkwood Creek, ¿no?

—Estoy seguro de que hay más de uno.

Y estoy igual de seguro de que no se acercará ni de

lejos al coche de Chloe. Cuanto más pienso en cómo había atravesado el país completamente sola, más sombrío se vuelve mi estado de ánimo. Podría haberle pasado de todo, absolutamente de todo y, por lo que intuyo, algo le pasó.

Puede que sus pesadillas no tengan nada que ver con la muerte de su madre, pero sí con algún desalmado que la asaltó durante el viaje.

Al imaginármela atacada, herida y traumatizada, me hierve la sangre y me cuesta horrores no obligarla a contarme la verdad ahora mismo para poder liquidar a los culpables. Solo el miedo de que se retraiga e intente marcharse hace que me calle. Eso y haber visto las cintas dañadas que son la prueba de que hay algo más, de que existe una conexión entre Chloe y algo o alguien con la capacidad de borrar sus movimientos.

Ajena a la tormenta que se está produciendo dentro de mí, Chloe sonríe y dice:

—Vale. Dile a Pavel que no se preocupe. Me imagino que está disgustado por haberlas perdido, ¿no?

—Tranquila, hablaré con él.

Y lo haré. Tengo que explicarle la situación y pedirle que se disculpe con Chloe. De momento, no sospecha que hay algo raro.

—Y por lo de...

Me interrumpe un melodioso sonido y con disgusto me doy cuenta de que es hora de irme a la reunión. Me había puesto una alarma en el móvil para no llegar tarde.

—¿Tienes que irte? —pregunta Chloe, perspicaz, y

asiento con la cabeza, abrochándome la americana al mismo tiempo.

—Es la reunión para la que he venido. La buena noticia es que, si todo va como tiene que ir, me subiré al avión de vuelta justo después.

Se le iluminan los ojos.

—¿En serio? ¿Cuándo sale tu vuelo?

—Cuando yo lo diga. Es mi avión. —Me inclino hacia la cámara y digo en voz baja—: Me muero de ganas de estar contigo en persona.

Me regala una dulce sonrisa.

—Yo igual. Suerte con tu reunión y que tengas un buen vuelo.

—Gracias, *zaychik*. —Con la voz ronca, le doy un consejo—: Descansa esta noche; te hará falta.

Se estremece y sus labios se entreabren y termino la llamada, con ganas de acabar cuanto antes la reunión para despegar y volver con ella.

———

Ya estoy sentado en la mesa cuando Yusup Bahori entra al Sham, uno de los mejores restaurantes de comida del Medio Oriente en Dushanbe y, según la investigación de Konstantin, uno de los lugares preferidos de Yusup. Después de la obligada media hora de charla para ponernos al día sobre los viejos tiempos y hablar sobre nuestros compañeros de clase y otros conocidos en común, desvío la conversación hacia nuestros permisos y el concurso por el contrato con el gobierno de la región.

—Nikolai, eres consciente de que no puedo... —arranca Yusup, pero levanto la mano para parar las estupideces que está punto de decir.

—Dejémonos de jueguecitos. Los dos sabemos que nuestro producto es mejor que el de Atomprom. Dime, pues, ¿por qué se han retirado nuestros permisos?

Yusup pestañea; le pilla por sorpresa que sea tan directo.

—Bueno, ha habido algunos problemas de seguridad y...

—Jamás hemos tenido un accidente ni una fuga. Nuestros protocolos de seguridad superan y van más allá de cualquier requerimiento gubernamental y, encima, nuestros reactores proporcionan energía barata y limpia para cualquier aldea, por muy lejana o inaccesible que sea.

Yusup suspira y aparta su kebab, que solo ha comido a medias.

—Mira, desconozco los detalles, pero si nuestros inspectores...

—¿Hablas de los mismos inspectores que dieron luz verde a la oferta de Atomprom? Si es así, ¿por cuánto dinero?

Tiene los arrestos de sonrojarse.

—Acabamos de iniciar la investigación sobre el accidente de anoche —dice con sequedad—, si resulta que hubo una conducta impropia, tomaremos las medidas oportunas. No aceptamos la corrupción ni el cohecho. La seguridad de nuestros ciudadanos y del medio ambiente es nuestra prioridad.

Asiento y agarro el tenedor.

—Es justo la razón por la cual Atomprom no es la empresa adecuada para colaborar con vosotros. Su historial de seguridad es pésimo.

Con tranquilidad, me como dos bocados de falafel para darle tiempo a recapacitar y no me sorprende ni lo más mínimo cuando me dice bruscamente:

—De acuerdo. Voy a echar un vistazo a los permisos por ti. Puede que algunos inspectores hayan sido demasiado tiquismiquis.

—Te lo agradecería mucho. Y si resulta que ha habido un malentendido, apreciaríamos mucho que revocarais la decisión y nos apoyarais en el concurso.

Yusup se pasa la lengua por los labios.

—Entendido.

Y así es. La gratitud de los Molotov es algo muy lucrativo. Lo mismo que la gratitud de los Leonov; pero esta ya la ha recibido. Su mansión nueva en Khujand es la prueba.

Sería fácil recordárselo, usar la evidencia de corrupción que habían descubierto los *hackers* de Konstantin, para obtener de él lo que queríamos. Pero a diferencia de Valery, creo en la táctica de enseñarle la zanahoria antes de darle con el palo.

Las cosas tienden a fluir mejor así.

Con el objetivo cumplido, vuelvo a temas más neutros y pasamos el resto de la comida con una conversación agradable. No saca los detalles de nuestra «gratitud» y yo tampoco lo hago. Dejaré que piense lo que quiera cuando aterricen nuestros pagos en su cuenta del extranjero; no nos hará ningún daño.

Cuando terminamos, Yusup va hacia su coche y yo hago una parada técnica en el baño antes de emprender el largo camino hacia el pequeño aeropuerto donde me espera mi jet privado. Me estoy lavando las manos cuando se abre la puerta y entra un hombre alto y atlético, más o menos de mi edad.

Lo reconozco al instante.

—Vaya, vaya, pero si es el hermano desaparecido de los Molotov... —dice Alexei Leonov, arrastrando las palabras y apoyándose contra la puerta, con los brazos tatuados cruzados delante del pecho—. Qué ilusión toparme aquí contigo.

39

NIKOLAI

Como si nada, me seco las manos con una toalla de papel y la tiro al cubo de la basura. Mientras, escudriño a mi enemigo por si lleva algún arma visible. No hay ninguna a la vista, pero esto no quiere decir nada. Podría llevarla atada al tobillo o metida en la parte trasera de los vaqueros. Y estoy seguro de que en las botas moteras lleva un cuchillo o dos.

Alexei Leonov es famoso por su brutalidad.

—La coincidencia es algo curioso —digo con tranquilidad, preparado para sacar la Glock que llevo debajo la americana sobre el pecho—. ¿Qué te trae a Dushanbe?

Esboza una sonrisa maliciosa.

—Lo mismo que a ti, supongo. —Deja caer los brazos, se aparta de la puerta y se me acerca. Se me planta en frente y pregunta—: ¿Qué tal se vive en...? ¿Dónde te has instalado ahora? ¿En Tailandia? ¿En Filipinas?

Cara a cara, sus ojos de color marrón oscuro parecen casi negros, a juego con su pelo.

—Todo fantástico. ¿Qué tal tu viejo? —Si se cree que le voy a cantar dónde vivo, después de lo que le ha costado a Konstantin mantenerlo en secreto, lo lleva claro—. ¿Todavía vivo y coleando?

Sonríe y me enseña los dientes.

—Ya sabes cómo son estos viejos: casi indestructibles. Hace falta verdadero empeño para que la palmen.

No me dejo provocar tampoco esta vez.

—Salúdalo de mi parte. Y a tu hermano también.

Los ojos le brillan con dureza.

—¿Y a mi hermana no? Ah, cierto, que está muerta.

Necesito todo el esfuerzo del mundo para mantener la cara de póker.

—Eso he oído. Lo siento.

Estoy mintiendo. Ksenia merece pudrirse bajo la tierra, pero cualquier palabra más allá de la respuesta más neutra posible dejaría al descubierto mis cartas y Leonov ya parece olerse algo.

De nuevo esboza una despiadada sonrisa.

—Hablando de hermanas, ¿cómo está mi futura esposa?

Aquí sí que se ha pasado. Le sostengo la mirada con una expresión gélida en los ojos.

—Alina no es tuya. Nunca lo ha sido y nunca lo será.

—Eso no es lo que dicen nuestros compromisos matrimoniales.

—Ese contrato se anuló al morir mi padre y lo sabes.

—Ah, ¿sí? —Se inclina hacia mí hasta tocarme casi la cara. Ya no queda ni una pizca de humor en su expresión, lo que deja a la vista la pátina infalible de la crueldad en su rostro. En un tono mortalmente suave dice—: Dile a Alina que ya es hora. Se me ha acabado la paciencia.

Se aparta y sale del baño.

Todavía me hierve la sangre cuando el Tesla de Konstantin se detiene delante del avión.

—Gracias por esperarme —dice al salir del coche—. He pensado que es mejor darte eso en persona.

Me pasa una memoria USB.

—¿Chloe?

Konstantin asiente con la cabeza

—Esa chica tiene tela. Tenías razón al hacerme indagar más a fondo. No es quien parece ser.

Mierda.

—¿La mafia?

—Puede. Échale un vistazo al vídeo. Mis chicos están haciendo lo que pueden para averiguar más detalles.

Qué cabrón. Quiero que me saque de dudas ahora mismo, pero el avión está listo para despegar y tengo que ponerle al corriente sobre mi encuentro con

Alexei. Se lo cuento sin perder tiempo y cuando llego a la parte sobre Alina, veo la misma ira en su rostro.

—Como se atreva a acercarse a ella, me lo cargo —dice Konstantin en tono salvaje—. Si se cree que vamos a someternos a ese puto contrato medieval que se hizo cuando nuestra hermana tenía apenas quince años, se...

—Creo que no lo decía en serio. Me da que estaba intentando provocarme como venganza por la explosión en su planta nuclear. De todas maneras, tampoco sabe si Alina está conmigo de verdad. Ha sido un tiro al aire.

Konstantin respira hondo y recobra la compostura. De nosotros tres, es quien más relación tiene con Alina porque se pasaba siempre las vacaciones y los veranos cuidándola. Yo nunca pude disfrutar de este lujo. Nuestro padre había decidido muy pronto que yo era el hijo más adecuado para asumir las riendas de nuestra organización y pasé toda mi infancia y juventud aprendiendo el negocio familiar.

—Tienes razón —dice en un tono más calmado—. Está encabronado y quiere jodernos. Pero, por si acaso, dile a Alina que esté al loro.

—Creo que no es buena idea. Es que... Los últimos días, no está pasándolo muy bien.

Konstantin frunce el ceño.

—¿Ha vuelto a tener migrañas?

Asiento con pesar.

—Lyudmila dice que está dándole fuerte a la medicación desde que estoy fuera. Y a la maría.

Alina se cree que no estoy al corriente de esto, pero

sí que lo estoy. Y he pedido a Lyudmila que le haga compañía siempre que quiera fumar. No soy partidario de las sustancias psicoactivas, pero sé por qué a mi hermana le hacen falta y la hierba es preferible a algunos de los medicamentos que tiene en el cajón de la mesilla.

El ceño fruncido de Konstantin se acentúa.

—Está teniendo un brote.

—Esperemos que no.

Pero si es así, es otra razón por la que tengo que volver cuanto antes. Aunque Alina y yo no nos llevemos muy bien, algo de mi presencia hace que no pierda el rumbo; puede que sean también nuestros rifirrafes. Le da algo externo en que centrarse, una distracción que la aleja de su caos interior.

Conmigo tiene una diana clara y presente en lugar de las sombras al acecho en su cabeza.

—Escucha —le digo a Konstantin—, tengo que marcharme. Te contaré cómo está cuando la vea en persona. Diles a tus hombres que continúen haciendo lo que están haciendo. Alexei no puede dar con nosotros.

Él aprieta la mandíbula.

—No te preocupes, no lo hará.

—Gracias.

Le dedico una última mirada y me subo al avión.

Pavel me está esperando en el sofá de la cabina principal del jet. Delante de él, encima de la mesita, tiene un ordenador encendido. Sin decir palabra, me siento a su lado y enchufo el USB.

Hay dos archivos. Uno lleva el título «Informe actualizado» y el otro, «Cámara tienda, Boise, 14/07».

La tensión me invade y mi ritmo cardiaco se acelera.

Es el mismo día en que solicitó el empleo como profesora para Slava.

Clico sobre el vídeo.

La grabación medio borrosa muestra una calle cualquiera con unas pocas tiendas, una cafetería, unos coches aparcados y algunos transeúntes. La indicación de la hora en la esquina me dice que son algo más de las diez de la mañana.

Primero parece que está todo en orden, pero pasados treinta segundos, diviso una silueta esbelta que me resulta familiar. Vestida con una camiseta y unos vaqueros, Chloe baja la calle a paso rápido.

Está pasando por delante de una tienda de ropa cuando sucede.

Con un fuerte *¡pam!*, el cristal del escaparate a su izquierda explota.

Pavel, desprevenido, suelta una palabrota, pero no le hago caso. Toda mi atención está centrada en el cuerpo de Chloe, pequeño y petrificado. Tengo todos los músculos del cuerpo en tensión y me invaden el miedo y la rabia. A pesar de la calidad del vídeo, alcanzo a ver el terror en su cara y sus ojos, con los que mira alrededor de la calle sin comprender. Y entonces empieza a gritar que han disparado y que alguien llame a emergencias y arranca a correr, justo cuando suena otro *¡pam!* y más cristal se hace añicos alrededor de ella.

En cuestión de segundos, Chloe queda fuera de vista y el vídeo se para.

—Hijos de puta —dice Pavel en voz baja, pero ya estoy abriendo el otro archivo.

El informe actualizado.

40

CHLOE

No duermo bien. Para nada. ¿Quién podría dormir con ese tipo de advertencia?

«Descansa esta noche; te hará falta».

No se me ocurre nada que Nikolai pudiera haber dicho y me hiciera perder aún más el sueño. Ya puestos, podría haberme dicho que quiere follarme hasta el agotamiento en cuanto vuelva a casa.

En realidad, sí me lo dijo, más o menos, antes de colgar. Sus promesas picantes me han servido para tener sueños húmedos y sesiones de masturbación en la ducha, incluida la de anoche después de nuestra llamada.

Pensé que un par de orgasmos me relajarían, pero en realidad empeoraron las cosas. Todo el tiempo que pasé jugando conmigo misma, no dejé de pensar en lo que me haría cuando volviera... en cómo serían esas manos y esos labios sobre mí... en cómo notaría su polla en mi interior. Mi imaginación se desbocó y creó todo tipo de escenarios pornográficos y nada políticamente correctos. Todavía me rondan por la cabeza, a la luz del día, mojando mi ropa interior y acelerándome el pulso.

Tampoco ayuda que Alina no aparezca por ninguna parte. No ha bajado a desayunar ni a comer, y cuando le pregunto a Lyudmila, me dice que la hermana de Nikolai vuelve a tener jaqueca.

—¿Le pasa a menudo? —pregunto durante la comida, preocupada, y Lyudmila asiente con el rostro tenso mientras desvía la mirada.

Me pregunto por qué, pero Lyudmila no es precisamente muy charlatana conmigo, así que decido no preguntarle más. En su lugar, paso la tarde enseñando a Slava y contando los minutos que faltan para la cena, que es cuando se supone que llegará Nikolai.

Mi alumno también está impaciente. Lyudmila le habrá dicho que su padre vuelve hoy, porque no para de saltar y correr hacia la ventana mientras repasamos el alfabeto.

—¿Quieres sorprender a tu padre? —le pregunto cuando vuelve de su expedición por quinta vez—. ¿Ponerlo contento?

Slava frunce el ceño.

—¿Contento?

—Sí, contento. —Dibujo una cara sonriente con un lápiz de color amarillo—. ¿Quieres que tu papá se ponga contento?

Asiente con la cabeza y se sienta en el suelo a mi lado.

—Entonces repite conmigo, en inglés: «*Hi, daddy*».

Slava se queda callado. Conoce esas dos palabras por los libros que hemos estado leyendo y ha estado repitiendo frases cuando se lo pido, por lo que sé que no es un problema de comprensión.

Lo vuelvo a intentar con delicadeza.

—*Hi, daddy*.

Se mira las zapatillas.

—*Hi, daddy*. —Su voz es apenas un susurro, pero las palabras son claras, al igual que la desconfianza en sus grandes ojos dorados cuando levanta la mirada.

Está indeciso y no le culpo. A pesar del pequeño avance que hicimos el otro día con nuestra sesión de lectura conjunta, padre e hijo siguen siendo unos desconocidos.

Me acerco y le cojo las manos.

—Estoy muy orgullosa de ti. Eres valiente y fuerte, como Superman.

Se le ilumina la carita.

—¿Superman?

—Superman —repito, apretándole las manos con suavidad antes de soltarlas—. Valiente y fuerte. *Brave and strong*.

—*Brave and strong* —susurra, ensayando las palabras. Se señala el pecho—. ¿*Brave and strong*?

Le sonrío.

—Sí, eres valiente y fuerte, como Superman, y pondrás muy contento a tu padre.

Me sonríe.

—Contento, sí. —Señala el dibujo de la cara sonriente y saca pecho—. Muy contento.

Es tan adorable que no me puedo resistir a darle un abrazo y me derrito cuando sus bracitos me rodean el cuello, apretando con fuerza. Por eso me gustan tanto los niños, solo quieren amor y afecto, y cuando lo tienen, te lo devuelven con creces.

Nikolai aún no entiende eso de su hijo, pero ya lo hará.

Es solo cuestión de tiempo y un poco de esfuerzo por mi parte.

Una hora antes de la cena, dejo a Slava con Lyudmila y voy a la habitación para arreglarme. Estoy tan emocionada y nerviosa que no puedo evitar que me tiemblen las manos mientras me maquillo y me plancho el pelo en un intento de hacerme las elegantes ondas que me hizo Alina. Si se encontrara bien, le pediría que repitiera su magia, pero como no la he visto en toda la tarde, supongo que sigue con dolor de cabeza.

Pobre. Espero que se recupere pronto.

Cuando termino de peinarme y maquillarme, reviso mi gran colección de vestidos de noche para elegir el mejor. Sin Nikolai aquí, me he estado poniendo los más cómodos, pero esta noche quiero esforzarme más.

Quiero que se le corte la respiración y se le

iluminen los ojos con ese oscuro y salvaje calor que me excita y me alarma a la vez.

Me decanto por un delicado vestido marfil con sutiles hilos de oro. Es transparente, sin tirantes y con un corsé en forma de corazón que me levanta los pechos y me define la cintura. La falda se ajusta a las caderas de la forma más favorecedora posible y, cuando camino, una abertura a la altura del muslo en el lado izquierdo deja entrever la pierna. Combino el vestido con los Jimmy Choo dorados que llevé en mi primera noche formal aquí, y ya estoy lista.

Lista para ver a Nikolai y llevar nuestra relación más allá.

El coche se detiene cuando estoy bajando las escaleras. Lo veo por uno de los grandes ventanales y el corazón me late más rápido. Lyudmila y Slava ya están en el salón; el niño va vestido de gala. Cuando me acerco, me sonríe con timidez y le doy un apretón en el hombro para animarle.

—Recuerda, valiente y fuerte, como Superman —susurro, tratando de controlar mi propio nerviosismo, y me suelta una risita, pero se calla cuando se abre la puerta principal, acompañada de unos pasos que se dirigen hacia nosotros.

Pavel es el primero en aparecer, pero apenas percibo su figura del tamaño de una casa. Toda mi atención se centra en el hombre alto y moreno que está detrás de él, con una mirada de tigre que me abrasa la carne y me paraliza los pulmones.

En el transcurso de los últimos dos días, he olvidado lo que es estar cerca de él, sentir el impacto devastador de su presencia. No solo lo veo, lo siento con cada centímetro de mi piel, con cada célula de mi ser. Sin poder evitarlo, recorro sus rasgos, observo los firmes ángulos de esa mandíbula y la forma sensual de sus labios, el sorprendente grosor de las pestañas negras azabache y la forma en que ese pelo negro le despeja la frente y realza sus pómulos altos y anchos. Viste más informal que cuando se fue, con una camisa azul abotonada metida por dentro de un pantalón de vestir entallado, y su aspecto es tan apetecible que me cuesta horrores mantenerme en pie. Se me acelera el corazón y se alborota todo mi cuerpo como si tuviera una red de cables con corriente bajo la piel, y apenas reparo en que Lyudmila se acerca a abrazar a su marido mientras parlotea animada en ruso.

Nikolai debe de estar atrapado en el mismo potente hechizo, porque se queda quieto un buen rato; los ojos le brillan al ver mi aspecto.

Entonces se acerca a mí.

Sin aliento, lo miro fijamente cuando se detiene frente a mí. Está mucho más cerca que en la pantalla del ordenador. Más grande, más alto… más peligroso y primitivamente masculino. Con su encanto seductor y su ropa elegante, resulta fácil olvidar esa cualidad cruda y animal que posee, la sensación de que algo salvaje se esconde bajo su hermosa fachada... algo que me arrastra hacia él incluso cuando aunque se me erice el vello de la nuca a modo de advertencia.

De lejos era fácil descartar mis imaginaciones sobre su peligrosidad, pero de cerca es mucho más difícil.

—*Hi, daddy.*

El sonido de esa pequeña y aguda voz me saca del trance y produce un efecto aún más fuerte en Nikolai. Se le tensa el rostro mientras dirige la mirada al niño, que aguarda valiente a mi lado.

Por un momento, padre e hijo se miran fijamente. Entonces, Nikolai se arrodilla poco a poco.

—Hola —dice con voz ronca mientras una mezcla de emociones recorre su rostro—. *Hi, Slavochka.*

El corazón se me contrae con una oleada de calor. Ese nombre del niño es un apelativo cariñoso; he oído bastante ruso estos últimos días para entenderlo.

Slava le sonríe con inseguridad antes de mirarme a mí.

—Lo has hecho muy bien —digo con voz ronca, pasando la palma de la mano por su sedoso pelo—, como Superman. —Sonriendo, capto la mirada de Nikolai—. Dile que lo ha hecho bien.

Una expresión se asoma a su rostro; algo oscuro y agonizante le brilla en los ojos antes de recuperar el control.

—Lo has hecho bien —le dice al chico en tono monótono, y poniéndose en pie, da un paso atrás, con la expresión velada una vez más.

Desconcertada, empiezo a hablar, pero se me adelanta.

—Tengo que hablar contigo —me dice en tono firme, y cogiéndome la mano con un apretón inevitable, me lleva a su despacho.

41

CHLOE

Se me revuelve el estómago y se me acelera el pulso cuando se sienta a la mesa redonda enfrente de mí, con los ojos cargados de una oscuridad de la que ya no puedo convencerme de que solo sea fruto de mi imaginación. No queda ni rastro del hombre tierno y seductor con el que he estado hablando durante tantas horas por videollamada, un hombre que se mostraba tan abierto a lo que sentía por mí. Ahora, en su lugar, hay un desconocido atractivo pero aterrador, con el rostro tenso por la rabia.

Lo peor es que no tengo ni idea de lo que he hecho, de lo que ha pasado para que se moleste tanto. ¿Ha sido lo que ha dicho Slava? ¿Tal vez mi torpe sugerencia de que alabara al chico por...?

—Me has mentido, *zaychik* —dice en un tono suave y letal, y el alma se me cae a los pies.

Me equivocaba. Esto no tiene nada que ver con Slava. Es mucho peor.

Trago saliva.

—Nikolai, yo…

Alza la mano y abre el portátil que acabo de ver en la mesa.

—Mira esto —me pide, girando la pantalla hacia mí.

Miro… y lo que veo me hiela la sangre.

Soy yo aquel día en Boise.

El día que me dispararon en público.

No hay nada más condenable que Nikolai haya podido encontrar, ningún incidente que revele con mayor claridad el peligro que represento para su familia, un peligro al que no le he dado importancia, centrándome en mi situación, en mi supervivencia. Solo ahora, con ese vídeo borroso ante mí, comprendo lo desconsiderada y egoísta que he sido.

Me persiguen dos asesinos violentos, y aquí estoy, jugando a disfrazarme con la ropa que me compró, fingiendo que estoy a salvo en un recinto que construyó para su hijo, un niño listo y dulce que adoro.

Un niño que corre peligro cada segundo que estoy aquí.

De alguna manera lo había bloqueado de la mente, junto con el terror abrumador de aquel día, pero ya no puedo hacerlo más. Temblando y revuelta por dentro, me pongo en pie.

—Nikolai, lo siento muchísimo. Me iré. Me iré ahora mismo…

—Siéntate. —El tono de la voz es aún más suave, un contraste aterrador con la furia salvaje de esos ojos—. No vas a ir a ninguna parte.

—Pero…

—Que te sientes.

Me flaquean las rodillas, pero obedezco.

Se inclina hacia mí y su mirada me paraliza.

—Quiero la verdad. Toda la verdad. ¿Entiendes?

Asiento con la cabeza, aunque me esté derrumbando por dentro, con todas mis esperanzas y sueños desmoronándose a mi alrededor.

Se lo diré.

Se lo contaré todo.

Después de tantas mentiras, se merece la verdad.

42

CHLOE

—Todo comenzó cuando volvía a casa en coche después de la graduación de la universidad —digo intentando, pero sin conseguir mantener la voz firme—. Suponía que iba a llegar sobre la hora de la cena, pero había mucho tráfico y llegué media hora tarde. En cuanto encontré aparcamiento enfrente del edificio, corrí al apartamento y dejé la maleta en el coche. Pensé que después de comer volvería a por ella.

»Tenía las llaves, así que entré y fui directamente a la cocina, donde pensé que encontraría a mi madre calentando algo de comida. Pero al llegar... —Me detengo para deshacer el nudo que tengo en la garganta.

—Estaba muerta —adivina Nikolai de manera sombría, y yo asiento con la cabeza notando las lágrimas en los ojos.

—Estaba tirada en un charco de sangre en la cocina con las muñecas rajadas. No sentía su pulso, así que corrí a buscar el móvil... Tenía tanta prisa que había olvidado el bolso con el teléfono en el coche. Pero antes de salir del piso, oí voces, voces masculinas que venían del dormitorio de mamá.

Entrecierra los ojos de manera peligrosa.

—¿Estaban allí, en el apartamento, contigo?

—Sí. Me metí en un armario que había junto a la puerta y me escondí detrás de los abrigos. En ese momento los vi: eran dos hombres corpulentos con pasamontañas. Salieron del apartamento, pero inmediatamente volvieron a entrar. Oí que volvían al dormitorio y, como estaba al lado de la puerta, eché a correr. Bajé los cinco tramos de escalera y seguí corriendo hasta llegar al coche. —Respiro entrecortadamente, tratando olvidar aquel pánico que me aturdía, la hiperventilación y los sollozos mientras forcejeaba por meter las llaves en el contacto.

Nikolai me da un momento para calmarme.

—¿Qué ocurrió después?

—Llamé a emergencias y me fui a la comisaría más cercana. Les conté lo que había pasado y enviaron a una patrulla a mi apartamento, pero los asesinos ya se habían ido y la policía dictaminó... —Se me quiebra la voz—, que había sido un suicidio.

Frunce el ceño.

—No lo entiendo. ¿Les hablaste de los dos hombres? Es decir, te tomaron declaración, ¿no?

—Sí. Les conté que llevaban pasamontañas y armas con silenciador y...

—¿Armas con silenciador?

Asiento y me abrazo. Tengo tanto frío que me empiezan a castañetear los dientes.

—Los vi entre los abrigos del pasillo. Bueno, técnicamente, solo vi una pistola, pero después, cuando los volví a ver, había dos, así que supongo…

—¿Después? —Aprieta la mandíbula—. ¿Los viste de cerca otra vez?

—No, de cerca, no. Estaban a una manzana de distancia. Fue despúes de esto. —Señalo el portátil con la barbilla—. Empezaron a perseguirme y entonces vi que cada uno llevaba un arma.

—¿También llevaban pasamontañas?

—Sí. —Intento recordar las dos figuras, pero salvo su altura y las armas que llevaban en las manos, lo demás lo recuerdo borroso—. O, por lo menos, estoy bastante segura.

Nikolai me mira con atención.

—¿Pero no estás segura del todo?

—Yo… no. —Lo cual es estúpido por mi parte. Debería haber prestado atención, debería haber memorizado hasta el último detalle para poder…

—¿Los viste de nuevo en otro momento? ¿Fue la única vez que fueron a por ti?

—No. —Un escalofrío recorre mi cuerpo—. Ni mucho menos.

Su rostro es una máscara de ira apenas contenida.

—Cuéntamelo todo.

Y eso hago. Le cuento que una camioneta negra con cristales tintados casi me atropella cuando salía de la comisaría, y que eso volvió a ocurrir en el aparcamiento del Walmart apenas una hora después de que denunciara el primer intento. Le cuento también sobre el incendio en el motel donde reservé una habitación para evitar dormir en el piso y lo de la furgoneta que estuvo a punto de sacarme de la carretera cuando ya estaba huyendo. También le cuento que me fue de un pelo en un Airbnb de Omaha, donde paré para descansar hace un par de semanas... y tuve que acabar escapando por la ventana en mitad de la noche cuando oí arañazos en la puerta.

—Estaban forzando la cerradura. —Nikolai aprieta la mandíbula con fuerza—. Si no te hubieras despertado...

—Sí. Y hubo otras ocasiones en las que pensé que podían estar cerca, como la vez que vi una camioneta negra con los cristales tintados que se acercaba a una gasolinera justo cuando yo salía. Sin embargo, estaba tan paranoica que podría haber sido mi imaginación. O tal vez no. Puede que fueran ellos. No lo sé. Solo sé que seguían persiguiéndome y lo único que pude hacer fue seguir adelante. Al menos hasta que se me acabara el dinero.

—Y ahí fue cuando encontraste mi anuncio.

—Sí. —Trago saliva con fuerza—. Lo siento, Nikolai. De verdad que lo siento. No estaba pensando con claridad cuando solicité el puesto. Me quedaba muy poco dinero y estaba aterrorizada porque me habían vuelto a encontrar y cada vez se envalentonaban más, hasta el punto de dispararme a plena luz del día. Me iré, lo juro. Ni siquiera tienes que pagarme la semana. Encontraré otro trabajo y…

—Pero ¿qué coño dices? —Se levanta de golpe, apoya los puños en la mesa y se inclina. Su voz es dura —. Ya te he dicho que no te irás a ninguna parte.

Me pongo de pie y retrocedo.

—Nikolai, por favor. Lo siento de verdad. No quería poner en peligro a tu familia. Me iré hoy. Antes de que descubran que estoy aquí y… —El corazón se me sube a la garganta cuando avanza hacia mí, con unos ojos puro fuego y azufre—. Por favor. Te juro que…

Sus manos se cierran alrededor de mis brazos.

—No te vas a ir —gruñe, y tirándome hacía él, me calla con los labios.

43

NIKOLAI

Devoro su boca con toda la furia y el miedo que llevo dentro, todo el deseo que he estado conteniendo. Ahora todo tiene sentido: su aspecto famélico y su hambre voraz, las heridas del brazo y las pesadillas que la asaltan cada noche. Esos tipos llevan semanas persiguiéndola para exterminarla, y aquel día en Boise le fue de un pelo.

Un par de centímetros a la derecha y la bala le habría atravesado la cabeza.

Me pasé el vuelo de regreso temblando de la rabia, y eso fue antes de saber el resto. Antes de saber cuántas veces estuvo a punto de morir. Si no se hubiera despertado al oír cómo forzaban las cerraduras o si no hubiera saltado para apartarse de la camioneta… Joder, si hubiera respirado más fuerte en aquel armario, hoy no estaría aquí.

No estaría abrazándola, saboreándola.

No sabría lo que es haber encontrado a mi alma gemela.

Se echa hacia atrás bajo la presión brutal de mis labios y con las manos se aferra desesperadamente a mis brazos y sé que debería ir más despacio, ser dulce, pero no puedo. La contención que tenía ha desaparecido, se ha reducido a cenizas en el fuego de mi furia, consumida por mi miedo por ella.

En el informe de Konstantin había muy poco de lo que ella me ha contado y demasiadas lagunas sospechosas en las denuncias y registros policiales que había conseguido sacar. No se mencionaba a los dos hombres enmascarados en el apartamento de su madre, nada sobre los intentos de atropello con fuga... Ni siquiera los correos electrónicos que les envió a los periodistas, los que los *hackers* de Konstantin encontraron en su bandeja de enviados y no parecían haber llegado a su destino, como si alguien hubiera bloqueado sus mensajes o los hubiera marcado como *spam*. Y luego están todas las cintas borradas y dañadas, que quizá habrían servido como pruebas de los demás intentos por acabar con su vida.

Alguien se tomó muchas molestias para matar a su madre y cubrir su rastro, alguien con muchísimos recursos, y no saber de quién se trata me corroe como el ácido.

Respirando con dificultad, separo mi boca de la suya y me encuentro con su mirada aturdida.

—No te vas a ir.

Ya no iba a dejarla marchar antes, pero ahora que sé

que está en peligro de muerte, haré lo que sea necesario para mantenerla aquí. La encadenaré a mí si hace falta.

Parpadea varias veces y separa los labios, hinchados por el beso.

—Pero…

—Pero nada. No quiero volver a escucharlo. Ahora eres mía, ¿te enteras? —le espeto con voz dura y gutural. La estoy asustando, lo sé, pero no puedo detenerme, no puedo atar a la bestia con correa.

Abre la boca para responder, pero no la dejo. Con brusquedad, le paso la mano por el pelo y le agarro unos mechones para mantenerla quieta mientras me abalanzo para darle otro beso profundo y depredador. Hay algo oscuro y retorcido en la forma en que la necesito, en esta obsesión que siento por reclamarla. El deseo que siento por ella emana de la parte más profunda y salvaje de mí, una parte que he hecho todo lo posible por ocultarle a ella y al mundo en general… una parte que mi hermana vio aquella horrible noche de invierno, muy a su pesar.

Chloe tiene derecho a estar recelosa.

No soy un hombre normal ni dulce.

La civilización es solo otro traje que llevo.

Al principio se pone rígida bajo mi embestida, pero al cabo de un momento, su cuerpo se relaja contra el mío y me rodea el cuello con las manos mientras se rinde a la necesidad acalorada que nos consume. Me abraza mientras la follo con la lengua y me como sus suaves y exuberantes labios, se aferra a mí mientras la llevo a la mesa y mis manos recorren con ansia sus caderas, su torso, los pequeños y tersos pechos.

Su vestido me estorba, así que lo abro por el corsé, demasiado impaciente para ver cómo van todos esos ganchos y cremalleras. No lleva sujetador y sus pechos se derraman en mis manos, redondos y perfectos, con unos preciosos pezones marrones. Se me hace la boca agua al verlos, agacho la cabeza y me meto uno en la boca. Sabe a sal y a frutas del bosque, a todo lo que nunca supe que ansiaba, y cuando se arquea con un grito jadeante y sus pequeñas manos se aferran a mi pelo, sé que nunca tendré suficiente de ella.

Es completamente imposible.

Tengo la polla tan dura que me duele y me aprietan los huevos mientras cambio mi atención al otro pezón, chupándolo profundamente antes de morderlo con una fuerza calculada. Vuelve a gritar, me clava las uñas en la cabeza, y yo calmo el escozor con suaves trazos de lengua antes de darle otro mordisco intenso.

Empieza a jadear, se retuerce debajo de mí y sé que tenía razón sobre ella, sobre nuestra compatibilidad en este sentido. La bestia que hay en mí llama a su reflejo, intensificando la oscura química que hay entre nosotros. El dolor y el placer, la violencia y la lujuria… han coexistido desde el principio de los tiempos, alimentándose mutuamente, formando una sinfonía sensual inigualable.

Una sinfonía que quiero tocar con ella.

Le suelto el pezón, desciendo por su cuerpo, le rasgo el vestido por la mitad durante el recorrido. Era un vestido elegante y bonito, pero le compraré otro. Se lo compraré todo, colmaré todas sus necesidades. Nunca pasará hambre, nunca conocerá la penuria. Porque ahora es mía, en cuerpo y mente, con sus secretos, sus miedos y sus deseos.

Lo quiero todo de ella.

Le agarro las manos y se las inmovilizo en los costados mientras le doy besos ardientes en el torso, en el vientre plano y en su monte de Venus. Lleva un tanga blanco y también se lo arranco, y vuelvo a sujetarle las manos mientras continúo mi exploración oral de su cuerpo. Es hermosa, esbelta y tonificada; noto su piel bronceada como la seda caliente bajo mis labios. El vello de su coño es delicado y fino, como si acabara de crecer después de una depilación, y los celos me corroen al imaginarla acicalándose para un exnovio... para un hombre que no soy yo.

Nunca más.

Nadie más la tocará.

Destriparé a cualquiera que lo intente.

Se le acelera la respiración cuando mis labios se acercan a su sexo, tensa los músculos aunque separa las piernas para mí y levanta las caderas de la mesa. Lo desea con todas sus fuerzas y, aunque me muero por sentirla por completo, prolongo su tormento acariciándole solo la parte exterior de sus tiernos pliegues, respirando su aroma y dejando que aumente la expectación.

—Nikolai, por favor... —Le tiembla la voz y

flexiona las manos mientras beso y lamo su abertura, dándole solo un poco más.

—Ay, por favor, solo… —Jadea cuando mi lengua se adentra por fin entre sus pliegues y lamo la cremosa prueba de su deseo, saboreando su dulce y rica esencia. Es como la imaginaba, lo que siempre he querido, y me palpita la polla con fuerza de las ganas que tengo de penetrarla, de acceder a lo más profundo de su sexo. En cambio, encuentro el clítoris y lo ataco con ansia, chupando y lamiendo alternativamente, y cuando se corre con un grito reprimido, introduzco dos dedos en su piel espasmódica, intensificando su orgasmo y preparándola para lo que está por venir.

Porque no seré dulce cuando la penetre.

No puedo serlo.

Esta vez, no.

44

CHLOE

Los temblores aún recorren mi cuerpo cuando abro los ojos y encuentro a Nikolai inclinado sobre mí, con una mano apoyada en la mesa de al lado y la otra estimulándome el sexo de forma posesiva, con dos dedos largos y gruesos introducidos dentro de mí. Entrecierra los ojos y tensa la mandíbula.

Voy a follarte ahora. Su voz es grave y gutural, peligrosamente salvaje. ¿Entiendes?

Lo entiendo. Es tanto un aviso como una afirmación.

Esto está pasando y ya no hay vuelta atrás.

La parte cuerda de mí quiere huir, rehuir su mirada oscura e intensa, aunque algo perverso en mí se regocija con su pérdida de control, con el puro y descarnado deseo de su rostro. Le he despeinado con los dedos y le brillan los labios con mi humedad; los botones superiores de su camisa han desaparecido como si se los hubiera arrancado.

Este no es el hombre elegante y sofisticado que se ciñe a unos horarios de comida establecidos.

Es el ser salvaje que yo ya sentía bajo la piel.

Lo ent… Me humedezco los labios, se me contrae el cuerpo entero con sus dedos. Entiendo.

Aprieta la mandíbula y entonces se me pone encima; me devora con los labios y la lengua mientras me penetra con los dedos y da con el punto que me hace ver chiribitas. Sabe a un bosque primitivo y salvaje, su aroma a cedro y bergamota se mezcla con el perfume de mi excitación. Jadeando en su boca, me empuja contra él, agarrándome a sus costados mientras empieza a masturbarme con sus dedos, introduciéndomelos con un ritmo fuerte e incesante que hace que la tensión se dispare en mi interior. Noto cómo me acerco al orgasmo con la velocidad de una locomotora desbocada y luego se estrella contra mí, provocándome un placer intenso y ardiente.

Jadeando, me tumbo en la dura superficie de la mesa, pero Nikolai no ha terminado conmigo. Antes de que me recupere, saca los dedos y se aleja de mí. Mientras intento abrir mis párpados pesados, veo que se baja la cremallera y se pone un condón en la polla.

Es una erección enorme.

Tenía razón. Es más grande que la de cualquier otro tío que conozca.

Un excitante escalofrío me recorre entera, pero él ya está encima de mí, agarrándome las muñecas para ponérmelas sobre la cabeza mientras devora mis labios con otro beso abrasador. La punta de su polla busca la forma de entrar y cuando lo consigue, empuja con fuerza.

Estoy bien lubricada tras los dos orgasmos, pero la fricción me escuece un poco y mi cuerpo lucha por adaptarse a su envergadura. Se me escapa un gemido, él se queda quieto y luego levanta la cabeza.

Con la respiración agitada, nos miramos fijamente y, sin quererlo, me llegan sus palabras. Palabras enloquecidas sobre el futuro y los hilos del destino… sobre nuestro inevitable encuentro. Todavía no sé si lo creo, pero no puedo negar la fuerte conexión que hay entre nosotros ni desmentir que esto es más un vínculo que simple sexo. Él también debe de sentirlo porque el salvaje fuego de sus ojos se aviva y me aprieta más las muñecas.

Sí, *zaychik*… dice con una voz ronca y rasgada. Ahora eres mía.

Y con un fuerte impulso, la introduce hasta el fondo.

La conmoción de la penetración aún recorre mi cuerpo cuando él comienza a moverse, con los ojos clavados en los míos. Sus violentas embestidas son tan fuertes e intensas que duelen, pero pronto el dolor va desapareciendo a medida que va aumentando el placer, unido a la pura tensión que se acumula en mi vientre. Cada despiadado impulso golpea su pelvis contra la mía, estimulando mi clítoris, pero es su mirada la que aumenta mi excitación y me provoca otro orgasmo.

Es una mirada posesiva fusionada con algo peligrosamente tierno e intenso.

Se corre unos instantes después que yo, aguantándome la mirada. Mi corazón late de forma acelerada mientras veo su hermoso rostro contorsionarse con el placer-dolor de su eyaculación, mientras se corre dentro de mí.

Es lo más íntimo que he vivido nunca... y lo más bonito también.

Nuestros cuerpos siguen unidos y mis muñecas continúan inmovilizadas, cuando él baja la cabeza y me da un beso lento y dulce. Luego apoya la mejilla en la mía y su cálido aliento roza mi hombro desnudo. Quisiera tener las manos libres para poder abrazarlo, pero esto también está bien y, de un modo extraño, me resulta reconfortante. Noto la mesa fría y dura bajo la espalda y mi interior palpita por su áspera posesión, pero me siento totalmente en paz y la respiración agitada recupera el ritmo a medida que va desapareciendo el resto de la tensión.

Podría estar así durante horas, días y semanas, pero tras unos largos minutos, se mueve, levantando la cabeza para mirarme con una tierna sonrisa. Me suelta las muñecas, se retira de mí con cuidado y se pone de pie.

¿Estás bien, *zaychik*? susurra, pasando una cálida y callosa mano por mi brazo. Yo asiento con la cabeza, sonrojándome mientras me incorporo.

Más que bien respondo, tapándome como puedo con el vestido roto mientras él tira el condón en una papelera junto al escritorio.

Bien —dice con suavidad, subiéndose la cremallera de los pantalones—. Porque no hemos terminado.

Y cogiéndome en brazos contra su pecho, me saca del despacho.

45

CHLOE

Casi espero toparme con Alina o Lyudmila, pero llegamos a la habitación de Nikolai sin encontrarnos a nadie. Es un gran alivio, dado el estado de mi vestido y, al vernos un segundo en el espejo, reparo también en la cara y el pelo que llevo.

Con los labios hinchados por sus besos y el pelo alborotado, no solo me veo recién follada. Parezco medio enloquecida.

Así es más o menos cómo me siento cuando me tumba en su enorme cama y empieza a desnudarse, con un calor volcánico que prende de nuevo sus ojos dorados. No sé si estoy preparada para más tan pronto, sobre todo con las dudas que plantea el vídeo, pero cuando está completamente desnudo ante mi mirada, no tengo el valor para quejarme mientras se sube encima de mí y funde mis labios en un beso profundo y tiernamente erótico.

Esta vez no se trata de follar, sino de hacer el amor. Ama cada centímetro de mi cuerpo y me lleva a otro orgasmo con los labios y la lengua antes de envolverse con cuidado en mi dolorida piel. De alguna manera, consigo correrme de nuevo y luego, agotada, me tumbo en sus brazos como una muñeca de trapo antes de quedarme dormida.

Me despierto con la sensación de estar sumergida en agua caliente. Con los ojos entreabiertos veo que estamos medio tumbados en un baño de burbujas; Nikolai me tiene bien sujeta para que no me resbale y me ahogue.

Relájate, *zaychik* me susurra al oído, pasándome una esponja enjabonada sobre los pechos y el abdomen. Cierra los ojos, déjame que te cuide.

No hace falta que me lo diga dos veces. Después de la noche sin dormir y con el cuerpo hecho pulpa tras todos esos orgasmos, ya me estoy adentrando en el país de los sueños. Solo soy ligeramente consciente de que me está lavando todo el cuerpo, luego me saca de la bañera y me envuelve en una toalla grande y suave. En ese momento, me despierto solo para pedir privacidad al usar el baño. Luego, medio tambaleante, voy a la cama donde él me está esperando ya con una bandeja de comida.

Adormecida, dejo que me dé uvas, queso y galletas

para untar —ya que nos hemos saltado la cena en favor del sexo y todo eso— y luego me quedo dormida en su regazo, sintiéndome segura y cuidada.

Siento que he encontrado mi nuevo hogar.

46

CHLOE

Hicimos el amor dos veces más durante la noche y, cada vez, Nikolai hizo que tuviese dos orgasmos, así que al llegar la mañana estoy tan cansada que no puedo ni moverme, pero tan satisfecha que vale la pena. Desde luego, es posible que no pueda moverme porque tengo su pesado brazo sobre mi pecho, que me ciñe a él mientras duerme... casi como un niño con un oso de peluche.

Sonriendo por esta absurda idea, me escapo de su abrazo con cuidado y me dirijo de puntillas al cuarto de baño contiguo, donde encuentro un cepillo de dientes nuevecito que han dejado atentamente para mí. Intentando ser lo más silenciosa posible, me lavo los dientes y hago mis necesidades, y luego me pongo una bata enorme y suave que encuentro colgada en la puerta. Claramente es suya, pero espero que no le importe que la lleve puesta para volver a mi habitación.

Al fin y al cabo, me rompió el vestido.

A la vez tengo pensamientos inquietantes y estimulantes, y se me acelera el pulso cuando pienso cómo reaccionó al decirle que me marchaba. No sé cuál esperaba que fuera su reacción al enterarse de mi historia, pero desde luego no era esa.

No hay nada definido entre nosotros, pero hay una cosa que sé con certeza y me llena de inmensa gratitud y esperanza. A pesar del peligro que he traído conmigo, Nikolai no quiere que me vaya.

No me sorprende encontrarlo todavía dormido cuando vuelvo al dormitorio. Entre el desfase horario y el largo vuelo, más todo el sexo, debe de estar agotado. Sujetando la bata para evitar que me arrastre por el suelo, camino sin hacer ruido hacia la puerta, pero al pasar junto a la cama no puedo resistir el deseo de detenerme y mirar fijamente a mi nuevo amante.

Porque en eso se ha convertido mi guapísimo y misterioso jefe ruso.

Mi amante.

Tapado con una manta hasta la cintura, está tumbado medio de lado, medio de espaldas, con la cara parcialmente girada hacia mí y un brazo musculoso doblado sobre la cabeza. Algunos hombres parecen más jóvenes mientras duermen, más blandos, pero no Nikolai. Lo único que hace el sueño es realzar la naturaleza peligrosa y animal que presiento en él, lo que incluso intensifica su impresionante atractivo masculino. Con esos intensos ojos cerrados, puedo ver lo largas y densas que son sus pestañas negras azabache y lo intensamente cincelados que son sus pómulos.

Tiene los labios ligeramente separados, pero incluso en este estado de relajación, hay algo cínico en sus curvas, una sensualidad pícara en la forma en que su dulzura contrasta con la barba de varios días y le moldea las duras líneas de la mandíbula.

Podría quedarme mirándolo durante una hora entera, pero eso sería bastante raro y, de todos modos, tengo que volver a mi habitación y vestirme antes de que se despierte el resto de la casa. No sé qué hora es, pero por la luz tenue que se filtra a través de las persianas, hace poco que ha amanecido, lo cual tiene sentido dado lo temprano que me dormí anoche.

Con una última mirada al Nikolai durmiente, salgo de la habitación de puntillas. Como esperaba, no hay nadie en danza; la casa está en completo silencio mientras me dirijo a mi dormitorio. No me siento avergonzada por lo que ha pasado, tarde o temprano todo el mundo sabrá que estamos saliendo, pero primero, Nikolai y yo tenemos que hablar de ello... y de todo lo demás.

Todavía me siento fatal por haberle puesto en peligro a él y a su familia, y si no fuese porque sé que tienen todos esos guardias y medidas de seguridad, me subiría al coche y huiría. Bueno, por eso y porque todavía no tengo las llaves de mi coche.

Voy a insistir seriamente en que llamen a un cerrajero cuanto antes.

Entro en mi habitación, cierro la puerta tras de mí y estoy a punto de quitarme la bata cuando veo una figura en mi cama.

Se me va a salir el corazón por la garganta, incluso al distinguir quién es.

—¿Habéis echado un buen polvo, Kolya y tú? —me pregunta Alina, poniéndose en pie. Se acerca a mí descalza y vacilante; solo lleva un salto de cama transparente y, al reparar en el brillo de sus ojos, sé que ha tomado algo.

Algo mucho más fuerte que la maría.

47

CHLOE

—¿Qué estás haciendo aquí? —le pregunto. Mi ritmo cardíaco aumenta cuando, balanceándose, se detiene ante mí. Si ya tenía dudas sobre su estado, se esfuman al verle las pupilas dilatadas y oler su aliento empalagoso. Es la primera vez desde que conozco a la hermana de Nikolai que no lleva maquillaje y su hermoso rostro está pálido e hinchado, con los ojos verdes enrojecidos y ojeras marcadas.

—Te estaba esperando. —Sus bonitos labios han perdido todo color mientras esboza una sonrisa falsa —. Mi hermano quería que recibieras el pago de la primera semana ayer al mediodía, pero no me encontraba bien para salir de la cama hasta más tarde, así que vine a dejártelo. —Señala con torpeza el grueso sobre que está en la mesita.

—¿Has estado aquí toda la noche?

Se ríe; la carcajada suena demasiado alegre.

—No seas tonta. Dejé el sobre y me fui. Pero no podía dormir, así que esta mañana me he pasado a ver cómo estabas y aún no habías vuelto. Y... —Entonces se fija en la bata que llevo puesta—. ¿Te lo has pasado bien follando con mi hermano? Se rumorea que lo hace de maravilla.

Siento el calor en la cara.

—Creo que será mejor que te vayas.

—Lo haré. Solo dime, Chloe... ¿te has enamorado ya de él? ¿Esa carita bonita te ha engañado y ha hecho que pienses que es tu caballero de brillante armadura?

Respiro hondo.

—Alina, escucha..., no sé qué te ha pasado con tu hermano, pero creo que es mejor que lo hablemos cuando te sientas mejor. Nikolai y yo hemos empezado a salir, pero eso no significa...

Se tambalea delante de mí.

—Pobrecita. ¿Te ha embaucado ya, eh?

—Mmm. —La sujeto por los hombros para mantenerla firme, le doy la vuelta y la dirijo hacia la puerta—. Ya hablaremos de esto más tarde.

Se gira.

—No lo entiendes, estoy intentando ayudarte. —Abre completamente los ojos vidriosos y me lanza una mirada suplicante—. Tienes que escucharme. Es igualito que él.

No debería hacer caso de nada de lo que diga en este estado, pero no puedo evitarlo. «¿Él?».

—Igualito que nuestro padre. Kolya, es idéntico, en

todos los sentidos. —Me agarra por las solapas de la bata—. ¿Lo entiendes? Es un monstruo, un asesino. Él... —Deja de hablar, su rostro se vuelve incluso más pálido al darse cuenta de lo que acaba de decir.

Me suelta la bata y se aleja mientras la miro fijamente; se me revuelve el estómago porque todas las sospechas que he tenido sobre los Molotov vuelven a salir a la superficie. Está claro que Alina no está en sus cabales, pero ¿llamar asesino a su hermano?

No es una acusación que se lance sin motivo, ni siquiera estando borracho o drogado.

Alina va a asir el pomo de la puerta justo cuando salgo de la parálisis provocada por la sorpresa y corro hacia ella.

—¿De qué estás hablando? —La agarro del brazo y le doy la vuelta para que me mire—. ¿De qué coño estás hablando?

Sacude la cabeza y las lágrimas se le escapan por las comisuras de los ojos.

—No es nada. No es nada. Olvídalo. Solo... no quería que terminaras como ella.

—¿Como ella?

—Solo vete, Chloe. Vete antes de que sea demasiado tarde.

Aprieto los dientes.

—No puedo. Pavel perdió las llaves de mi coche. Y aunque las tuviera, no hay forma de...

—Yo las encontré. En el cajón de la mesita de Kolya.

Retrocedo boquiabierta.

—¿Qué? ¿Cuándo?

—Ayer por la mañana, cuando fui a su habitación a coger tu dinero. —Sus ojos verde jade tienen una mirada afligida—. Y entonces lo supe.

Un escalofrío me sube por la columna vertebral.

—¿El qué?

Ignora mi pregunta, me rodea y se dirige inestablemente a la cama, donde empieza a buscar entre los pliegues de la manta.

—Aquí. —Sostiene un par de llaves en un llavero con un pompón rosa—. Esta es otra razón por la que he venido aquí, para darte esto.

Mi estómago cada vez estaba más revuelto. Está mintiendo. Debe de estar mintiendo. Podría haber encontrado las llaves en cualquier lugar, donde fuera que Pavel las hubiera perdido. Porque si no está mintiendo, si de verdad estaban en la mesita de Nikolai ayer por la mañana, entonces nunca se han perdido. Eso o Nikolai las encontró antes de irse de viaje, antes de nuestra videollamada en la que aseguró que Pavel no las había encontrado.

Como si me leyera la mente, Alina dice:

—Y, por cierto, Pavel no pierde cosas. Lo conozco de toda la vida y nunca ha perdido ni un calcetín, al menos no por accidente. En ese sentido es como mi hermano. Todo lo que hace está planeado.

El corazón me palpita con fuerza como si fuese un mazo.

—Dame las llaves. —Camino hacia ella, se las

arranco de la mano y me las guardo en el bolsillo de la bata. Mi mente va a toda velocidad, mis pensamientos cambian como piezas de cristal de colores en un caleidoscopio. No sé qué pensar, qué creer.

¿Por qué iba a mentirme Nikolai sobre mis llaves?

¿Por qué lo haría Alina?

—¿Qué has querido decir llamando asesino a tu hermano? —pregunto, mirando fijamente sus ojos nublados por alguna sustancia—. ¿A quién te referías antes con «ella»?

Hace un mohín.

—No quieres saberlo. Créeme, no quieres.

—Sí quiero. Dímelo. —Ella niega con la cabeza y le caen más lágrimas de los ojos—. Alina, por favor... tengo que saberlo porque... porque tienes razón. —Respiro profundamente, siento presión en el pecho cuando la verdad me explota en la cara—. Me estoy enamorando de él... cada vez más.

Le tiemblan los hombros por los sollozos silenciosos mientras se deja caer en el suelo, con la espalda apoyada en la cama. Su larga melena le oculta el rostro y se abraza a las rodillas.

Desesperada, me arrodillo frente a ella.

—Por favor, Alina. Tengo que saberlo. ¿Por qué se parece a tu padre? ¿Por qué es un monstruo? ¿Qué pasó? ¿A quién se supone que ha matado?

Durante un buen rato no hay respuesta. Finalmente, levanta la cabeza y a través del velo negro de su pelo, veo el alarmante dolor en sus ojos.

—Nuestro padre... —Las palabras salen en un

susurro roto y desgarrado—. Él la mató. Y luego Kolya lo mató a él. Lo rajó, justo ahí… —Se le quiebra la voz —. Justo delante de mí.

Y mientras la miro fijamente, muda por el horror, esconde la cara tras las rodillas y llora.

48

CHLOE

Mi estómago es un pozo de hielo y ácido en ebullición; me noto los dedos, paralizados y torpes mientras meto mi ropa vieja en la maleta. Alina está en mi cama, desmayada; las drogas y la noche sin pegar ojo han terminado pasándole factura.

No sé ni a dónde voy ni lo que estoy haciendo, solo sé que tengo que irme. Ya mismo. Antes de que se despierte Nikolai. Verdad o mentira, realidad o locura, no tengo posibilidad de descifrarlo, no bajo su techo y a su merced, y con esa abrumadora química que hierve a fuego lento entre nosotros y que me arrastra más fuerte bajo su hechizo mortal.

No tengo claro qué había pensado escuchar de Alina. ¿Que admitieran que son la mafia, después de todo? Pues puede que lo sean. Llegados a este punto, ya nada me sorprendería. Mis instintos me han advertido de Nikolai desde el principio y tendría que haberles hecho caso.

Debí de haber hecho caso a la voz de mi cabeza.

«No te vas a marchar».

Ayer, su fervorosa declaración parecía romántica, aunque algo despótica; su posesividad era más bien algo excitante y no una razón para alarmarse. Pero ahora que las revelaciones de Alina me resuenan en la cabeza y que las llaves que no había perdido se me clavan en la pierna a través del bolsillo de los pantalones, no puedo evitar pensar en sus palabras desde un prisma distinto e infinitamente más siniestro.

¿No me iba a devolver nunca las llaves?

¿Había sido yo una prisionera *de facto* todo este tiempo?

Lanzo de manera frenética lo último que me queda de ropa y cierro la cremallera de la maleta, después me pongo las zapatillas viejas, cojo el sobre con dinero que hay en la mesita de noche y me lo meto al bolsillo. Mi corazón late tan fuerte que me va a dar algo, o quizá simplemente estoy desolada.

«Solo… no quería que terminaras como ella».

Aún no tengo ni idea de a quién se refería Alina. Después de contarme lo de rajarle el cuello, no podía razonar, y lloró hasta que la venció el cansancio, y no me extraña. Parece como si hubiera presenciado la muerte de su padre a manos de Nikolai, y quizá esta misteriosa «ella» también. ¿Una exnovia de él? O peor aún, ¿su madre? ¿O el «él la mató» se refería a su padre, que se supone que también es un monstruo?

Me estrujo el cerebro para recordar alguna alusión de la forma en la que murieron los padres de Nikolai y

Alina, pero no había nada en los artículos rusos con los que me topé. Nikolai sí que reaccionó de manera grotesca cuando pregunté por sus padres aquella vez, pero lo atribuí al dolor. Pero ¿y si hay algo más? ¿Y si hay culpabilidad y rabia? El odio propio de un hombre que ha hecho lo imperdonable, que ha cometido los delitos más atroces.

No sé si me lo creo viniendo de Nikolai. No quiero creerlo. A pesar de la oscuridad que he sentido en él, a pesar de su hambre feroz por mí, me sentí segura cuando me abrazó anoche. Había sustituido la tosquedad por cariño, y había contenido su fuerza. La manera en la que se preocupó por mí después, lavándome, dándome de comer, abrazándome con tanto cariño...

¿Es un monstruo capaz de preocuparse?

¿Un psicópata puede fingir tan bien las emociones?

A lo mejor nada de lo que dijo Alina es verdad. Puede que sea una estrategia para hacer que me vaya, para romper una relación a la que ella nunca le ha dado el visto bueno. A lo mejor si hablo con Nikolai, lo explicará todo, lo que significará que simplemente Alina está enferma y desquiciada por la medicación.

Es un pensamiento tentador, tanto que estoy saliendo de la habitación, me paro y miro con anhelo el pasillo, donde se encuentra la puerta de la habitación de Nikolai, aún bien cerrada. Quiero confiar en él y, en otras circunstancias, lo haría. Si fuéramos una pareja normal que estuviera follando en un piso de alguna ciudad, me recorrería el pasillo y exigiría una explicación, oiría su versión de la historia antes de decidir qué hacer. Pero no puedo correr ese riesgo, no cuando estoy totalmente a su merced en esta finca completamente protegida y apartada.

Nadie sabe que estoy aquí.

Nadie sabrá o se preocupará si desaparezco para siempre.

Lo único razonable que puedo hacer es irme ahora y evaluar la situación desde otra perspectiva. Una vez esté en algún motel de algún lugar, puedo comunicarme con Nikolai, contarle qué pasó y por qué me fui. Podemos hablarlo por teléfono o por correo y yo puedo investigar algo más en Internet, por si logro encontrar algo sobre la muerte de sus padres.

No tiene por qué ser para siempre, solo por ahora.

Solo hasta que conozca la verdad.

Aun así, siento que me pesa el corazón de manera angustiosa mientras bajo la maleta por las escaleras hacia la entrada del garaje en la parte de atrás. No solo echaré de menos a Slava, sino que la mínima posibilidad de no volver a ver a Nikolai de nuevo me aterroriza. También me asusta pensar en salir ahí fuera, donde los asesinos de mi madre están aún buscándome. Pero me he escapado de ellos antes y tengo que pensar que puedo hacerlo otra vez, sobre todo con todo ese dinero a mano. Cuando hui de Boston, lo único que tenía era un par de billetes de veinte en la cartera, sumando los quinientos que saqué del cajero antes de deshacerme de la tarjeta de débito, junto a todo lo que se pudiera rastrear.

Todo va a salir bien.

Voy a conseguirlo.

Tengo que creérmelo.

Al tragar el nudo que tenía en la garganta, que cada vez se hace más grande, me acerco al coche y pongo la maleta en el maletero. Después presiono el botón que abre la puerta del garaje y me quedo en silencio mirando cómo sube. Sin mecanismos lentos y ruidosos, gracias a Dios. Arranco el coche lo más silenciosa que puedo y salgo marcha atrás del garaje, luego me desvío de la casa hacia la autovía.

Tengo que ponerle mucho empeño para bajar por la montaña tranquila, como si no tuviera prisa. Si los guardias están vigilando la carretera, no puedo hacer que sospechen. Como no podía ser de otra forma, un sudor helado me recorre la espalda y veo mis manos palidecer en el volante cuando me detengo frente a la puerta alta de metal.

¿Y si Nikolai les dio órdenes de no dejarme salir?

¿Y si estoy presa aquí de verdad?

Pero la puerta se abre en cuanto me acerco y nadie me detiene cuando la cruzo. Temblando de alivio, mantengo la marcha lenta y constante durante unos treinta segundos, hasta que quedo fuera de vista. Luego piso el acelerador para salir a toda velocidad del refugio seguro que podía ser la guarida del diablo.

Para alejarme del hombre que deseo con toda mi alma.

49

NIKOLAI

Me despierto con el cuerpo que bulle de felicidad y la mente llena de la mayor paz que había experimentado nunca. Anoche fue todo lo que creía que podía ser, e incluso más. Aún puedo sentirla, olerla, saborearla con los labios. Sonriendo, me doy la vuelta, palpando suavemente las sábanas en busca de su pequeño y cálido cuerpo y, cuando mi mano se encuentra con solo un montón de sábanas, abro los ojos y examino la habitación.

Chloe no está, lo cual es decepcionante pero no me sorprende, porque entra bastante luz. Puede que ya haya desayunado y le esté dando clases a Slava o incluso que hayan salido a andar. Por lo general, la habría oído levantarse, tengo el sueño ligero, pero llevaba más de treinta horas sin dormir y el desfase horario me pasó bastante factura.

Mi estado de ánimo se empieza a nublar un poco y mis niveles de adrenalina ascienden en cuanto pienso en el vídeo que me tuvo obsesionado durante el vuelo, que no me permitió pegar ojo, y en todo lo que Chloe me había contado. La idea de que alguien quiere hacerle daño o matarla me llena de una ira descomunal, que solo se calma con pensar que no pueden alcanzarla dentro de mi finca.

Las precauciones que mantienen a salvo a mi familia de nuestros enemigos son las que mantendrán a Chloe a salvo de los suyos mientras intento descubrir quiénes son.

Con ganas de ponerme manos a la obra, me levanto y le mando un correo a Konstantin, en el que le cuento todo lo que descubrí anoche. Después me doy una ducha rápida, me visto y me voy a buscar a Chloe.

Empiezo por la habitación de mi hijo. Está vacía, así que bajo las escaleras. El comedor también está vacío, pero oigo voces provenientes de la cocina y, cuando entro, me sorprendo al ver a Lyudmila preparar ella sola el desayuno a Slava.

Me sonríe tímidamente y siento un extraño calor en el pecho al recordar cómo me recibió la tarde anterior. Aun estando tan concentrado en recibir respuestas de Chloe, no pude evitar reaccionar a esa vocecilla dulce que me llamaba «papi».

No sabía cuánto había deseado escucharlo hasta que sucedió.

Hasta que ella lo hizo posible.

—Buenos días, *Slavochka* —susurro, agachándome frente a su silla. Cambiando al ruso, le pregunto—: ¿Has dormido bien?

Él asiente con sus ojos grandes y precavidos, y se me tensa el pecho con un dolor familiar como de opresión. Quiero alejarme, poner fin a la conversación para librarme del malestar, pero en su lugar me inclino hacia él, acogiéndolo mientras sonrío suavemente a mi hijo.

Se parece tanto a mí, demasiado... pero quizá con Chloe en su vida no tendrá que seguir mis pasos.

Quizá no crezca odiándome como yo odiaba a mi padre.

—¿Dónde está Chloe? —pregunto. Mi sonrisa se agranda cuando veo que se le iluminan los ojos cuando escucha su nombre.

—No lo sé —dice tímidamente, y levanta la vista hacia Lyudmila, que le está echando frutos del bosque al bol de papilla de sémola.

—No la he visto esta mañana —dice ella—. Quizá aún duerme.

Se me quita la sonrisa y siento una sensación desagradable que me revuelve el estómago. No he mirado en la habitación de Chloe, pero he dado por hecho que se levantó de mi cama para empezar el día, no para dormir en la suya. Me incorporo y le digo a Slava:

—Voy a buscar a tu profesora. Estás deseando dar clase de inglés, ¿eh?

Asiente con ganas y yo le sonrío. De manera impulsiva, le despeino el pelo como he visto que le hace Chloe e, ignorando la cara sorprendida de Lyudmila, vuelvo a subir las escaleras.

La puerta de la habitación de Chloe está cerrada, así que toco y espero un par de segundos. Al no obtener respuesta, abro y entro.

Las persianas están cerradas aún y no dejan pasar la luz solar, pero observo un pequeño bulto bajo las sábanas.

Parece que, al final, sigue durmiendo.

Se me dibuja una sonrisa tierna cuando me acerco a la cama y me siento en el borde. Me da la espalda y la manta la cubre hasta el cuello, con el pelo disperso sobre la almohada. Por alguna razón, parece mucho más oscuro con esta luz; no se le ven las mechas rubias.

Inclinándome hacia ella, alzo la mano para quitarle el pelo de la cara con cuidado, y la retiro mientras el corazón me late con furia.

—¿Qué coño haces aquí? —le gruño a mi hermana mientras esta se da la vuelta y pestañea al abrir los ojos —. ¿Dónde está Chloe?

Pestañea un par de veces más, luego se sienta en la cama despacio.

—¿Qué? —dice con voz ronca, retirándose el pelo de la cara con la mano temblorosa. Me percato de que huele a un cóctel de drogas, y mi furia no para de crecer al preguntar—: ¿Qué haces en mi habitación?

Me pongo en pie de golpe.

—¡¿Cómo que tu habitación?!

Se me queda mirando.

—No… —Mira alrededor de la habitación y pasa de estar confundida a comprenderlo—. Mierda, Chloe.

Se me tensa el estómago por un horrible presentimiento y me contengo con todas mis fuerzas para no cogerla y zarandearla.

—¿Dónde coño está? ¿Qué has hecho?

Mi hermana se endereza y entrecierra los ojos mirándome.

—¿Yo? ¿Y tú qué estás haciendo en su habitación?

—Alina —la advierto apretando los dientes y lo que sea que vea en mi cara basta para convencerla de que ahora no es buen momento para tocarme los huevos.

—Mira, puede ser que… —Se humedece los labios —. Puede ser que le haya contado algunas cosas.

—¿Qué cosas?

—Sobre ti y… nuestro padre.

Jo-der.

—¿Qué le has dicho exactamente?

—Probablemente más de lo que debería —reconoce Alina, subiendo la barbilla con actitud desafiante—. Pero se merece saber en lo que se está metiendo, ¿no crees?

Flexiono las manos y la rabia recorre cada célula de mi cuerpo. Si fuera cualquier otra persona, ya estaría sangrando.

—¿O sea que le dijiste… qué? ¿Que lo maté? ¿Que lo destripé como a un puto pez?

Ella palidece, pero no aparta la mirada.

—No me acuerdo exactamente.

Claro que no. Estaba drogada, joder. Como puede que lo esté ahora.

Inclinándome hacia la cama, tiro de las sábanas. Esto me pasa por mimarla y dejar que se regodee en su debilidad.

—Levántate y vístete —digo mientras ella retrocede, con los ojos como platos—. Vamos a registrar este lugar de arriba abajo y, cuando la encontremos, le dirás que te lo has inventado todo. Hasta la última palabra, ¿entendido?

—Kolya... —Noto un tono raro en su voz—. ¿Has mirado en el garaje?

Se me congela la sangre.

—¿Qué?

—Encontré las llaves en tu cajón de la mesita de noche —dice con actitud desafiante—, y se las di. Es una persona, no una cosa y, si se quiere ir, no tienes ningún derecho a...

—Eres gilipollas —susurro, tan superado por la rabia y el miedo que no puedo casi hablar—. Hay asesinos tras ella. Si se ha marchado de aquí y la encuentran...

Mi hermana está pálida. Yo me doy media vuelta y corro a toda velocidad hasta el garaje.

Efectivamente, el Toyota ya no está y la puerta del garaje está subida.

Mientras escupo palabrotas, vuelvo rápido a la

casa… y casi atropello a Lyudmila, que ha salido de la cocina para ver a qué venía tanto alboroto.

—Dile a Pavel que lo necesito. Ya —le grito a la cara y me apresuro a subir las escaleras hacia mi despacho.

Cojo mi ordenador, accedo a las grabaciones de las cámaras de seguridad y rebobino hasta que veo el coche de Chloe detenerse en la puerta. La grabación marca las 7:05 de la mañana, hace unas dos horas.

A estas alturas, podía estar en cualquier sitio.

O muerta.

Dejo de respirar durante un momento de lo insoportable y paralizador que me resulta pensarlo. Luego, entra en juego la lógica.

A menos que los enemigos de Chloe acamparan justo fuera de mi finca, es imposible que la hayan encontrado tan rápido. Además, gracias a nuestros drones infrarrojos que patrullan la zona, mis guardias ya se habrían percatado si estuvieran allí.

Lo más probable es que Chloe esté bien, pero asustada por lo que Alina le ha contado. Aún tengo tiempo para buscarla y traerla de vuelta aquí, donde estaremos a salvo.

Algo más calmado, llamo a Konstantin por videollamada.

—Necesito que analices las grabaciones de cada una de las cámaras en un radio de trescientos kilómetros desde la finca, a ver si se ve el coche de Chloe en las dos últimas horas —digo en cuanto aparece en pantalla la cara de mi hermano—. Empieza por las gasolineras; Pavel dijo que el coche tenía poca gasolina.

Es de admirar que Konstantin no haga ni una pregunta.

—Mis chicos se pondrán manos a la obra.

—Llámame cuando tengas algo. Estaré en el coche.

Asiente y se desconecta.

Lo próximo que hago es llamar a mis guardias:

—Reúnete con Kirilov y venid a mi casa —ordeno cuando Arkash coge el teléfono—. Rápido. Nos vamos de viaje.

No espero meterme en líos para recuperar a Chloe, pero solo un idiota no se prepara para lo peor.

—Estaré allí dentro de diez minutos —responde Arkash.

Al colgar, tocan a la puerta y entra Pavel.

—¿La chica? —pegunta secamente. Yo asiento, dando zancadas hasta el muro de atrás. Presiono con la palma un panel escondido y se despliega una parte del muro, en la que hay una pequeña habitación llena de armas y material de combate. El arsenal principal de la casa.

—Prepárate —le digo mientras me quito la camisa —. Vamos a por ella.

Me pongo un chaleco antibalas y me abotono la camisa para evitar sospechas. Pavel hace lo mismo y nos atamos varias armas.

Si nos metemos en un lío, estaremos preparados.

Cuando salimos, Kirilov y Arkash ya están llegando a casa en un vehículo armado. Pavel y yo nos metemos en los asientos de atrás y damos tanto gas que salta la gravilla del camino de acceso. No tengo un destino concreto en mente, pero solo hay una carretera que dé a la montaña y, donde quiera que esté Chloe, para cuando Konstantin me llame estaremos más cerca que si nos quedáramos aquí esperando. Además, también podemos empezar con las gasolineras más cercanas. Veremos si alguien ha podido ver a Chloe en alguna.

—¿Qué ha pasado? —pregunta Pavel en voz baja cuando cruzamos la puerta metálica—. ¿Por qué se ha ido?

Frunzo los labios.

—Alina.

—Ah. —Se calla y mira por la ventana. Yo hago lo mismo, intentando ignorar los golpes secos que me noto en el pecho y el dolor cada vez mayor de la traición.

Mi *zaychik* ha huido.

Me ha dejado.

Así de golpe y sin decirme ni adiós.

Es inaceptable sentirse así, lo sé. Soy el tipo de hombre al que debería temer y despreciar. Lo que sea que le haya contado mi hermana cuando estaba drogada me debió dejar en la peor de las posiciones, pero eso no significa que la historia de Alina sea falsa.

Es cierto que maté a nuestro padre delante de ella.

Aun así, el abandono de Chloe duele. Se entregó a mí. Vino a mis brazos por voluntad propia. Anoche fue mucho más que sexo. Nuestra conexión es tan profunda que la siento en los huesos, pero ella no debe de sentir lo mismo, ya que, de haber sido así, habría sabido que nunca le haría daño, habría confiado en mí para protegerla. El hecho de que prefiera estar por ahí fuera, enfrentándose al peligro mortal, dice mucho de lo que opina sobre mí.

Me tiene miedo.

Cree que soy un monstruo.

Aprieto la mandíbula. Aparece una oscura determinación mientras el coche coge velocidad. Tendría que haber guardado las llaves en una caja fuerte, no en mi mesita y, sin duda, tendría que haber avisado a los guardias para que no la dejaran salir con el coche. No se me pasó por la cabeza que se marcharía tras la noche de ayer, pero debería, y no cometeré el mismo error.

Cuando la traiga de vuelta, no se va a volver a ir.

No le dejaré.

Haré lo que sea necesario para mantenerla a salvo.

La primera gasolinera en la que nos detenemos está atendida por un veinteañero pálido y lleno de granos con una incipiente barriga cervecera.

—No, no la he visto —dice tras mirar detenidamente la foto de Chloe—, aunque es guapa. ¿Qué pasa? ¿Es mitad asiática? ¿Medio latina, quizá?

—¿Y qué me dices de un Toyota Corolla azul de finales de los noventa? —pregunto con suavidad. Lo que sea que ve en mi cara le hace perder el poco color que tiene—. ¿Ha parado algún coche de estas características?

—No, lo siento, tío. —Traga saliva—. Lo habría visto. Solo han venido dos clientes hoy.

Miro a Pavel, que me señala la salida con la barbilla.

No cree que el chico esté mintiendo, y yo tampoco.

La próxima gasolinera más cercana es la que está en la ciudad. Una cajera con canas levanta la vista del periódico al entrar Pavel y yo. Entrecierra los ojos cuando se percata de nuestra apariencia.

Me acerco al mostrador y saco la foto de Chloe.

—¿Ha visto a esta chica? ¿O a un Toyota Corolla azul de finales de los noventa?

La mujer mayor se pone las gafas y analiza cuidadosamente la foto antes de mirarme.

—¿Son policías o algo así? —pregunta con voz ronca.

Me cuesta horrores controlar lo impaciente que estoy.

—O algo así. ¿La ha visto esta mañana o no?

—Esta mañana no. —Entrecierra los ojos mientras me mira a través de las gafas—. Qué cara tan bonita… como salida de una de revista. Y además tan bien vestida. ¿Es usted su novio?

Aprieto el puño al borde del mostrador.

—¿Cuándo la ha visto?

—Ah, hará una semana, más o menos. Paró a repostar y preguntó sobre un anuncio de empleo que vio en el periódico. Desde entonces no la he vuelto a ver, y ya se lo he dicho a los otros.

Se me congela el pecho.

—¿A los otros?

—Dos tipos, de su altura más o menos. Vinieron ayer, tarde. Me enseñaron su foto y todo. Les dije que solo la había visto esa vez y que no tenía ni idea de a dónde había ido.

—¿Qué aspecto tenían? —Pavel me interrumpe y yo estoy de piedra. Mi mente va a mil por hora.

Están aquí.

Saben que ha estado aquí.

Peor aún, saben que estaba consultando mi anuncio de trabajo.

—¿Los dos tipos? Bueno, altos, como le he dicho. Uno tenía el pelo oscuro, un poco más claro que el suyo —me señala—. El otro es más como usted. Ya sabe, con canas, y un poco calvo.

Pavel aprieta la mandíbula.

—¿Edad? ¿Raza? ¿Complexión corporal?

—Caucásico. Unos treinta, el otro cuarenta, quizá. Algo grande y musculoso. —Me mira de arriba a abajo —. No tan guapo como él, eso seguro.

—¿Algo más? —pregunta Pavel—. ¿Tatuajes? ¿Cicatrices? ¿Qué llevaban?

—Vaqueros, creo. ¿O caquis? Ya no me acuerdo bien. Camisas negras o grises, quizá azul marino. Eran oscuras. Sin cicatrices, creo. —Se le enciende la bombilla—. Ah, pero el mayor tenía un tatuaje en la cadera. Le vi un trozo bajo la manga.

—¿Preguntaron sobre el anuncio de trabajo? —pregunto, controlándome aunque por dentro me hierve la rabia.

Tengo que saber cómo de mala es la situación, lo cerca que están de encontrarla.

La mujer asiente.

—Claro. Querían saberlo todo, quién, qué y dónde. Les dije que no lo tenía claro, pero que probablemente fuese la vieja finca Jamieson que estaba en las montañas, la que compró un ruso rico. —Entrecierra los ojos mientras mira a Pavel—. ¿De dónde es el acento que tienen ustedes? Por casualidad no serán de...

—Gracias —digo secamente, y saco el móvil para llamar a Konstantin mientras nos apresuramos al coche.

En cuanto mi hermano lo coge, le recito la descripción que nos ha dado la mujer y pido una actualización de la búsqueda.

Es infinitamente más urgente encontrar a Chloe ya, antes de que lo hagan los asesinos.

—Nada todavía —dijo Konstantin—. De hecho... Espera un minuto. Ahora te llamo. Creo que tenemos algo.

Estaba a punto de montarme en el coche, pero ahora camino de un lado a otro delante del vehículo. Me sube la adrenalina con cada segundo que pasa.

Puede que ya sea demasiado tarde.

Saben de mi finca y el interés que tenía Chloe en ella.

A lo mejor no habían acampado sobre la puerta cuando se fue, pero seguramente no andaban lejos.

Mientras le doy vueltas, toco la ventana de al lado de Pavel.

—Trae un equipo de sanitarios a la finca —le digo de manera seca—. Puede que lo necesitemos.

Noto que me vibra el móvil en el bolsillo y lo cojo.

—¿Diga?

—No la hemos visto, pero sí tenemos una grabación con partes borradas —informa Konstantin—. La misma firma digital que las otras. Dos horas eliminadas, y parece que ha sido hace media hora. Me da que le han seguido la pista y no quieren que nadie lo sepa.

Ya tengo medio cuerpo dentro del coche.

—¿De dónde es la cinta?

—De una gasolinera a unos sesenta kilómetros de ti. Te mando las coordenadas.

Cuelgo y le ordeno a Kirilov que acelere.

50

CHLOE

La carretera se desdibuja ante mis ojos por enésima vez y me seco con dificultad las lágrimas de las mejillas. No sé por qué no puedo evitar llorar, por qué me duele el pecho como si acabara de perder a mamá otra vez. El plátano que he cogido en la gasolinera está en el asiento del copiloto, a medio comer, y aunque es lo único que he ingerido hoy, me entran arcadas de pensar en darle otro mordisco.

Vuelvo a conducir a ciegas, hacia ninguna parte. Debo de haber estado en *shock* durante las dos primeras horas porque apenas recuerdo cómo he llegado hasta aquí. Sé que he repostado en algún sitio, porque el indicador de combustible muestra que el depósito está lleno, pero solo tengo un ligero recuerdo de haber entrado en una tienducha y haber pagado. Estoy segura de que el plátano viene de allí —lo cogí sin pensar, con el piloto automático puesto—, pero no recuerdo habérmelo comido, aunque lo habré hecho.

Estoy bastante segura de que no venden fruta a medio comer, ni siquiera en las gasolineras más cochambrosas.

La carretera que tengo delante se inclina hacia arriba y hace una curva pronunciada, y me obligo a concentrarme. Lo último que necesito ahora es lanzarme por un precipicio. Tal y como están las cosas, siento que eso es más o menos lo que estoy haciendo con cada kilómetro de distancia que pongo entre Nikolai y yo.

He hecho lo correcto, lo más sensato.

Me lo repito a mí misma, pero no me ayuda mucho; no disminuye la sensación de que he cometido un terrible error. Solo han pasado unas horas desde que me he ido, pero le echo tanto de menos que es como si lleváramos meses separados. Cuando estaba de viaje de negocios, sabía que lo volvería a ver, sabía que hablaríamos cada noche, pero ahora ya no hay esa certeza.

Puede que se niegue a hablar conmigo cuando lo llame.

Puede que esté tan enfadado porque me haya ido que no quiera que vuelva.

Ahora que estoy aquí, lejos del recinto, lo que me contó Alina se me antoja la típica divagación de una mente enferma y drogada, y aunque no puedo descartarlo del todo, me estremece la idea de enfrentarme a Nikolai y preguntarle si de verdad mató a su padre.

¿Qué hombre inocente no se sentiría insultado por una pregunta así?

¿Qué novio no se pondría furioso si su novia creyera semejantes mentiras monstruosas?

Debería haberme quedado. Joder, tendría que haberme quedado. Aunque me pareciera arriesgado en ese momento, tendría que haberle dado a Nikolai el beneficio de la duda. Las llaves no prueban nada. Alina podría haberlas tenido todo el tiempo; incluso podría habérselas robado a Pavel. Si Nikolai quería privarme de mi libertad, podía haber tomado todo tipo de medidas, como decirle a los guardias que no me dejaran salir.

Y esa es la cuestión, pienso, sobresaltada. Por eso lo que me parecía tan racional cuando estaba haciendo las maletas me parece ahora un error tan grande. Porque en el momento en que crucé aquella verja, tuve la prueba de que sí podía irme, de que Nikolai no pensaba retenerme allí con alguna intención siniestra. Al principio, el pánico me impidió darme cuenta de ello, pero cuanto más conducía, más se implantaba esa idea, y las consecuencias de mis actos impulsivos me pesaban más con cada kilómetro que pasaba.

Tendría que haber dado la vuelta hace horas.

De hecho, tendrían que haberlo hecho en cuanto salí de la verja.

Echo una mirada frenética a mi alrededor. Hay árboles y acantilados por todas partes. Vuelvo a estar en lo más profundo de las montañas, la carretera frente a mí es tan estrecha que apenas tiene dos carriles. No puedo dar la vuelta aquí; sería un suicidio intentarlo siquiera.

Agarrando el volante con más fuerza, sigo conduciendo y, al final, lo veo.

Hay un poco de espacio extra a la izquierda por donde se curva la carretera.

Miro en el retrovisor, luego miro al frente y hacia atrás.

Nada. No hay coches. Estoy sola.

Piso el freno bruscamente, hago un giro prohibido en U y regreso.

Llevo ya veinte minutos de viaje de vuelta e intento desesperadamente recordar si tengo que girar a la derecha o a la izquierda en el próximo cruce cuando una camioneta negra gira en la carretera y viene hacia mí.

Un escalofrío me recorre la espalda y se me eriza el vello de la nuca.

Podría ser mi paranoia jugándome malas pasadas otra vez, pero esos cristales tintados me suenan demasiado.

No hay tiempo para dudar; dentro de treinta segundos, pasaremos uno al lado del otro. Con un brusco tirón del volante, meto el coche en un pequeño camino de tierra que sube por la montaña a mi derecha y piso el acelerador, haciendo caso omiso al quejumbroso silbido del viejo motor del Corolla.

Si no son ellos, no me seguirán.

Me sentiré tonta, pero mejor eso que muerta.

El corazón me late con fuerza; cada segundo va acompañado de media docena de latidos mientras mi mirada revolotea entre el espejo retrovisor y la empinada carretera llena de baches que tengo delante. «Por favor, que no sean ellos. Por favor, que no sean...».

La camioneta aparece en el espejo; su forma oscura se acerca a mí rápidamente.

Piso el acelerador y respiro entrecortadamente mientras el coche pasa por encima de una serie de baches. La adrenalina me fluye por las venas y me acelera el pulso hasta que solo oigo su rugido en mis oídos.

¡Pop!

El retrovisor derecho estalla y mi terror se multiplica al ver a un hombre asomado a la ventanilla del copiloto del furgón, pistola en mano. Sin pensar, giro el volante hacia la izquierda, y la siguiente bala rompe la ventanilla trasera y hace un agujero en el parabrisas, a apenas un metro de mi cabeza.

La tercera bala pasa silbando por mi hombro y saboreo la muerte. Noto sus dedos helados y resbaladizos. Es todo aquello que no he hecho, lo que no se ha dicho, todo lo que ya no se hará... Es Nikolai susurrándome al oído lo mucho que me quiere, que me ama, y Slava con aquella risita suya mientras me abraza fuerte. Es la amargura de saber que estos hombres se saldrán con la suya, como ya pasó con el asesinato de mamá, y el dolor de que nadie sabrá nunca cómo morí.

Una cuarta bala atraviesa el asiento a un centímetro de mi costado derecho y vuelvo a dar un volantazo, desesperada por evitar lo inevitable, por vivir al menos un segundo más. La furgoneta está ahora justo detrás de mí, y se acerca a mi Corolla como una montaña negra, y cuando intento apartarme de la trayectoria de la siguiente bala, su parachoques choca contra el mío, con fuerza, y me empuja la cabeza hacia delante.

¡Pop!

El fuego me atraviesa la parte superior del brazo, la sensación es tan aguda y repentina que al principio no me duele. Sin embargo, siento que algo caliente y húmedo se desliza por mi brazo cuando el furgón vuelve a chocar con mi coche y lo hace temblar por la enorme sacudida. El dolor me sobreviene entonces en una oleada nauseabunda, y con la desesperación de un animal moribundo, me quito el cinturón de seguridad de un tirón y abro la puerta de un empujón.

¡Pop!

Lo que queda del parabrisas se hace añicos cuando impacto contra el suelo con tanta fuerza que se me escapa todo el aire de los pulmones. Aturdida, ruedo dos veces antes de aterrizar de espaldas y veo, horrorizada y aturdida, cómo el furgón embiste por última vez a mi Corolla, sacándolo de la carretera y aplastándolo contra un grueso árbol. Con un chirrido ensordecedor de metal chocando con metal, el viejo coche se pliega como un acordeón e, igual que en las películas, se incendia. El furgón retrocede inmediatamente y gracias a un último remanente de fuerza, consigo ponerme de pie.

«Corre, Chloe».

Respirando entrecortadamente, me tambaleo hacia los árboles con unas piernas que parecen cerillas rotas y unas rodillas que amenazan con ceder a cada paso que doy. Se me traba el pie en una raíz y el dolor me atraviesa el tobillo izquierdo —el mismo tobillo que me torcí escondida en el armario de mamá—, pero aprieto los dientes y me obligo a alargar las zancadas, ignorando la sangre caliente que me gotea por el brazo y el mareo que me invade en oleadas. No puedo rendirme, no si quiero vivir, así que continúo, sigo renqueando hacia delante, medio trotando, medio corriendo, como si fuera un zombi.

Una voz masculina grita algo detrás de mí, y me obligo a apurar el paso, con sollozos desgarrados que se me escapan de los labios mientras otra bala pasa zumbando junto a mi oído y astilla una rama frente a mí.

—¡Hija de puta!

Un sexto sentido hace que me agache y, justo entonces, una bala se estrella contra un árbol en lugar de contra mí mientras me tambaleo.

«Corre, Chloe».

La voz de mamá es más clara que nunca y, con una fuerza que no sabía que tenía, me lanzo a correr a toda velocidad. El tobillo se queja cada vez que el pie entra en contacto con el suelo y se me nubla la vista por las náuseas y el dolor, pero corro a más no poder.

Solo que no es suficiente.

No es suficiente.

Una fuerza similar a la de un camión se abalanza sobre mí, me hace perder el equilibrio y un enorme peso me aplasta contra la tierra llena de hojas. Noto que se me aplasta la caja torácica y casi no puedo ni resoplar, pero, milagrosamente, el peso desaparece al instante y caigo de espaldas.

Cuando se me despeja la vista, veo a un enorme hombre de pelo oscuro a horcajadas sobre mí, con la pistola apuntándome a la cara y la boca torcida en un gruñido triunfal.

—Ya te tengo, zorra —dice, jadeando—. Y como nos has hecho sudar la gota gorda, ahora nos debes un poco de diversión.

51

CHLOE

EL AIRE ME ENTRA EN LOS PULMONES FALTOS DE oxígeno y agito el puño a ciegas, quiero darle un puñetazo a ese rostro engreído. Él lo intercepta con facilidad, con unos dedos brutales que me agarran la muñeca y la inmovilizan contra el suelo mientras me clava el cañón de la pistola bajo la barbilla.

—Vuelve a moverte y te vuelo la puta cabeza —gruñe, y le creo.

Veo mi muerte en sus ojos oscuros e inexpresivos.

—¿Qué coño, Arnold? —exclama una segunda voz, y otro hombre aparece por encima de nosotros. También armado con una pistola, parece mucho mayor que mi captor, tiene el pelo entrecano, entradas y la cara enrojecida por haber corrido. Casi sin aliento, ordena—: Métele una bala y listo, joder.

—Todavía no —murmura Arnold, con los ojos pegados a mi boca—. La tía es guapa. ¿Te habías fijado?

—Así no hacemos las cosas —repone el otro con aspereza.

—Me la pela. De todos modos, va a palmar. ¿Qué más da si disfrutamos un poco antes de enterrarla?

El estómago se me revuelve con otra oleada de náuseas y solo el frío cañón que me empuja la barbilla me impide arrancarle los ojos a ese gilipollas cuando me suelta la muñeca y me presiona con un grueso y sucio pulgar los labios apretados.

—Termina el puto trabajo de una vez.

El tono del hombre mayor es más agudo, más apremiante, y por un momento tengo sentimientos encontrados y no sé si Arnold va a obedecer. Pero se inclina hacia mí y me pasa la lengua húmeda y con olor a cecina, como si fuera un perro, y cuando se me escapa un grito de asco, me mete el pulgar en la boca y lo empuja tanto que me dan arcadas.

—Así me gusta, zorra —susurra, con unos ojos que gritan lujuria y excitación descarnada—. Eso me pone...

Un fuerte chasquido rompe el silencio y el hombre retira la mano. Un milisegundo más tarde, está de pie ante mí, con el arma en alto mientras gira a la velocidad del rayo, aunque no lo bastante rápido.

La segunda bala lo estrella contra el árbol que hay detrás de mí, y mientras retrocedo sobre mis manos y el trasero, veo al hombre mayor ya en el suelo, con la boca abierta y el cráneo reventado; sus sesos se esparcen por la tierra como si fuera requesón mohoso.

NIKOLAI

Me muevo rápidamente antes de que desaparezca el sonido de mi último disparo, salgo de detrás de los árboles para acortar la distancia entre Chloe y yo. Levanta la vista del hombre muerto a su lado, con la cara manchada de sangre y mugre; veo en sus ojos marrones que no comprende lo que acaba de pasar. Retrocede y abre la boca en un grito silencioso cuando me acerco.

—Shhh, ya está. Soy yo. —Me arrodillo y la abrazo, sintiendo el temblor convulso de su cuerpo y del mío. Tiemblo de alivio, de rabia y del miedo que acabo de pasar, del horrible temor de que hubiéramos llegado demasiado tarde.

Estábamos casi en la gasolinera cuando Konstantin me llamó de nuevo con la noticia de que su equipo había logrado la hazaña casi imposible de hackear un satélite de la NSA, y que podía localizar la ubicación exacta del coche de Chloe... y del furgón negro que estaba a menos de media hora de ella y la perseguía.

Decir que rompimos todos los límites de velocidad existentes sería quedarnos cortísimos. Arkash aún se está recuperando de la decena de veces que estuvimos a punto de caer por un precipicio. Y un poco más y no lo conseguimos. El terror que me ha asaltado al ver su coche hecho un acordeón y en llamas... Si no hubiera sido por la furgoneta vacía que había al lado y el ruido de los disparos cerca, habría perdido la puta cabeza.

En realidad, sí que la he perdido cuando la he visto en el suelo con el asesino de pelo oscuro a horcajadas sobre ella, con expresión lujuriosa en la cara.

El hijo de puta iba a violarla antes de matarla.

Era la única razón por la que no estaba ya muerta.

Aprieto los brazos a su alrededor y ella emite un leve sonido de angustia.

Me aparto de inmediato.

—¿Estás herida, *zaychik*? ¿Te han hecho daño?

No responde, solo me mira con ojos enormes y vacíos, con las pupilas tan abiertas que el iris parece negro. Está en estado de *shock*, y no es de extrañar. Hasta un soldado experimentado estaría traumatizado.

Con cuidado, la tumbo y empiezo a buscar si tiene alguna herida, empezando por las costillas y el estómago. Me alivia encontrar solo rasguños y magulladuras en el torso, pero cuando con la mano le rozo el brazo derecho, se sacude con un grito de dolor y su rostro se vuelve gris. Aparto la mano y se me dispara el pulso al ver la mancha roja en mis dedos mientras ella aprieta los ojos y respira entrecortadamente.

Joder. Sí, está herida.

Intento controlar las manos y le rasgo la manga.

—¿Un disparo? —pregunta Pavel en ruso, justo cuando aparece a mi lado, y yo asiento con la cabeza. Mientras, me arranco un trozo de camisa para hacer un vendaje improvisado.

—Parece que la ha atravesado limpiamente, pero está perdiendo mucha sangre.

—Él también —dice Pavel, y aparto la mirada de Chloe para ver a su agresor. Está sentado contra el tronco de un árbol a unos metros de distancia; Kirilov ejerce presión sobre la herida del pecho y Arkash está ahí montando guardia.

—No creo que dure lo suficiente como para llevarlo a casa —dice Pavel mientras termino rápidamente de atarle el vendaje y sigo examinando a Chloe. Ha recuperado algo de color, pero tiene los ojos cerrados y la respiración demasiado apurada para mi gusto—. Si quieres interrogarlo, tendrá que ser ahora.

Joder. Mira que intenté hacerle el daño justo a ese hijo de puta para interrogarlo... Si muere, también morirá nuestra oportunidad de obtener respuestas.

Termino rápidamente de palpar a Chloe y me pongo en pie de un salto. Por mucho que quiera llevar a mi *zaychik* a un médico de inmediato, sus heridas no son mortales, pero no saber quiénes son sus enemigos sí podría serlo.

Estos hombres son profesionales, lo que significa

que alguien los ha contratado, alguien poderoso, y necesito saber quién es.

—Vigílala —le digo a Pavel y me acerco al sujeto en cuestión.

Respira entrecortadamente, tiene la cara muy pálida y toda la parte delantera del cuerpo empapada de sangre.

Pavel tiene razón. No le queda mucho tiempo. Quería dispararle en el hombro, pero giró demasiado deprisa, alertado de mi presencia por la bala con la que le atravesé el cráneo a su colega. Como Pavel y el resto del equipo no pudieron seguir el ritmo de mi aterrorizada carrera, no tuve más remedio que acabar con ambos asesinos rápidamente, antes de que pudieran hacerle algo a Chloe.

En retrospectiva, tendría que haberlos herido a ambos.

Cuando me agacho frente al moribundo, levanta los párpados y veo unos tormentosos ojos oscuros.

—¿Quiénes coño sois? —pregunta con voz ronca, para luego cerrar los ojos, agotado por el esfuerzo.

—Eso no te incumbe. —A pesar de la rabia que me enciende, mantengo un tono tranquilo y controlado—. ¿Quién os ha contratado? ¿Por qué la perseguíais?

Retuerce el labio superior en un gruñido.

—Que te follen.

—Te estás muriendo y lo sabes. Puedo dejar que te vayas paz o... —Saco la navaja y la abro— puedo hacerte picadillo y sentir dolor hasta el último segundo.

Abre los ojos con fuerza.

—Vete a la mierda.

Echo una mirada por encima del hombro. Chloe está inmóvil, con los ojos cerrados. Con suerte, se habrá desmayado o, al menos, estará tan conmocionada que no se dará cuenta de lo que viene a continuación.

Sea como sea, no hay opción.

Necesito obtener respuestas, rápido.

Capto la mirada de Arkash.

—Hazlo.

El guardia saca una jeringa y apuñala al asesino moribundo en el cuello, inyectándole la droga patentada de nuestra división farmacéutica, por la que el ejército ruso paga millones.

El hombre apenas reacciona al principio e intenta tocarse el lugar de la punción con una mano débil. Sin embargo, un momento después, sus ojos se abren de par en par y se incorpora, su respiración se acelera mientras el color se apodera de sus pálidas mejillas.

—Epinefrina mezclada con otras sustancias divertidas —le digo con un deje cruel—. Te mantendrá bien despierto hasta el momento en que la palmes. Que será dentro de unos minutos tranquilos... o terribles. Tú decides.

Ahora está jadeando y el sudor le resbala por la cara.

—¿Quién coño eres?

—Como no empieces a hablar, seré el hombre que hará de tus últimos momentos un infierno. —Les hago un gesto a Arkash y Kirilov, y agarran los brazos del hombre, a quien levantan sin esfuerzo a pesar de sus forcejeos.

—Última oportunidad —le digo, pero el cabronazo se limita a mirarme.

Sonrío sombríamente. Ya imaginaba que me lo pondría difícil. Aunque prefiero jugar limpio, esta es la única vez que estoy deseando poner en práctica las habilidades que me enseñó Pavel.

Con la rapidez de una serpiente de cascabel, le clavo el cuchillo en el riñón y retuerzo la hoja.

El grito que sale de su garganta es casi inhumano. La droga no solo lo mantiene consciente, sino que aumenta todas las sensaciones, con lo que el dolor se magnifica por mil.

Antes de que pueda recuperarse, saco la hoja y le corto el estómago dos veces, atravesándole la piel, la grasa y el músculo con una gran X.

Los ojos se le salen de las cuencas y lanza otro grito desgarrador cuando le desprendo los colgajos triangulares de carne y se le ven las entrañas.

—¿Te has preguntado alguna vez qué se siente cuando te cortan los intestinos sin anestesia? —pregunto como si tal cosa—. ¿No? Porque estás a punto de averiguarlo. De hecho, espera, no… creo que eso te mataría demasiado rápido. Empezaremos por abajo. —Con otro movimiento rápido, le atravieso los vaqueros por la ingle y le dejo al descubierto la polla y las pelotas.

—¡Espera! —Tiene los ojos desorbitados cuando vuelvo a bajar el cuchillo—. Te lo diré.

Me detengo a un centímetro de su polla encogida.

—Adelante.

—No sé por qué, ¿vale? Nunca nos lo dijo. —Tose y escupe sangre—. Solo dijo que teníamos que eliminarlas.

—¿Eliminarlas?

—A la mujer y... a la chica.

Mierda.

—¿Teníais que matarlas a las dos ese día?

—Sí. —Su cara se vuelve cada vez más pálida—. Solo que la chica llegó tarde. Y, entonces, nos vio y... — Vuelve a toser, débilmente, y sé que la droga está perdiendo la batalla contra su cuerpo moribundo.

—¿Quién es? —exijo con urgencia mientras va cerrando los párpados—. ¿Quién os contrató? —Le presiono la punta afilada punta en las pelotas—. ¡Dame un puto nombre!

Abre los ojos de forma sombría y balbucea tres sílabas, un nombre que casi me hace soltar el cuchillo. Mi mirada atónita se cruza con la de Arkash y Kirilov; a sus rostros se asoma la misma expresión de incredulidad.

—¿Acabas de decir...? —empiezo a preguntar, devolviendo la atención al asesino, solo para callar, frustrado.

Sus ojos están ya vacíos y su pecho no se mueve; la cabeza pende sin fuerzas hacia un lado.

Se acabó. El hijo de puta la ha palmado.

Me pongo en pie de un salto, con la mente a mil por hora dándole vueltas a lo que sé.

El hombre que ha nombrado tendría los recursos para hacer esto y más, pero ¿qué motivación podría tener? ¿Qué relación hay? ¿Cómo se habría cruzado su camino con el de Chloe?

A menos que… no fuera así.

Chloe no era la única persona en su lista de objetivos; su madre también estaba en ella.

Y entonces, de repente, caigo en la cuenta.

California. Una madre joven, todavía menor de edad en el momento del nacimiento de Chloe. Un padre que nunca conoció. Una beca completa que apareció de la nada.

Un hombre distinto, uno con una familia normal y cariñosa, nunca llegaría a una conclusión tan retorcida, tan oscura. Pero soy un Molotov y sé que compartir sangre no implica lealtad ni seguridad.

Sé que el amor puede ser más violento que el odio.

Con el corazón desbocado, me giro para mirar a Chloe.

Si estoy en lo cierto, su mera existencia es un escándalo que podría acabar con su carrera… y otro supuesto padre merece mi cuchillo.

CHLOE

Estoy en el infierno. O eso o estoy atrapada en una pesadilla. Me arde el brazo, se me revuelven las tripas y, cada vez que se despeja la oscuridad de mi mente y abro los párpados, veo a Nikolai haciendo algo cada vez más terrible mientras su voz profunda pero suave profiere amenazas que me hacen subir la bilis. Y los gritos que siguen… Se me revuelve el estómago y, milagrosamente, consigo no vomitar.

Esto no es real.

No puede serlo.

La niebla oscura amenaza con inundarme de nuevo y me concentro en respirar poquito a poco y mantener los ojos cerrados. Tiene que ser un sueño, un sueño horrible y demasiado gráfico, o una alucinación provocada por el terror extremo. ¿Cómo si no iba a estar Nikolai aquí? ¿Cómo podría haberme encontrado?

¿Y cómo lo hicieron los asesinos de mi madre?

Supongo que me he vuelto a quedar inconsciente, porque cuando vuelvo a abrir los ojos, estoy en el asiento trasero de un todoterreno en marcha, cómodamente instalada en el regazo de un hombre. El regazo de Nikolai. Reconocería ese aroma a cedro y bergamota en cualquier lugar. Me rodea y abraza con sus brazos fuertes, y se me aceleran los latidos de alivio cuando me doy cuenta de que esto no es un sueño.

Nikolai está aquí.

Ha venido a por mí.

Imagino que hago algún tipo de ruido porque se aparta un poco, con la mirada encendida en su rostro tenso.

—Ya llegamos —me promete, con la voz más áspera que le he oído jamás—. El médico nos está esperando.

Mientras habla, noto un dolor punzante en el brazo derecho y una sensación general de mareo y debilidad extrema, además de la sensación de que me han aporreado con un palo. Esto último debe de ser por haber saltado del coche y porque el más joven me tiró al suelo. Mi ritmo cardíaco se triplica al recordar su rostro sobre mí, el hambre retorcida en aquellos ojos oscuros e inexpresivos.

¿Cómo he pasado de ahí a aquí?

¿Cómo es que Nikolai...?

De repente, mi mente se aclara y se precipitan los recuerdos, cada uno más nauseabundo que el anterior. El hombre mayor con el cráneo reventado... Nikolai saltando hacia mí, con la pistola en la mano... Su interrogatorio al hombre que quería violarme; las amenazas de Nikolai y la forma brutal y hábil en que blandía la navaja... Y los gritos, esos gritos desgarradores y espeluznantes...

Empiezo a temblar cuando mi mirada recorre el coche; reparo en Pavel con un rostro pétreo junto a nosotros y los dos hombres de aspecto peligroso de delante. Nunca los había visto antes, pero deben ser guardias del complejo. Vuelvo a mirar a Nikolai, ese rostro perfectamente esculpido que puede ser salvaje y tierno a la vez, y me fijo en una raya marrón rojiza sobre un pómulo.

Sangre. Sangre seca.

Mis temblores se intensifican. Nikolai malinterpreta la causa y me acaricia la mandíbula con una expresión más suave ahora.

—Ya está, *zaychik*, ya estás a salvo. No pueden hacerte daño.

Pero él sí. Soy plenamente consciente de que estoy a merced de este hombre apuesto y aterrador. Estar en su regazo no hace sino resaltar las diferencias de tamaño y fuerza entre nosotros; su cuerpo grande y potente me envuelve toda, los músculos del brazo que noto a mi espalda son tan ineludibles como una cadena de hierro. Tampoco es que pudiera escapar... no con sus hombres aquí, no mientras el todoterreno circule a toda velocidad.

Es mejor no saber, pero no puedo contenerme.

—Has sido tú, ¿verdad? —pregunto en un susurro tenso—. Le has disparado en la cabeza.

Ahora es como si Nikolai llevara una máscara, porque desaparece cualquier rastro de expresión.

—No he tenido más remedio. Si solo le hubiera herido, podría haberte matado mientras yo me ocupaba de su compañero. Con los dos allí, tenía que eliminar a uno, y rápido.

—Y el otro hombre... —Contengo una oleada de náuseas al recordar los gritos—. ¿Está...?

—Muerto por las heridas, sí. —No hay remordimientos en la voz de Nikolai, ni señal de culpabilidad en su mirada, y se me hiela la sangre cuando me doy cuenta de que ya ha hecho esto antes.

Ha matado y torturado a otros.

Incluyendo, muy probablemente, a su propio padre.

—¡Para el coche! —Las palabras salen volando de mi boca antes de que pueda plantearme si es sensato o no. Ignorando el punzante dolor del brazo, interpongo las manos entre nosotros y le empujo el pecho, que, por alguna razón, parece estar recubierto de acero. Desesperada, recurro a la súplica—. Por favor, Nikolai, déjame salir. Necesito... solo dame un minuto.

No se mueve, ni tampoco ninguno de sus hombres, mientras dice en voz baja:

—Ya casi estamos en casa, *zaychik*. Solo unos minutos más.

¿A casa? Mi mirada de pánico pasa a la ventana y el miedo me oprime el pecho al reconocer el camino que lleva al recinto, cuyas empinadas curvas recorrí esta misma mañana mientras huía del hombre que me retenía... el hombre que no creía que fuera un asesino de verdad.

—No te preocupes. He hecho venir al médico y a su equipo —dice Nikolai, abordando una pregunta que empezaba a formarse en mi mente—. Han traído todo lo necesario para tratarte.

Me fijo en su expresión implacable y mi miedo aumenta con cada segundo que pasa.

—Preferiría ir un hospital. Por favor, Nikolai... llévame a un hospital.

—No puedo. —Sus rasgos cincelados bien podrían ser de granito—. No es seguro.

—¿Seguro? Pero si...

—Esos dos eran unos asesinos a sueldo. Pero de donde han salido habrá muchos más.

Se me seca la garganta. Con todo el pánico, casi me he olvidado del misterio de las motivaciones de los asesinos.

—¿Eso te dijo el hombre...? ¿Ese al que... has interrogado? —¿Será correcta mi teoría, a fin de cuentas? ¿Mi madre fue testigo de algo que no debía?

—Sí, y Chloe... —Enmarca mi mejilla con su gran y cálida palma, el tierno gesto contradice la dureza de sus rasgos—. Querían mataros a las dos.

—¿Qué? —Me echo hacia atrás—. No, eso no es posible...

—Eso ha dicho el asesino. Si no hubieras llegado tarde a casa... —Baja la mano y veo cómo se le tensa un músculo en la mandíbula.

—Pero eso no... —Me callo cuando afloran en mi mente fragmentos de la conversación que oí aquel día.

«Tenía que estar aquí... Tal vez haya tráfico...».

Oí a los asesinos decir eso, pero por alguna razón, no até cabos y no me di cuenta de que estaban hablando de mí, que me esperaban.

—No lo entiendo. —Vuelvo a temblar, con un escalofrío que no tiene nada que ver con el aire acondicionado del interior del coche—. ¿Por qué querrían matarme? No he hecho nada, no conozco a nadie, no soy nadie.

La expresión de Nikolai cambia y aflora una extraña lástima en su mirada.

—Yo creo que sí, *zaychik*.

—¿Qué? —Vuelvo a empujarle el pecho extrañamente duro y casi me desmayo por la nueva explosión de dolor que noto en el brazo. Su rostro aparece frente a mis ojos, y todavía estoy luchando por no desmayarme cuando me doy cuenta de algo que me deja estupefacta.

Esa dureza es un chaleco antibalas.

Sin embargo, en el momento siguiente me olvido de todo porque Nikolai pregunta:

—¿Te dice algo el nombre de Tom Bransford?

Las sílabas no tienen sentido al principio.

—¿Te refieres... al candidato a la presidencia? —En cuanto la pregunta sale de mis labios, me doy cuenta de lo absurdo que es. Es imposible que se refiera al senador californiano que está en todas las noticias estos días, al que comparan con JFK. Seguro que lo he oído mal o…

—El mismo. —Sus ojos adquieren el brillo del oro antiguo—. A menos que haya otro Tom Bransford con los recursos para contratar a asesinos a sueldo, borrar las cintas de seguridad y alterar los registros policiales.

—¿Registros policiales? ¿Cómo?

—He revisado todos los expedientes relacionados con tu caso —dice con suavidad— y no hay constancia de ningún hombre enmascarado en el piso de tu madre, ni sobre la camioneta negra que estuvo a punto de atropellarte. De hecho, según el expediente oficial, fue un vecino el que descubrió a tu madre; tú ni siquiera apareciste para identificar el cadáver.

—¡Eso no es cierto! Fui a comisaría y…

—Lo sé. —Se le oscurece la mirada—. Y hay más. Tus correos electrónicos a los periodistas nunca llegaron a su destino. Alguien con unas destrezas muy concretas se aseguró de que acabaran bloqueados o marcados como correo basura, y también se deshizo de cualquier prueba que hubiera de tu historia, como las grabaciones de las cámaras de tráfico y las cintas de seguridad que demostrarían que te habían atacado.

Siento como si se abriera una grieta bajo mis pies.

—¿Cómo sabes todo esto? —Me tiembla la voz y mis pensamientos giran como ramitas en un tornado. No sé qué pensar ni qué creer y el dolor palpitante de mi brazo no ayuda—. ¿Cómo has…?

—Porque yo también tengo recursos. Incluyendo algunos que Bransford no tiene.

Claro. Por eso me ha encontrado tan rápido hoy… y por eso estoy jodida si quiere hacerme daño. El corazón me late dolorosamente y un sudor frío me empapa la camiseta mientras me embarga otra oleada de mareos. Hasta veo puntitos negros. Debo de haber perdido mucha sangre, por eso me siento así. Desperada, aspiro el aire, pero me ayuda hasta cierto punto. La voz me suena como si viniera de muy lejos cuando pregunto temblorosamente:

—¿Por qué has venido a por mí? ¿Por qué…? —Vuelvo a inspirar hondo—. ¿Y por qué me llevas a tu casa otra vez?

Sus ojos recuperan esa expresión intensa y salvaje.

—¿Por qué no iba a hacerlo?

«Porque hui», pienso con desgana. «Porque lo más probable es que seas un psicópata incapaz de tener sentimientos de verdad. Porque nada de esto tiene sentido, sobre todo lo que hay entre tú y yo».

Acabo ofreciéndole la única razón que puedo, la que más me pesa de todas.

—Porque si tienes razón sobre Bransford, tu familia y tú estáis en un peligro aún mayor. —Me flaquea la voz mientras me sobreviene otro mareo. Aun así, resisto—. Deja que me vaya. Ahora. Antes de que sea demasiado tarde.

Se le dibuja una oscura sonrisa en los labios sensuales, un destello divertido e irónico se asoma a su mirada mientras me acaricia suavemente la mejilla.

—No sé si te has dado cuenta, *zaychik* —dice con tiento—, pero mi familia y yo no somos precisamente ajenos al peligro. De hecho, estamos muy familiarizados con él.

Entonces me besa, primero con suavidad y luego con urgencia creciente y, a pesar de todo, un calor familiar se enciende en mi interior. Ahonda ese beso, su lengua se acopla a la mía en un baile primitivo y completamente ajeno a la falta de intimidad. Me da vueltas la cabeza y me siento aún más mareada… hasta que él es la única ancla sólida de mi mundo. Abrumada, me aferro a él, agarrándole la camisa. Mis pensamientos se disuelven con la oscura atracción del deseo y ya no importa que le haya visto arrebatar dos vidas hoy; me da igual que pueda ser un auténtico monstruo.

Nada importa salvo nosotros dos y, cuando me deja volver a respirar, ya hemos cruzado la verja, de vuelta a sus dominios.

—No te preocupes, *zaychik* —murmura. Con el pulgar me acaricia el labio inferior y un escalofrío recorre mi maltrecho cuerpo—. Llegaremos al fondo de esto, te lo prometo. Te mantendré a salvo. —Y en sus ojos leo lo que no dice:

«Aunque te opongas».

ANTICIPO

¡Gracias por leer esta historia! Si quieres dejar una reseña, te lo agradeceré enormemente. La historia de Chloe y Nikolai continúa en *La jaula del ángel*.

¿Quieres que te avise de mis novedades? Inscríbete en mi lista de correo electrónico en www.annazaires.com/book-series/espanol.

Y ahora, por favor, pasa la página para leer unos fragmentos de *Noches Blancas* y *Mi Tormento*.

EXTRACTO DE NOCHES BLANCAS DE ANNA ZAIRES Y CHARMAINE PAULS

Poder. Eso fue lo que me vino a la mente al verle por primera vez, al otro lado de la sala de urgencias. Poder y peligro.

Alex Volkov, uno de los oligarcas rusos más ricos, es un hombre tan magnético como despiadado. Siempre consigue lo que desea, y lo que ahora desea es a mí, metida en su cama.

Es el tipo de peligro del que toda mujer debiera salir corriendo. La bala que su guardaespaldas ha recibido por él lo demuestra.

Debería mantenerme alejada pero, solo por una noche, cedo a la tentación. Antes de darme cuenta, él me está arrastrando más y más a su mundo de excesos y violencia e invadiendo no solo mi vida, sino también mi corazón.

¿Hasta qué punto puedo depositar mi confianza en un hombre tan peligroso? ¿Hasta dónde me atrevo a arriesgar por su amor?

Me giro desde el lavabo, echo un vistazo a dónde estaba el herido… y me encuentro con un par de ojos de color azul acerado clavados en mí.

Es uno de los hombres que estaba junto a la víctima, probablemente uno de sus parientes. En general no está permitido que los acompañantes entren en el hospital por la noche, pero Urgencias es la excepción a esa regla.

En vez de apartar la mirada, como haría la mayoría de la gente cuando les pillas mirándote, el hombre continúa repasándome.

Intrigada y a la vez un poco molesta, yo hago lo mismo con él.

Es alto, bastante más de uno ochenta, y de hombros anchos. No es guapo a la manera tradicional. Guapo sería un término demasiado endeble para describirle. Más bien rezuma magnetismo.

Poder. Eso es lo que me viene a la mente al mirarle. Está presente en la inclinación arrogante de su cabeza, en la forma en que me mira, con calma, totalmente seguro de sí mismo y de su habilidad de controlar todo lo que le rodea. No sé quién es ni a qué se dedica, pero dudo que se trate de algún chupatintas en una oficina cualquiera. Este hombre está acostumbrado a dar órdenes y a que las obedezcan.

La ropa le sienta bien y parece ser cara. Tal vez hasta esté hecha a medida. Viste una gabardina gris, pantalones gris oscuro con una sutil rayita, y unos zapatos italianos de piel. Lleva el pelo castaño oscuro muy corto, casi al estilo militar. Ese corte sencillo combina bien con su rostro, marcado por unas facciones duras y simétricas. Tiene los pómulos altos y una nariz afilada con una ligera protuberancia, como si se la hubiese roto en el pasado.

No tengo ni idea de la edad que tendrá. Su cara no tiene arrugas, pero no hay nada de juvenil en ella. Ni un atisbo de suavidad, ni siquiera en la curva de sus labios. Le calculo unos treintaitantos, pero lo mismo podría tener veinticinco que cuarenta.

No se remueve ni parece sentirse incómodo mientras prosigue nuestro concurso de miradas. Solo se queda allí en silencio, totalmente inmóvil, con su mirada azul clavada en mí.

Para mi conmoción, mi corazón late más deprisa y un cosquilleo ardiente me recorre la espina dorsal. Es como si la temperatura de la sala hubiese subido diez grados de golpe. De repente, el ambiente se carga de contenido sexual, haciendo que sea consciente de mi condición femenina de una forma que nunca antes había experimentado. Puedo sentir el tejido sedoso de mi conjunto de ropa interior acariciándome entre las piernas y rozándome los pechos. Todo mi cuerpo parece acalorado y sensible y mis pezones se tornan guijarros por debajo de todas las capas de mi ropa.

Hostia puta. Así que esto es lo que se siente al sentirse atraído por alguien. No es racional, ni lógico. No hay ningún encuentro de corazones y mentes implicado. No, es un instinto básico y primitivo. Mi cuerpo lo ha reconocido a algún nivel animal, y quiere copular.

Él también lo nota. Es evidente en la forma en que sus ojos azules se oscurecen, con los párpados a media asta, y en la forma en que sus fosas nasales se dilatan como si trataran de captar mi olor. Sus dedos se crispan y luego se cierran formando puños, y yo sé de alguna manera que está intentando controlarse para evitar ir lanzarse sobre mí aquí y ahora.

Si estuviésemos solos, no me cabe duda de que ya lo tendría encima.

Todavía mirando al desconocido, retrocedo. La intensidad de mi respuesta a él es aterradora, inquietante. Estamos en medio del departamento de Urgencias, rodeados de gente, y en lo único en lo que soy capaz de pensar es en sexo ardiente, de ese que deja la cama enmarañada al final. No tengo ni idea de quién es él, ni de si está casado o soltero. Por lo que sé, o es un delincuente o un gilipollas. *O un cabrón infiel como Tony.* Si alguien me ha enseñado a pensármelo dos veces antes de confiar en un hombre, ese ha sido mi ex novio. No quiero volver a tener nada con nadie tan pronto después de mi última y desastrosa relación. No quiero volver a tener esa clase de complicaciones en mi vida.

Está claro que el alto desconocido tiene otras ideas al respecto.

Después de mi cautelosa retirada, él entorna los ojos, y su mirada se hace más afilada, más concentrada. Luego se acerca hacia mí, con unos pasos muy elegantes para un hombre tan grande. Hay algo en sus movimientos que me recuerda a los de una pantera, y por un instante, me siento como un ratón acechado por un enorme felino. Instintivamente, retrocedo otro paso más, y su severa boca se tensa con una mueca de disgusto.

Maldición, me estoy conduciendo como una cobarde.

Dejo de retroceder y me planto en mi sitio, muy derecha y exhibiendo toda mi altura de un metro setenta y tres. Siempre soy la tranquila y la capaz, y manejo situaciones de gran estrés sin problemas, pero ahora mismo me estoy comportando como una colegiala delante del objeto de su primer enamoramiento. Sí, este hombre me hace sentir incómoda, pero no hay nada que temer. ¿Qué es lo peor que podría hacer? ¿Pedirme una cita?

Sin embargo, me tiemblan un poco las manos cuando él se acerca y se detiene a menos de un metro de mí. A esta distancia, es más alto de lo que creía, varios centímetros más de uno ochenta. Yo no soy bajita, pero me siento diminuta allí frente a él. No es una sensación que me agrade.

—Eres muy buena en tu trabajo. —Tiene la voz grave y algo quebrada, con un ligero acento de Europa del Este. Solo escucharla hace que mis entrañas se estremezcan de una forma extrañamente placentera.

—Gracias —le digo, un poco titubeante. *Soy* buena en mi trabajo, pero no me esperaba un cumplido de este desconocido.

—Has cuidado bien de Igor. Gracias por eso.

Igor debe de ser el paciente con la herida de bala. Ese nombre suena a extranjero. ¿Ruso, tal vez? Eso explicaría el acento del desconocido. Aunque hable inglés con fluidez, no es un nativo.

—No hay de qué. —Estoy orgullosa de lo sereno que es mi tono. Con suerte, él no se dará cuenta de cómo me afecta—. Espero que se recupere enseguida. Si es algún pariente...

—Mi guardaespaldas.

¡Guau! Tenía razón. Este hombre es un pez gordo. ¿Querrá eso decir...?

—¿Le dispararon en el cumplimiento de su deber? —pregunto, conteniendo el aliento.

—Me ha salvado de un balazo destinado a mí, sí. —Su tono es despreocupado, pero capto una cierta rabia reprimida por debajo de esas palabras.

Me obligo a tragar saliva.

—¿Ya ha hablado con la policía?

—Les he hecho una breve declaración. Hablaré con ellos con más detalle una vez Igor se encuentre estable y recupere la conciencia.

Asiento, sin saber qué contestarle a eso. Al hombre

que tengo delante casi le han asesinado hoy. ¿Quién será? ¿Algún capo de la mafia? ¿Un político?

Si me quedaba alguna duda acerca de si era buena idea explorar esta extraña atracción entre nosotros, acaba de esfumarse. Este desconocido no me conviene, y tengo que mantenerme tan alejada de él como pueda.

—Le deseo a su guardaespaldas una pronta recuperación —digo en un tono falsamente alegre—. Si no surgen complicaciones, se pondrá bien.

—Gracias a ti.

Sonrío a medias al hombre y doy un paso hacia un lado, esperando poder pasar junto a él y dirigirme hacia mi siguiente paciente.

Él también se mueve, interponiéndose en mi camino.

—Soy Álex Volkov —se presenta con tono suave—. ¿Y tú eres?

Se me acelera el pulso. La intensidad masculina de su mirada me pone nerviosa. Esperando que capte la indirecta le respondo:

—Solo una enfermera que trabaja aquí.

Él no lo pilla, o finge no hacerlo.

—¿Cómo te llamas?

Es insistente, de verdad. Yo respiro hondo.

—Soy Katherine Morrell. Si me disculpa...

—Katherine —repite él, y su acento imprime de exotismo esas sílabas tan familiares. El rictus de su boca se suaviza un poco—. Katerina. Es un nombre bonito.

—Gracias. Tengo que irme, de verdad.

Me estoy poniendo cada vez más ansiosa por largarme. Es demasiado grande, demasiado intensamente masculino. Necesito espacio y poder respirar. Su cercanía es abrumadora, y me hace sentirme tensa y nerviosa.

—Tienes trabajo que hacer. Lo comprendo —dice él, con un gesto vagamente divertido.

Aun así, no se aparta de mi camino. En vez de eso, mientras yo lo miro en estado de shock, levanta una de sus manazas y me acaricia la mejilla con sus nudillos.

Me quedo de piedra y una súbita oleada de calor me recorre todo el cuerpo. Su caricia ha sido ligera, pero siento como si me hubiese dejado marca, agitada hasta lo más hondo.

—Me gustaría volver a verte, Katerina —dice con suavidad, apartando la mano—. ¿Cuándo termina tu turno de esta noche?

Me lo quedo mirando, con la sensación de estar perdiendo el control de la situación.

—No creo que esa sea una buena idea.

—¿Por qué no? —Sus ojos azules se entrecierran—. ¿Estás casada?

Estoy tentada a mentirle, pero al final gana mi honestidad.

—No, pero no estoy interesada en salir con nadie ahora mismo.

—¿Quién ha dicho nada de salir?

Yo pestañeo. —He asumido...

Él vuelve a levantar la mano y corta mi frase en

seco. Esta vez coge un mechón de mi pelo y lo frota entre sus dedos.

—Yo no salgo con nadie, Katerina —murmura él, con su voz cargada de acento y extrañamente hipnótica—. Pero me gustaría acostarme contigo. Y creo que a ti también.

Noches Blancas ya está disponible. Para saber más, visita www.annazaires.com/book-series/espanol/.

EXTRACTO DE MI TORMENTO DE ANNA ZAIRES

Vino a mí una noche, era un extraño cruel y muy atractivo de los confines más peligrosos de Rusia. Me atormentó y me destruyó; puso mi mundo patas arriba en su búsqueda de venganza.

Ahora ha vuelto, pero ya no persigue mis secretos.

El hombre que protagoniza mis pesadillas me quiere a *mí*.

Con la cara blanca como el papel, Sara se tambalea y yo la sujeto por el otro brazo para estabilizarla. Sabe a la perfección quién soy. Me ha reconocido.

—No grites —le advierto—. No vengo a hacerte daño.

Tiene los ojos color avellana desorbitados y me doy

cuenta de que no está procesando lo que le digo. Todo lo que ve es una amenaza de muerte y está reaccionando en consecuencia. En unos segundos, va a desmayarse o ponerse histérica y ninguna de las dos opciones es buena.

—Sara —digo con voz firme—. No quiero hacerle daño a nadie, pero lo haré si hace falta. ¿Lo entiendes? Si haces algo para llamar la atención, morirá gente.

El terror instintivo en su mirada disminuye ligeramente, reemplazado por un miedo más racional, pero no menos intenso. Comienza a entenderme.

Que no me esté marcando un farol ayuda.

—¿Qué quieres? —Incluso pintados con una capa de brillo, noto que tiene los labios temblorosos y pálidos—. ¿Por qué estás aquí?

—Quería verte —le respondo, tirando de ella mientras me muevo entre la multitud, alejándome de las cámaras colocadas alrededor de la barra. Siento lo tensos que tiene los brazos, la piel helada al roce, pero, como esperaba, no grita.

Por lo que sé de ella, la doctora preferiría morir antes que poner en peligro a un montón de extraños.

—Baila conmigo —le repito cuando la tengo justo dónde quiero, cerca de una pared en una zona apenas iluminada de la pista de baile, donde las otras personas nos sirven como barrera humana. Para que le sea más fácil aceptar mi petición, le suelto los brazos y la sujeto por la cintura, teniendo cuidado de agarrarla con suavidad.

Tiene el cuerpo tan rígido como un bloque de hielo

mientras la mantengo cerca; sin embargo, para cualquier observador, parecemos una pareja más balanceándose al ritmo de la música. La ilusión se intensifica cuando Sara alza las manos y las coloca sobre mi pecho. Trata de empujarme, pero está tan conmocionada que apenas invierte energía en ello. Tampoco lo lograría aunque utilizara todas sus fuerzas.

Puedo someter a la mayoría de los hombres con un mínimo esfuerzo, no digamos a una mujer tan pequeña como ella.

—No tengas miedo —murmuro sosteniéndole la mirada. Incluso en una pista de baile abarrotada, puedo apreciar su aroma sutil y floral. Mi cuerpo reacciona a su cercanía, se me endurece la polla al notar su cintura esbelta entre las manos. Quiero acercarla aún más, sentir ese cuerpo contra el mío, pero me obligo a mantener una distancia mínima. Mi necesidad de ella es tan intensa que podría aterrorizarla y eso es lo último que quiero. Con esa mirada, Sara parece un animalillo en una trapa, lleno de miedo y desesperación. Tengo ganas de alzarla y abrazarla contra el pecho, pero eso solo conseguiría asustarla más. A estas alturas, cualquier cosa que haga la va a aterrorizar. Podría invitarla a un karaoke y le daría un ataque de pánico.

—¿Qué quieres de mí? —Tiene la respiración agitada y superficial mientras me mira fijamente—. No sé nada…

—Lo sé —la interrumpo con delicadeza—. No te preocupes, Sara. Eso se acabó.

La confusión sustituye parte del miedo en sus ojos.

—Entonces, ¿por qué...?

—¿Por qué he venido?

Asiente con desconfianza.

—No estoy del todo seguro —le digo, siendo con total sinceridad.

Durante los últimos cinco años y medio, la venganza ha marcado mi vida. Todo lo que he hecho ha sido con ese fin, pero ahora que he tachado casi todos los nombres de la lista, el futuro que me espera se me presenta aburrido y vacío, un camino cubierto por una niebla desoladora. En cuanto elimine al último responsable de la muerte de mi familia, no tendré ningún propósito en la vida. La razón de mi existencia habrá desaparecido del todo.

O eso creía hasta que la encontré y vi el dolor en esos ojos de cervatillo. Ahora ella consume mis noches y llena mis días. Cuando pienso en Sara, no veo el cuerpo desgarrado de mi hijo ni la cara ensangrentada de Tamila.

Solo la veo a ella.

—¿Vas a matarme?

Está intentando hablar con voz firme, sin conseguirlo. Aun así, admiro su intento de mantener la compostura. La he abordado en público para que se sienta más segura, pero no es tonta. Si le han contado algo sobre mi pasado, debe saber que podría romperle el cuello antes de que tenga tiempo de gritar pidiendo ayuda.

—No —respondo y me acerco cuando ponen la siguiente canción aún más alta—. No voy a matarte.

—¿Qué quieres de mí, entonces?

Está temblando entre mis brazos y algo en ese gesto me intriga y me inquieta a la vez. No quiero que me tenga miedo, pero, al mismo tiempo, me gusta tenerla a mi merced. Su miedo despierta al depredador que hay en mi interior, convirtiendo mi deseo por ella en algo mucho más oscuro.

Ella es la presa, suave, dulce y mía, hecha para que la devore.

Agachando la cabeza, hundo la nariz en su pelo fragante y le susurro al oído:

—Reúnete conmigo mañana a mediodía en el Starbucks que hay cerca de tu casa y hablaremos. Te diré todo lo que quieras saber.

Me aparto y ella se queda mirándome con esos ojos enormes en su rostro en forma de corazón. Sé lo que está pensando, así que me inclino de nuevo, agachando la cabeza, para que la boca me quede junto a su oreja.

—Si hablas con el FBI, intentarán esconderte de mí, igual que intentaron esconder a tu marido o a las demás personas de la lista. Te arrebatarán tu vida, te alejarán de tus padres y de tu trabajo, y todo será en vano. Te encontraré, no importa dónde vayas, Sara… no importa lo que hagan para mantenerte lejos de mí. —Le rozo el lóbulo de la oreja con los labios y escucho cómo se le corta la respiración—. También podrían usarte como cebo. Si ese es el caso… si me tienden una trampa, me enteraré y nuestro próximo encuentro no será para tomar café.

Se estremece y yo respiro hondo, inhalando por última vez el aroma sutil que desprende, antes de soltarla.

Me alejo mezclándome entre la gente y le envío un mensaje a Anton para que sitúe al equipo en posición.

Tengo que asegurarme de que llega a casa sana y salva. Yo soy el único que puede acosarla.

Mi Tormento ya está disponible. Para saber más, visita www.annazaires.com/book-series/espanol/.

SOBRE LA AUTORA

Anna Zaires es una autora de novelas eróticas contemporáneas y de romance fantástico, cuyos libros han sido éxitos de ventas en el New York Times y el USA Today, y han llegado al primer puesto en las listas internacionales. Se enamoró de los libros a los cinco años, cuando su abuela la enseñó a leer. Poco después escribiría su primera historia. Desde entonces, vive parcialmente en un mundo de fantasía donde los únicos límites son los de su imaginación. Actualmente vive en Florida y está felizmente casada con Dima Zales —escritor de novelas fantásticas y de ciencia ficción—, con quien trabaja estrechamente en todas sus novelas.

Si quieres saber más, pásate por www.annazaires.com/book-series/espanol.